教育部重大课题攻关项目"中国儿童文学跨学科拓展研究"阶段性成果

中国海洋大学一流大学建设专项经费资助

文坛作家的
儿童文学研究

朱自强 徐德荣 主编

*A Study of
Children's Literature by
Well-known Writers*

中国社会科学出版社

图书在版编目(CIP)数据

文坛作家的儿童文学研究 / 朱自强，徐德荣主编. —北京：中国社会科学出版社，2023.12

ISBN 978 – 7 – 5227 – 2480 – 5

Ⅰ.①文… Ⅱ.①朱…②徐… Ⅲ.①儿童文学—文学研究—中国—当代 Ⅳ.①I207.8

中国国家版本馆 CIP 数据核字(2023)第 155160 号

出 版 人	赵剑英
责任编辑	安　芳
责任校对	张爱华
责任印制	李寡寡

出　　版	中国社会科学出版社
社　　址	北京鼓楼西大街甲 158 号
邮　　编	100720
网　　址	http://www.csspw.cn
发 行 部	010 – 84083685
门 市 部	010 – 84029450
经　　销	新华书店及其他书店

印刷装订	三河市华骏印务包装有限公司
版　　次	2023 年 12 月第 1 版
印　　次	2023 年 12 月第 1 次印刷

开　　本	710×1000　1/16
印　　张	14.75
字　　数	251 千字
定　　价	85.00 元

凡购买中国社会科学出版社图书，如有质量问题请与本社营销中心联系调换
电话：010 – 84083683
版权所有　侵权必究

主编简介

朱自强，学者、翻译家、作家。现为中国海洋大学讲席教授、博士生导师，行远书院院长、国际儿童文学研究中心主任。第 18 届国际格林奖获得者。中国比较文学学会中外儿童文学研究分会理事长，中国儿童文学研究会副会长，中国作家协会儿童文学委员会副主任。教育部人文社会科学重大课题攻关项目首席专家。

主要学术领域为儿童文学、语文教育、儿童教育研究，有《朱自强学术文集》（10 卷）行世。出版《儿童文学的本质》《儿童文学概论》《中国儿童文学与现代化进程》《中外儿童文学比较论稿》《日本儿童文学论》《儿童文学研究方法论：理论与实践》《"儿童本位"的文学》《小学语文儿童文学教学法》等个人学术著作二十种。

翻译日本儿童文学名著二十种、绘本近百种；儿童文学创作曾获得泰山文艺奖、图画书时代奖等奖项。

徐德荣，学者、翻译家。现为中国海洋大学外国语学院教授、翻译学博士生导师，中国比较文学学会中外儿童文学研究分会副理事长，中国儿童文学研究会理事，山东省译协副秘书长，国际儿童文学研究会（IRSCL）会员，中国海洋大学行远书院副院长，国际处翻译室主任。获"青岛拔尖人才"称号。

主要研究方向为儿童文学翻译与文学批评。在《中国翻译》《外国文学研究》《外语研究》《外语教学》、International Research of Children's Literature（A&HCI）、Interdisciplinary Studies of Literature（A&HCI）等国内外刊物发表学术论文六十余篇；出版《儿童文学翻译的文体学研究》《儿童本位的翻译研究与文学批评》等学术著作三部，出版儿童文学译著六十余部。主持国家社科基金"儿童文学翻译的文体学研究""百年中国儿童文学外译研究"两项、教育部人文社科基金等科研项目十余项。

序

朱自强

儿童文学在任何国家都不是"古已有之",而是"现代文学",是从传统社会向现代社会转型的过程中产生的"新文学"。例证之一就是,古代文学作家中没有人为儿童创作文学的,只有现代文学作家中才有人站出来为儿童写作。

世界各国儿童文学发展基本呈现这样一个大的走势:最初阶段是作为整个文学的一部分而生成、发展,到了成熟以后,便在运行上从一般文学中分离出来,成为独立操作的文学门类。拿中国来看,在新文学发生后的前二十年(大约),中国儿童文学与现代(成人)文学呈现出"一体"的状态。这种"一体"的状态,就现象来说,表现为周作人、鲁迅、郭沫若、茅盾、叶绍钧、郑振铎、冰心、张天翼等一大批新文学家同时从事着儿童文学与现代(成人)文学的创构工作,就本质来说,表现为儿童文学与现代(成人)文学具有发生的同时性、"现代性"这一同质性、共同建构一种整体形态的"现代文学"的同构性。

我把作为作家已经成名之后又来为儿童创作儿童文学的作家称为"文坛作家"。在儿童文学诞生的过程中,创作儿童文学的文坛作家发挥了筚路蓝缕的重要作用。几乎在世界上的任何国家,儿童文学的历史都是从改编出发的。比如在中国,最早的儿童文学读物《童话》丛书就由翻译和改编两类作品构成,版权页上标示的是"编译者"和"编纂者"。中国作为儿童文学的后发国家,译介先发国家的儿童文学乃是自然而然的事情,而涉及自身的创作,一时还不能独出机杼,于是《童话》丛书的"编纂者"就从中国的古代典籍中刺取旧事,编纂成册。到了1917年,"新文学"成立,新文学文坛上的作家叶绍钧于1921年开始创作童话,这才"给中国的童话开了一条自己创作的路"(鲁迅语)。

文坛作家创作儿童文学是历史发生的必然规律。李建军就指出,伟大的俄罗斯经典作家,基本大都是伟大的儿童文学作家。普希金的诗,克雷洛夫的寓言故事,屠格涅夫的《猎人笔记》,阿克萨科夫的《家庭纪事》,托尔斯泰的自传体小说,契诃夫的儿童题材的小说,都属于高级形态的儿童文学。在日本,铃木三重吉于1918年7月创办大正时期重要的儿童文学杂志《赤鸟》,邀请的作家基本是"现今文坛的主要作家,同时作为文章家也是现代第一流的名家",比如佐藤春夫、菊池宽、芥川龙之介、岛崎藤村、有岛武郎等。坪田让治在《儿童文学的早春》一文中就说:"我想,作为作家而在那时一篇童话都没有写的人,恐怕是屈指可数。"

文坛作家介入儿童文学创作具有两个方面的重要意义,一是抬高了儿童文学的社会地位,二是提升了儿童文学的艺术品位。我在《日本儿童文学论》一书中,在论述文坛作家芥川龙之介的儿童文学创作时曾指出:"芥川儿童文学的价值主要有三个方面。第一,作为受文坛瞩目的新技巧派作家,芥川龙之介把自己的文体本领发挥于儿童文学创作之中,写出了令人愉悦的优美文章;第二,作为读破古今东西的典籍和故事的学者型作家,芥川龙之介充分发掘故事的功效,增强了作品的趣味性;第三,诚实生活、苦苦思索的芥川龙之介把自己对人生的认识深刻地表现于儿童文学作品之中,使作品获得了很高的文学性。"

从另一方面来看,儿童文学也是对文坛作家的一个试金石——检验其思想和艺术的质地。周作人曾说:"我曾武断的评定,只要看他关于女人或佛教的意见,如通顺无疵,才可以算作甄别及格,可是这是多么不容易呀。"用儿童文学甄别文坛作家是否及格的尺度是什么呢?我在收入本书的《"足踏大地之书"——张炜的〈半岛哈里哈气〉的思想深度》一文中说:"我看成人文学作家有个私家标准:一是看他对自然的态度,二是看他对儿童或童年的态度。除非对这二者不表态,但一旦表态,在我这里,就会因为他的态度而见出其思想和艺术境界的高下。我钦佩的是对自然和儿童怀着虔敬的态度,与之产生交感并勉力从中获得思想资源的作家。因为自然和儿童最能揭示生命的本性,而任何不去探寻生命本性、人类本性的文学,都是半途而废的。"

无论是儿童文学史研究这一领域，还是儿童文学理论批评这一维度，文坛作家的儿童文学都是绕不开的存在，对其进行深入研究，都会给学术带来"柳暗花明"。

这也就是编这本小书的初衷。

2023 年 11 月 5 日
于中国海洋大学国际儿童文学研究中心

目 录

中国文坛作家的儿童文学研究

"儿童":鲁迅文学的艺术方法 ………………………… 朱自强（3）
鲁迅,为何成为中国现代儿童观的经典中心 ………… 徐 妍（12）
鲁迅如何确立中国儿童形象诗学的原点 ……………… 徐 妍（28）
鲁迅译介《小约翰》与儿童文学的跨文化现代性 …… 徐 妍（38）
论冰心《寄小读者》的历史局限
　　——兼谈五四时期儿童文学的两个"现代 ……… 朱自强（55）
"足踏大地之书"
　　——张炜《半岛哈里哈气》一书的思想深度 …… 朱自强（68）

外国文坛作家的儿童文学研究

《丛林之书》的儿童本位与后现代精神 ………… 江建利　徐德荣（79）
莱辛成长小说中"反抗"的伦理身份建构
　　——以《玛莎·奎斯特》为例 ………………… 徐德荣　安风静（89）
吊诡的"儿童":《天真之歌》的童年建构 ………………… 何卫青（103）
规范理论视角下的宗教词语翻译
　　——以《圣诞颂歌》为个案 …………………… 滕 梅　孙 超（110）
永远的"坏孩子"
　　——马克·吐温儿童文学作品中的儿童观
　　　研究 ………………………………………… 徐德荣　李冉冉（120）

被解构的文本
　　——文化性别视角的川端康成少女小说解析 ………… 张小玲（132）
传承与超越
　　——法朗士创作童话的现代性研究 ………… 蒯　佳　徐德荣（146）
《小法岱特》：田园小说或儿童文学？ ………… 房立维　邵　娟（158）
从希梅内斯"非典型"儿童文学作品《小银和我》
　　看儿童审美内涵 ………………………………… 孙逸群　徐德荣（180）
大师笔下的儿童文学
　　——儿童文化对于"伟大牧神"的意义 ………………… 李江华（190）
E. T. A. 霍夫曼儿童文学作品中的亲子冲突主题 ………… 王　凯（197）
从"儿童本位"儿童观和儿童文学的特质分析
　　《原来如此的故事》 ……………………………………… 尹　玮（211）

中国文坛作家
　的
　　儿童文学研究

"儿童"：鲁迅文学的艺术方法

朱自强[*]

摘要：鲁迅文学的世界是丰富而复杂的，"儿童""童年"当然只是其中的一个表现维度，但是，它却弥足珍贵。在艺术上，"儿童"（童年）不仅是鲁迅文学的描写、表现的对象，而且更是鲁迅文学的一种方法。在鲁迅的作品中，"童年"成为作品的结构和立意的支撑；"儿童"成为小说的重要的叙述视角；"儿童"成为塑造人物性格的一个重要元素。如果没有"儿童""童年"这一维度的存在，鲁迅文学的思想和艺术都会贬值，鲁迅文学的现代性也将不能达到现有的高度。

关键词：儿童 鲁迅文学 艺术方法

动用自己过去的生活的经验和体验，这几乎是小说家创作时的共同的心态之一，但是，这种心态或创作方式，对鲁迅小说的意义非同小可。鲁迅是凭回忆进行创作的小说家。他在《呐喊自序》里已说过："我偏苦于不能全忘却，这不能全忘的一部分，到现在便成了《呐喊》的来由。"

鲁迅的小说并非粒粒珠玑，而是良莠杂陈。在《狂人日记》《孔乙己》《故乡》《社戏》《阿Q正传》《祝福》等精品系列中，大多是回忆性质的小说。这些小说大多有故乡这一实有的环境或往日生活中确有的事件或人物。似乎有一个规律，每当鲁迅的小说与他的童年和故乡发生深切的关系，作品往往就会获得充盈的艺术生命力。

仅仅靠回忆写小说的小说家是容易江郎才尽的。鲁迅在1926年以后

---

[*] 朱自强，中国海洋大学儿童文学研究所所长、教授，东北师范大学博士生导师、文学博士。

就不再写现实题材的小说了。这是否与鲁迅小说的艺术定势有关呢？具有意味的是，鲁迅于 1926 年对自己的过去，特别是童年进行了痛快的回忆，鲁迅把这些文章结集为《朝花夕拾》。是不是因为回忆用尽，此后鲁迅就放下了写现实题材小说的笔呢（《故事新编》为历史小说）？

对小说家鲁迅来说，回忆是重要的，而对"童年"的回忆尤为重要，它不仅成了鲁迅文学的内容要素，而且也构成了鲁迅文学的一种艺术方法。

一 "童年"成为作品的结构和立意的支撑

《故乡》《社戏》都有"童年"和"成年"对比的结构，鲁迅的思绪徘徊在"童年"和"成年"之间。冷峻、沉郁是鲁迅的文学风格的主要方面，但是鲁迅作品在总体冷峻的色调中，也常常透露出几抹亮色，给作品带来明朗甚至是欢快的暖色调。需要说明一句，这里所谈及的亮色，不是鲁迅自己所说的"删削些黑暗，装点些欢容，使作品比较的显出若干亮色"中的亮色，即不是"在《药》的瑜儿的坟上凭空添上一个花环"，而是鲁迅以珍视"童年"的儿童观来"时时反顾"童年生活时所必然具有的结果。可以肯定地说，鲁迅文学世界的亮色与鲁迅的儿童观有着密切的因果关系。如果不了解鲁迅儿童观的崇尚童心的一面，就或者容易忽略了亮色这一鲁迅文学世界的重要存在，或者虽然看到却难以作出合理的解释。

《故乡》几乎通篇笼罩着悲凉昏暗的阴云，但是，唯独童年的回忆却像一缕阳光穿透阴云，给作品点染上一些明媚的色彩。《故乡》明暗色调的反差后面是一种对比：儿童时心灵的沟通与成人后心灵的隔绝。鲁迅与"厚障壁"这种封建的社会病相对抗所取的人际关系的价值标准却来自儿童的世界，来自童心。天真纯洁的儿童是不愿受这种封建等级观念束缚的。当年的迅哥儿和闰土亲密无间，他们的后辈宏儿与水生也"还是一气"。作者所真诚希望的是"有新的生活"来保护童心所体现出的美好的人际关系，尽管它很"茫远"。

与《故乡》相比，《社戏》有着更为明显的对比结构，在这一对比结构中，鲁迅把在野外看社戏的"童年"置于在京城看京戏的"成年"之后来叙述。如果借用民间故事的后出场者一定优越于先出场者这一叙事学观点，鲁迅是以这样的结构获得了抑前者而扬后者的艺术效果。

"童年"不仅是鲁迅一些作品的结构的支撑，而且对"童年"的态度还成为《狂人日记》这样的小说立意的支撑。

现代文学界一般是将《狂人日记》看作第一篇现代白话小说的。其实，在《狂人日记》之前有被胡适视为新文学"最早的同志"的陈衡哲的白话小说《一日》，可是《一日》不能享有《狂人日记》的殊荣，是因为它那流水账似的写法，不似《狂人日记》这样"有表现的深切和格式的特别"。

《狂人日记》具有深刻的立意和独特的、有创意的小说艺术形式。关于立意，鲁迅在《〈中国新文学大系〉小说二集导言》里说过，它"意在暴露家族制度和礼教的弊害"。前面已经说过，创作《狂人日记》之前，鲁迅的人生观是颇为绝望和虚无的。《狂人日记》没有写成令人绝望的作品，表面上与《呐喊自序》说的"听将令"有关（"那时的主将是不主张消极的"），深层的因由则是鲁迅还愿意将一线希望寄托在"孩子"身上——

　　没有吃过人的孩子，或者还有？
　　救救孩子……

我认为，《狂人日记》里的狂人，是鲁迅思想的画像。上引小说结尾的两句话，颇能显示鲁迅当时思想的矛盾和犹疑。有些研究者把"救救孩子"解释成是一句有力的"呐喊"，但我记得一位日本学者指出过"救救孩子"的语气的无力，对此，我也有同感。"救救孩子"即使是鲁迅为了"听将令"而发出的"呐喊"，但是，由于鲁迅骨子里的悲观思想，他才没有使用与"呐喊"相称的惊叹号，而是选择了语气渐弱和结果不明确（没有信心？）的省略号。而且在前一句里，鲁迅对有没有"没有吃过人的孩子"这一问题，用了一个"或者"，一个问号，双重暗示出他对"救救孩子"这一结果的不能肯定。

但是，如果《狂人日记》没有"孩子"这一维度的存在，作品会是什么样的情形？更进一步，对于鲁迅的思想和文学来说，如果没有"救救孩子"这一意识，会有怎样的出路？其中还会不会有《故乡》中曾经透露过的那个属于孩子的"新的生活"，属于孩子的那个"茫远"的"希望"？可不可以把《狂人日记》之后的鲁迅的全部文学活动，在根本上看作是"救救孩子"的努力？

二 "儿童"成为小说的重要的叙述视角

笔者认为，鲁迅的《孔乙己》虽然不及《故乡》《社戏》那样明显，但是，仍然存在着成人与儿童之间的对比意识。只要我们注意沿着小说所设定的少年视角来阅读，这一对比意识就可以体察得到。从小说的描写来看，"使人快活"的孔乙己绝不是令人讨厌的人，有些研究者的阐释过度地渲染了他性格中迂腐的一面，其结果是在一定程度上遮蔽了成人（掌柜和主顾）对孔乙己造成的精神上的折磨。其实，小说对这些成年人的冷漠、无情的人性弱点是有所评价的。这一评价，越是从少年视角望去，越是看得明白。

中国现代文学学者李欧梵曾说："《孔乙己》技巧之妙不仅在写出了主人公这一难忘的形象，还在设计了一个不可信赖的叙述者。故事是由咸亨酒店一个小伙计用某种嘲讽口气叙述的。这个人在叙述当时的情况时已经是一个成人了。当年他做小伙计的时候显然也和那些顾客一样，是鄙视孔乙己的。现在他作为成人回忆往事，岁月却并没有改变他的态度。通过这种间接的叙述层次，鲁迅进行着三重讽刺：对主人公孔乙己，对那一群嘲弄他的看客，也对那毫无感受力的代表看客们声音的叙述者。他们都显得同样可怜，同样缺乏真正衡量问题的意识。"[1]

但是，细心品味小说，我却感到小说的叙述者——小伙计不仅在长大以后，就是在年少时，也并不是一直鄙视孔乙己的，他也绝不是鲁迅想要讽刺的对象，因为鲁迅写出了仅在他的身上还存有的一些对孔乙己的不幸命运的同情。

让我们细读一下作品。在小说里，少年"我"对孔乙己的态度在前后是发生了变化的。在孔乙己被打断腿之前，每当掌柜和主顾这些成人揶揄、哄笑孔乙己时，"无聊"的"我"也是"附和着笑"的，但是，当被打断了腿"已经不成样子"的孔乙己最后一次来喝酒，而掌柜和主顾"仍然同平常一样"取笑他时，"我"却不再"附和着笑"了。我感觉，

---

[1] 李欧梵：《铁屋中的呐喊》，河北教育出版社2000年版，第57—58页。

"我"对孔乙己态度的变化不仅表现在这里,而且还微妙地表现在对孔乙己的服务态度上。这一次,残废了的孔乙己不是像以往那样"靠柜外站着",而是"在柜台下对了门槛坐着",而"我"在众人的哄笑声中,"温了酒,端出去,放在门槛上",完全顺从了孔乙己的意愿。以前,孔乙己要教"我"写字,"我"是"又好笑,又不耐烦,懒懒的答他","我愈不耐烦了,努着嘴走远",从这种态度,可以想见,以前"我"对孔乙己的服务态度不会好到哪里,然而这最后一次却不大一样。

对孔乙己的性格和行为,小说作了三段式的交代和描写。我注意到,这三个段落结束时,少年叙述者都表达了"快活"的感受(两次是"店内外充满了快活的空气",一次是"孔乙己是这样的使人快活")。但是,唯独在描写孔乙己最后一次来店里,"喝完酒,便又在旁人的说笑声中,坐着用这手慢慢走去"时,少年叙述者没有使用"快活"的字样,不论从孔乙己那里,还是从"旁人的说笑"中,他已经感受不到"快活"了。我认为,这是大有含义的。

我想,在孔乙己"已经不成样子"的时候,"仍然同平常一样"取笑、折磨他的掌柜和主顾们,在孔乙己被丁举人吊着打时,他们会是热心而满足的看客,在阿Q糊里糊涂地被拉去砍头时,他们也绝不会放弃欣赏的机会。所以,我认为,在思想上,《孔乙己》主要不是去讽刺封建科举制度对人的毒害,而是要揭露社会人群(成人文化)对不幸者的冷酷和无情。《孔乙己》在表现后一种思想时,小说采取的少年视角发挥了十分有效的作用。

鲁迅的学生孙伏园曾说:"我尝问鲁迅先生,在他所作的短篇小说里,他最喜欢哪一篇。他答复我说是《孔乙己》。……何以鲁迅先生自己最喜欢《孔乙己》呢?我简括的叙述一点作者当年告我的意见。《孔乙己》作者的主要用意,是在描写一般社会对于苦人的凉薄。对于苦人是同情,对于社会是不满,作者本蕴蓄着极丰富的情感。"孙伏园还介绍说,鲁迅特别喜欢《孔乙己》,是因为他认为《药》一类小说写得"气急"、逼促,而《孔乙己》则是"从容不迫"。[①]

鲁迅创作《孔乙己》,将"描写一般社会对于苦人的凉薄"作为目的,并且能写得那样"从容不迫",小说中的少年视角的设定,发挥了重

---

① 孙伏园:《鲁迅先生二三事》,《鲁迅回忆录》,北京出版社1999年版。

要的功能。

三 "儿童"成为塑造人物性格的一个重要元素

在《阿Q正传》研究中,一般都认为"精神胜利法"是阿Q性格的核心,并将其作为负面的国民性加以批判。在学术界解读阿Q的过程中,我认为有一个普遍倾向,就是研究者过于重视鲁迅自己的要"写出一个现代的我们国人的魂灵来"①的解说,甚至过度阐释了鲁迅的解说,而忽视了与鲁迅说法颇有不同的周作人、李长之等人的观点。

周作人在《关于〈阿Q正传〉》中指出了鲁迅以阿Q形象进行国民性批判的失败之处:"……只是著者本意似乎想把阿Q好好的骂一顿,做到临了却使人觉得在未庄里阿Q还是唯一可爱的人物,比别人还要正直些,所以终于被'正法'了,正如托尔斯泰批评契诃夫的小说《可爱的人》时所说,他想撞倒阿Q,将注意力集中于他,却反将他扶了起来了,这或者可以说是著者失败的地方。"②

李长之的观点与研究者普遍持有的批判国民劣根性的观点更为相左:"在往常我读《阿Q正传》时,注意的是鲁迅对于一般的国民性的攻击,这里有奴性,例如让阿Q站着吧,却还是乘势改为跪下(《呐喊》,页一七九),有快意而且惶恐,这是在赵家被抢之后就表现着(页一七七),有模糊,有残忍,有卑怯,有一般的中国人的女性观,有一般执拗而愚骏的农民意识……可是我现在注意的,却不是这些了,因为这不是作者所主要的要宣示的。阿Q也不是一个可笑的人物,作者根本没那么想。"③"阿Q已不是鲁迅所诅咒的人物了,阿Q反而是鲁迅最关切,最不放心最为所焦灼,总之,是爱着的人物。"④"鲁迅对于阿Q,其同情的成分,远过于讽刺。"⑤

---

① 鲁迅:《俄文译本〈阿Q正传〉序及著者自叙传略》,《鲁迅全集》(第7卷),人民文学出版社1981年版。
② 周作人:《关于〈阿Q正传〉》,《鲁迅的青年时代》,止庵校订,河北教育出版社2002年版。
③ 李长之:《鲁迅批判》,北京出版社2003年版,第75页。
④ 李长之:《鲁迅批判》,北京出版社2003年版,第68页。
⑤ 李长之:《鲁迅批判》,北京出版社2003年版,第70页。

我赞同周作人和李长之的观点。在我的阅读感受里，阿Q的确是未庄里"唯一可爱的人物"，阿Q的确"不是鲁迅所诅咒的人物"，而是读者可以给予"同情"的人物。而我之所以有这样的感受，一个重要的原因是阿Q的性格中所具有的孩子气，有些时候，阿Q就像一个没能长大的孩子。

阿Q的性格中有孩子似的天真。

天真的孩子往往喜欢吹牛，而在吹牛时往往有点当真，以幻想代替了现实。儿童文学作品对此有精彩的描写，比如尼·诺索夫的《幻想家》、葛西尼的《玛莉·艾维姬》一类故事。在《玛莉·艾维姬》里，男孩们都争着在女孩艾维姬面前逞能，当艾维姬夸尼古拉最会翻筋斗时，奥德说："翻筋斗？这我最在行，好多年前我就会翻了。"阿Q不是也这样吹牛吗？"我们先前——比你阔得多啦！你算是什么东西！"

年幼的儿童的思维是自我中心主义的。让·诺安的《笑的历史》里有一个三岁幼儿的故事：他住在巴黎，从乳母那里学得各种动物的叫声，被家人赞为模仿动物叫声的专家。有一天，他第一次被带到农村，遇到一群羊边叫边走，这个老资格的专家侧耳倾听，摇摇头，对其中的一只羊说："羊，你叫的不对！"[1] 阿Q的思维也有这种色彩，比如，他鄙薄城里人，他叫"长凳"的，城里人却叫"条凳"，"这是错的，可笑！"油煎大头鱼，未庄加半寸长的葱叶，城里却加切细的葱丝，"这也是错的，可笑！"

儿童的天真往往表现为不会装假。阿Q也有相似的真率。比如，"他想在心里的，后来每每说出口来"，比如，人们去探听从城里带回很多值钱东西的阿Q的底细，"阿Q也并不讳饰，傲然的说出他的经验来。从此他们才知道，他不过是一个小脚色……"

阿Q儿童似的举止的确很多。"阿Q的钱便在这样的歌吟之下，渐渐的输入别个汗流满面的人物的腰间。他终于只好挤出堆外，站在后面看，替别人着急，一直到散场，然后恋恋的回到土谷祠……"阿Q没有输钱的深重苦恼和沮丧，这恐怕不是成人赌徒的心态，而是非功利性的儿童游戏的心态。他与王胡为什么打架，因为比不过人家，因为自己的虱子不仅比

---

[1] 让·诺安：《笑的历史》，果永毅、许崇山译，生活·读书·新知三联书店1986年版，第20—22页。

王胡的少，而且咬起来也不及王胡的响。真正的成人绝少会比这个，更绝少比得那么认真。这分明是儿童生活中的价值观。阿Q当着"假洋鬼子"的面骂出"秃儿。驴……"挨了"假洋鬼子"的哭丧棒，他的表现是："'我说他！'阿Q指着近旁的一个孩子，分辩说。"这一表现与张乐平的《三毛流浪记》里的三毛没有二致。阿Q戏弄小尼姑，"酒店里的人大笑了。阿Q见自己的勋业得了赏识，便愈加兴高采烈起来：'和尚动得，我动不得？'他扭住伊的面颊。酒店里的人大笑了。阿Q更得意，而且为满足那些赏识家起见，再用力的一拧，才放手"。这样的行为，不就像儿童常有的"人来疯"吗？

儿童的天真有时也表现为幼稚、不谙世事。阿Q也是这样。他的幼稚、不谙世事在世故的成人看来，已经近于呆傻。阿Q那直截了当地求爱，闯祸之后，面对吴妈的哭闹和赵太爷的大竹杠的慢半拍的反应，以及对后来女人躲避他的原因的茫然不知，都像是一个弱智者的所为。阿Q被抓是因为不谙世事，进了衙门，竟然爽利地告诉人家："因为我想造反。"长衫人物叫他招出同党，没有什么同党的阿Q说："我不知道，……他们没来叫我……"让他在可招致杀身之祸的供词上画押，他想的，在意的是圈儿能不能画圆。只有被抬上了游街的车，看到背着洋炮的兵丁和满街的看客，才明白这是去杀头！为了看客里的吴妈，还要说一句"过了二十年又是一个好汉"。

愚傻和天真有时只有一步之遥，鲁迅有时是在写一个愚傻的阿Q，有时又是在写一个天真的阿Q。真正的艺术正是如此复杂，混沌不清。

在阿Q的身上，存在着孩子气，存在着智力问题。这两者都与成人社会发生矛盾，成为阿Q进入其中的巨大障碍。在小说中，我们清楚地看到，阿Q一直被这两个问题深深困扰着，直至使他走进悲剧命运之中。阿Q的这一状况使小说对国民性的批判力一方面被转向，一方面被弱化。所谓转向，是指向对"城里"和"未庄"的批判；所谓弱化，是指对阿Q更多的是"哀其不幸"，而少有"怒其不争"。阿Q是可悲的人物，但不是可恨的人物；阿Q是可叹的人物，但不是可弃的人物；阿Q是可笑的人物，但不是可耻的人物。

虽然阿Q身上有很多可笑的行为，但是，他在"未庄"终究是一个被侮辱、践踏的人物，他的死不仅令人同情，而且值得深思：这是不是险恶而虚伪的社会对一个天真、单纯、幼稚（弱智）的不谙世事的人进行的一场坑害？

自茅盾的评论起，阿Q研究大都太正经，不能游戏地看，不能宽容地或者太刻薄地看。似乎人们愿意看到鲁迅的批判，但是，不愿看到鲁迅的同情。研究《阿Q正传》，研究《孔乙己》，似乎都有这一倾向。为什么在关于《阿Q正传》的整体阅读中，鲁迅对阿Q的同情被遮蔽了，被置换成对阿Q国民性的批判，而对以"未庄"和"城里"为代表的真正丑恶的国民性却轻轻地一笔带过？这是否与读者和研究者缺乏幽默感和孩子似的天真（孩子气）有关？

需要重新认识阿Q这个人物，而认识阿Q这个人物，需要一种新的心性。这一心性就是天真、单纯、质朴的孩童心性，这一心性，鲁迅是具备了的，但是，在那个时代被压抑了，所以写阿Q用了曲笔，没有这一心性的人们就更加不易察觉。

蕴含儿童心性这一要素的阿Q形象是有正面和积极意义的。在我眼里，阿Q是小说中具有生命实感、活得十分真切的人物。而且阿Q的活法是不是有其可取之处呢？让·诺安在《笑的历史》一书中对幽默级别列出了评价标准，其中最高一级是五星级："是否感情非常外露，生气勃勃，无忧无虑，可以随时随地自寻开心。"[①] 阿Q的心性是不是与此有合拍之处？我同情阿Q的苦生活，但也羡慕他经常有一份好心情，有那样一种乐观的、避害趋利的生活态度。身处阿Q那样的生活境地，换一种心性，也许会抑郁而终。阿Q的这种心性在功利主义横行的当代社会，不但不该全盘否定，反而应该汲取其正面的价值。

我这不是在诠释，而是在直陈阅读感受：就像我在狂人的身上看见鲁迅的思想一样，我在阿Q身上，也看见了鲁迅的同情。

鲁迅文学的世界是丰富而复杂的，"儿童""童年"当然只是其中的一个维度，但是，它却弥足珍贵。如果没有"儿童""童年"这一维度的存在，鲁迅文学的思想和艺术都会大大贬值，鲁迅文学的现代性也将不能达到现有的高度。

---

① 让·诺安：《笑的历史》，果永毅、许崇山译，生活·读书·新知三联书店1986年版，第286页。

鲁迅，为何成为中国现代儿童观的经典中心

徐 妍[*]

摘要：鲁迅所确立的"立人"为旨归的启蒙主义儿童观，作为鲁迅思想世界和文学世界的一部分，具有相对的稳定性，但又始终处于变动状态。但是，学界大多倾向于对鲁迅儿童观进行统一的、静态的描述，而对其内部的生成原因、变化过程、矛盾冲突，缺少考察和辨析。事实上，鲁迅之所以居于中国现代儿童观的经典中心位置，不是因为鲁迅对儿童观的阐释具有专业性和系统性，而是因为他对儿童观的体验和表达的深刻性、矛盾性、丰富性和复杂性，由此，开启并探索了中国现代儿童观的诸多要义。本文意欲重新解读鲁迅论述儿童文学的文字，进而回答鲁迅为何成为中国现代儿童文学的经典中心。

关键词：鲁迅 儿童观 矛盾性 经典中心

客观说来，鲁迅"向来没有研究过儿童文学"[①]。他对儿童文学的著述，不如周作人起步早、数量可观、内容系统；也没有丰子恺那样质地纯粹；甚至，不及诸多"后来者"那样精力投入。但鲁迅的儿童观依旧堪称中国现代儿童观的中心。这样说，不是因为鲁迅对儿童观的阐释具有专业性和系统性，而是因为他对儿童观体验和表达的深刻性、矛盾性和复杂性，由此开启并探索了中国现代儿童观的诸多要义。而且，随着时间的推

---

[*] 徐妍，中国海洋大学文学与新闻传播学院教授。
[①] 1936年3月11日鲁迅致杨晋豪的信，《鲁迅全集》（第13卷），人民文学出版社1981年版，第325页。

移,特别是在80年代以后,鲁迅儿童观的矛盾性和复杂性,在当代儿童文学界更加凸显。然而,儿童文学界对于鲁迅儿童观的现代性特质虽然已有了不同角度的深入探讨,但是,基于某种学术语境的限制,学界大多倾向于对鲁迅儿童观进行统一的、静态的描述,而对其内部的生成原因、变化过程、矛盾冲突,缺少考察和辨析。在这样的学术背景下,本文意欲重新解读鲁迅为何成为中国现代儿童观的中心,并进一步辨析当下儿童文学界对鲁迅儿童观不同面向的接受和理解。

一 鲁迅儿童观的总体内容

鲁迅儿童观的总体内容,可以概括为:"立人"旨归下"儿童本位"的多种矛盾冲突。这一总体内容是与20世纪中国现代知识分子在启蒙主义思潮中对"人"的发现而同步诞生的,也是鲁迅毕生追寻的"立人"思想的重要组成部分。其中,周氏兄弟,作为中国现代儿童观的奠基人,有相通也有差异。比较而言,二周都将"儿童"作为构成"人"的原点和终点,但鲁迅儿童观的总体内容,自阐明现代儿童观始,就存在着更为深刻、复杂的矛盾冲突。这些矛盾冲突可以概括为:"立人"的启蒙理想/"被吃"的儿童现实;"人之父"的教育者身份/"人之子"的被教育者身份;"娘老子"训导的儿童/"人国"期待的儿童。而且,随着鲁迅思想的变化,鲁迅儿童观中的矛盾冲突愈加激烈。在此,我拟以问题的方式、历时性地梳理鲁迅儿童观的生成、确立和演变,以此来辨析鲁迅儿童观总体内容的矛盾性和复杂性。

问题一,鲁迅的启蒙儿童观如何萌生?

近现代之交,鲁迅的童年生活拥有快乐的记忆。"百草园""三味书屋"、《山海经》、鬼文化、"橘子屋"、曾祖母,长妈妈,漫画、画谱等构成了鲁迅自由、快乐的童年生活。童年记忆虽然飘缥,飘缥得难以对抗后来鲁迅所遭遇的灾变记忆,但毕竟为鲁迅生成了原初的"儿童"影像。[1]

12岁后,鲁迅经历了"家道中落"的伤痛性记忆,但也因此扩大了

---

[1] 鲁迅记忆中的"儿童"影像应该是如童年鲁迅那样顽皮、机智、自由、快乐、纯真的儿童形象。参见鲁迅《朝花夕拾》部分篇章,《鲁迅全集》(第2卷),人民文学出版社1981年版。

他的生活范围和阅读范围。皇甫庄、安桥头的外婆家、舅父家成为少年鲁迅认知乡土中国的一隅，也结识了乡土中国的少年，同时，还阅读了《荡寇志》《嵇康传》《红楼梦》等带有异端思想的作品。加上鲁迅敏感、丰富的个性气质，"家道中落"的灾变催生了他早熟的心灵。童年无拘无束的生活，对于鲁迅而言，结束了。少年记忆中的"乞食者"形象为他日后所确立的儿童观的生成注入了矛盾、复杂的因子，即鲁迅在少年时期目睹了"人"的多种面相。

　　青年时代，鲁迅先去南京，后到日本。留日时期的鲁迅，接受了达尔文的生物进化论思想和尼采的"超人"哲学，有一种"茫漠的希望：以为文艺是可以移性情，改造社会"①。所以，鲁迅将主要精力投放到东欧弱小国家的文学。但，同时，在关涉儿童的阅读谱系上，鲁迅翻译了法国小说家凡尔纳的科幻小说《月界旅行》（1903年10月日本东京进化社出版），发现了荷兰作家望·葛覃的童话《小约翰》（1906）。异域的思想文化生成了鲁迅儿童观的根芽。从这个时期开始，鲁迅的儿童观附着于"立人"的启蒙主义旨归下。这也意味着鲁迅的儿童观在萌芽期就隐含着矛盾、复杂的冲突："立人"的启蒙理想与对"立人"启蒙理想的怀疑，以"孩子为本位"的设想与这一设想的难以实现始终纠缠在一起。

　　概言之，从鲁迅儿童观萌芽的初始阶段，"立人"的启蒙理想与"被吃"的儿童现实就构成了与生俱来的矛盾冲突，或者各说各话。

　　问题二，鲁迅如何理解"儿童"？

　　五四新文化运动时期，鲁迅属于大器晚成的思想家型作家。对于儿童观的阐释，鲁迅明显滞后于周作人。而且，鲁迅关涉儿童研究的文字数量颇为有限。自1909年鲁迅结束旅日生活至五四新文化运动前，鲁迅主要埋头于抄古碑、读古书。在儿童文学领域，鲁迅并未投入主要精力。除了在1913年，因在教育部工作、草拟《拟播布美术意见书》倡导"当立国民文术研究会，以理各地歌谣，俚谚，传说，童话等"外，鲁迅只创作了儿童视角的文言体小说《怀旧》（1912），抄注了儿歌六首②（1914

---

① 鲁迅：《译文序跋集·序》，《鲁迅全集》（第10卷），人民文学出版社1981年版，第161页。

② 见刘运峰编《鲁迅全集补遗》，天津人民出版社2006年版，第342页。

年)。此外,鲁迅便甘当周作人的儿童文学研究的"敲边鼓"了。譬如鲁迅1912年6月26日的日记中,记载收到周作人的《童话研究》一文。但是,鲁迅思想的深刻性、丰富性和独特性,加上他语言的天才表达,使得他一经确立启蒙主义儿童观,就"后来居上",抵达了"五四"思想文化的制高点。

1919年11月,鲁迅发表了第一篇正式阐释启蒙儿童观的杂文《我们现在怎样做父亲》。这是一篇被"后来者"反复解读的中国儿童文学的经典文本。在该文,鲁迅将"儿童"理解为"人之子",以区别于传统封建文化中的"奴之子"或西方文化中的"神之子"。而且,"人之子"在鲁迅的理解中,属于现代启蒙文化的范畴,具有进化论和循环论的双重哲学谱系,需要在"人之父"与"人之子"的话语关系中获得理解。这样,鲁迅的理解,似乎明确,实则多义、复杂,暗含矛盾和冲突。"人之子"这一话语单位的复杂性很似福柯所说"当有人向它提问时,它便会失去其自明性,本身不能自我表白,它只能建立在话语复杂的范围基础上"①。其中,鲁迅对"人之子"的理解最具矛盾冲突的一段话语便是:"开宗第一,便是理解。往昔的欧人对于孩子的误解,是以为成人的预备;中国人的误解是以为缩小的成人。……第二,便是指导。……长者须是指导者协商者,却不该是命令者。开宗第一,便是理解。"在此,鲁迅一面体察"人之子"的现实处境并承担启蒙者对"人之子"的解放的职责:"自己背着因袭的重担,肩住了黑暗的闸门",一面想象"人之子"的未来图景:"放他们到宽阔光明的地方去;此后幸福的度日,合理的做人。"②在这段文字中,无论承担,还是体察或想象,"人之子"都处于"理解"与"指导"的矛盾、冲突中。"人之子"究竟是生物进化论的自然之子,还是"被教育者"?鲁迅所确立的启蒙主义儿童观本身就是一个矛盾、复杂的话语结构。

同样,在五四新文化运动阶段,鲁迅的小说《狂人日记》(1918)、《故乡》(1921)、《社戏》(1922)中;散文诗《自言自语》(1919)、《雪》(1925)、《风筝》(1925)中;杂文《热风·随感录二十五》

---

① 福柯:《知识考古学》,生活·读书·新知三联书店2003年版,第23页。
② 鲁迅:《我们现在怎样做父亲》,见《鲁迅全集》(第1卷),人民文学出版社1981年版,第135—136页。

(1926)、《热风·随感录四十九》（1919)、《热风·随感录六十三》(1919）皆反复表达了一位"人之父"对"人之子"的激励和担当、矛盾和困惑。

问题三，鲁迅如何理解"父子关系"？

五四新文化运动落潮后，特别是1927年"大革命"失败后，鲁迅的儿童观如同鲁迅最后十年的思想世界和文学世界中的任何一个话语单位一样，比"五四"时期更加缺少确定性、同一性的内涵。启蒙主义思想固然居于鲁迅儿童观的核心地位，却遭到了空前的轰毁。与此同时，随着鲁迅成为"三口之间"的丈夫和父亲，以及政治立场的"向左转"，鲁迅的儿童观中注入了日常生活经验的思想要素和马克思主义思想要素。但是，鲁迅儿童观中的各种思想要素并不兼容。而鲁迅儿童观中的所有矛盾，都集中在鲁迅如何理解"父子关系"的问题上。

"大革命"失败后，鲁迅关涉儿童观的文字主要集中在杂文和译文的序言中。鲁迅发表了《读书杂谈》（1927）、《新秋杂识》（1933）、《上海的少女》（1933）、《上海的儿童》（1933）、《我们怎样教育儿童的》（1933年）、《从孩子的照相说起》（1934年）、《玩具》（1934）、《看图识字》（1934）等杂文，还为望·葛覃的童话《小约翰》（1928）、班苔莱耶夫的童话《表》（1935）、高尔基的《俄罗斯的童话》（1935）、契诃夫的短篇小说《坏孩子和别的奇闻》（1935）撰写了译文的序言。在这些文字中，鲁迅儿童观的重要变化可以概括为：鲁迅一面调适"父子关系"的矛盾性，一面深化"父子关系"的矛盾性。鲁迅儿童观的复杂性超越了五四新文化运动时期。

比较五四新文化运动时期，鲁迅在"大革命"失败后的有关儿童的文字中，"人之子"的追寻之梦不断遭遇深度幻灭，而"人之父"的责任意识却无可奈何地愈加自觉。因此"父子关系"之间的复杂矛盾在"大革命"失败后，不仅没有任何缓解的迹象，反而更加凸显。在此期间，尽管鲁迅试图对"父子关系"的矛盾冲突进行调适，但收效甚微。"父子关系"的矛盾性，最明显地体现在"大革命"失败后的鲁迅杂文中。鲁迅虽然继续以启蒙主义思想批判传统封建文化对儿童的奴性规训，但同时更深地陷入"娘老子"训导的儿童/"人国"期待的儿童之间的矛盾、冲突之中。与成人为伍的"变戏法"的"孩子""上海儿童""上海少女"远比《孔乙己》中的"小伙计"、《风波》中的"六斤"距"人国"更远。鲁迅经由现实生活经验，目睹了"娘老子"训导的儿童如何挫败"人国"期待的儿童。但是，"人之父"的批判意识更加强烈。鲁迅不再集中于历史批判，而是转向社会现实批判。因此，鲁迅除了一如既往地运用启蒙主义思想批判传统封建文化对儿童的奴役，同时借用了马克思主义思想资源、从阶级性的角度明快、有力地批判了现实社会中"高等华人"对儿童的虐杀。如杂文《冲》《踢》《推》。

与此同时，在此时期，鲁迅在谈及儿子海婴的书信世界中，又时时流露出无法抑制的"人之父"甘为"孺子牛"的幸福和温情。只是，这种难得的幸福和温情，仍然无法平息鲁迅儿童观中的矛盾性。相反，鲁迅的儿童观因亲情的融入更加复杂化了。譬如：鲁迅在《我们现在怎样做父亲》中所提出的父子之间"爱"的理念虽然不再抽象化，但也具象化为一种疲累的情感。①

问题四，如何理解鲁迅儿童观的独特性？

从五四新文化运动初始，至鲁迅逝世，鲁迅一直以怀疑启蒙主义的立场来坚持启蒙主义的儿童观。这种对启蒙主义的复杂态度构成了鲁迅儿童观的独特性。

正因为鲁迅始终在矛盾中坚持启蒙主义儿童观，鲁迅与周作人的儿童观日渐由同道而转向分离。周作人也是在五四新文化运动中发现"儿童"的，且在《人的文学》（1918）、《平民的文学》（1919）、《个性的文学》（1921）等文章中，如鲁迅一样主张"以孩子为本位"。但是，在五四新文化运动中，周作人并未如鲁迅一样以"人之父"的自觉意识深化儿童文学的启蒙功能，而是转向了儿童文学的基础理论研究工作。随着五四新文化运动的落潮，周作人连"五四"时期儿童文学的启蒙功能也消解了。周作人宁愿像一个童心未泯的"孩童"那样，流连于儿童文学的自由之境。

为了更好地理解鲁迅儿童观的独特性，我们还不妨以德国现代思想家

---

① 鲁迅在1935年3月13日致萧军、萧红的书信中说道："现在孩子更捣乱了，本月内母亲又要到上海，一个担子，挑的是一老一小，怎么办呢？"见《鲁迅全集》（第13卷），人民文学出版社1981年版。

本雅明为参照。鲁迅与本雅明皆具诗人气质,在儿童观上,也颇相通:他们都爱儿童,爱儿童玩具,却都不将孩子奉为天使,而是正视儿童所具有的人性的正、负特征。本雅明一面赞美"读书的孩子""迟到的孩子""偷吃东西的孩子""乘坐旋转木马的孩子""不修边幅的孩子""捉迷藏的孩子"[1],同时担忧"从儿童身上能发现潜在的专制君主品质,缺乏人性的"特性[2]。与此相类似,鲁迅一面主张"救救孩子",同时又疑惑"没有吃过人的孩子,或者还有?"(《狂人日记》);一面塑造了少年小英雄闰土形象,一面又刻画了闰土成年后的麻木。不过,比较二人,本雅明宁愿成为现代社会中儿童世界的体验者和观察者,以体验和观察的方式批判现代性带给儿童的负面因素;鲁迅虽有时堪称敏锐的体验者和观察者,但更多的时候则宁愿成为儿童世界的启蒙者,即"人之父",以绝望的挣扎拯救儿童于"被吃"的处境。

特别需要注意的是,鲁迅无论如何以"人之父"的启蒙者身份批判历史与现实,都对自身绝不赦免。所以,"人之父"的话语单位从一开始在第一篇现代白话小说《狂人日记》中就带有原罪色彩。此后,鲁迅也反复剖解"人之父"的原罪心理。

总之,鲁迅从近现代之交,在童年、少年、青年时代萌生儿童观,到"五四"时期在壮年时代确立儿童观,再到20世纪二三十年代在中、晚年阶段深化、调适儿童观,每一个过程对儿童观的理解都充满矛盾性和复杂性。而且,鲁迅儿童观的变化过程正是鲁迅思想与中国文化、中国文学的现代性进程一道由萌芽到确立,再到发展、演变的过程。

二 鲁迅如何"看"儿童:矛盾的启蒙视点

鲁迅关涉儿童观的文字世界,可以被描述为一位"人之父"或启蒙者如何"救救孩子"的思想史诉求。自五四新文化运动以后,将儿童观置身于思想史的空间,是思想家型的文学家鲁迅自觉选取的思维方式。而在思想史视域的现代性过程中,鲁迅先是经由童年、少年的自发性阅读,

---

[1] 本雅明:《单行道》,王才勇译,凤凰出版传媒集团、江苏人民出版社2006年版,第67—73页。

[2] 本雅明:《本雅明论教育》,徐维东译,吉林出版集团有限责任公司2011年版,第5页。

再到对西方个人主义哲学的汲取和思索，后又接受了马克思主义思想的影响（其间，历史循环论始终伴随其中）。然而，无论鲁迅思想历程伴随着中国文化与文学的现代性进程如何变化，鲁迅儿童观中的"立人"旨归始终不变。正因此故，鲁迅看取"儿童"的视点一直选取启蒙视点。不过启蒙视点的内部充满矛盾，即启蒙视点呈现出由"儿童"视点向"成人"视点矛盾倾斜的征候。其原因在于，以"立人"为旨归的儿童观即是这样的矛盾性构成：儿童不能依靠自身发现"儿童"，只有成人视点的位置才能够发现"儿童"，并确立启蒙主义的儿童观。

我们需要进入鲁迅关涉儿童的文字世界来辨析鲁迅儿童观中启蒙视点的矛盾踪迹。这不是一件容易的事情。因为鲁迅文字世界中的"儿童观"是不确定的启蒙主义，表现方式也是不同的。然而，依据启蒙视点的切入角度，我们可以发现一些有趣的问题：鲁迅在不同时期对"儿童"观察、理解的视点存在变化。这，是因为什么？如果从启蒙视点的角度，我理解为鲁迅在关涉儿童的文字中，一直纠结于"儿童"视点和"成人"视点的矛盾关系。

五四新文化运动之前的鲁迅虽然已经在留日时期就确立了"立人"的启蒙思想，但毕竟没有明确提出启蒙主义的儿童观。五四新文化运动之前，鲁迅关涉儿童的文字非常有限，分为两类。一类是"儿童文学"类，一类是"儿童教育"类。文学类只有文言体小说《怀旧》[①]、抄注的儿歌六首；教育类只有他作为教育部科员所起草的文件、公告《拟播布美术意见书》。其中，《怀旧》全篇选取儿童视角，整个内容都充满稚拙的童趣，"儿童"被理解为原初的自然天性中的顽童。而《拟播布美术意见书》[②] 一文中的"儿童"，则被理解为需要全面发展的"幼者"，在此，鲁迅只是恪守一位部属公务员的职责，不必过度阐释鲁迅的启蒙意识。总之，五四新文化运动之前，对鲁迅而言，儿童视点和成人视点可谓各安其位，两不相扰。

五四新文化运动期间，鲁迅在《我们现在怎样做父亲》中正式表明了启蒙主义儿童观，同时也标志着他的儿童观正式选取了启蒙视点。这意味着以往鲁迅儿童观中儿童视点和成人视点持衡的状态结束了。"人之

[①] 鲁迅：《拟播布美术意见书》，《鲁迅全集》（第8卷），人民文学出版社1981年版。
[②] 鲁迅：《怀旧》，《鲁迅全集》（第7卷），人民文学出版社1981年版。

子"的儿童视点已经向"人之父"的成人视点倾斜,"人之父"的成人视点明显具有权力话语的强势位置。譬如小说《故乡》①虽然选取了少年视角和成人视角相交替的叙述方式,但小说中"儿童视角"下的"人之子"还是被替代于"成人视角"下的"人之父"形象。当童年的闰土和"我"在20年后变化为中年木讷的闰土和漂泊的"我"时,小说传达的不仅是眷恋之情,更有无奈、凄清之感。所以,五四期间,"儿童"被视为"将又不幸又幸福的你们的父母的祝福浸在胸中,上人生的旅路"的"幼者"②。"父亲"被看作"自己背着因袭的重担,肩住了黑暗的闸门"③的人。只是,需要说明的是:"五四"时期的鲁迅,虽然自觉地选取了成人视点的启蒙主义儿童观,但不可否认他对"儿童"的理解存在着某种想象性的成分,甚至,还存在着某种隔膜。

"五四"到鲁迅逝世前,在鲁迅关涉儿童的文字世界中,成人视点与儿童视点之间的关系更加矛盾。随着文化环境的激变,鲁迅个人处境的不断变化,成人视点和儿童视点的位置不断变化:时而,在文化环境的烦扰中,"人之父"的成人视点依然居于主体位置;时而,在个我世界的闲静中,童年时期的记忆不可抑制地浮现出来,"人之子"的儿童视点被选取。譬如:《忽然想到五》(1925)、《这个与那个》(1925)、《读书杂谈》(1927)等一如既往地表达一位"人之父"对儿童的期待和祝福,而鲁迅在厦门期间"从记忆中抄出来"④的《朝花夕拾》则重拾儿童的原初的影像。这个时段,儿童视点和成人视点,处于矛盾、摇摆、交替、渗透的状态。特别是,"大革命"失败后,鲁迅因对启蒙主义儿童观的幻灭曾经任由成人视点覆盖儿童视点。或者说,鲁迅严重怀疑真正的儿童视点是否存在。不过,严酷的社会现实使得鲁迅对儿童的思考不再满足于对"类"的想象话语,而是转向由"个"到"类"的具象话语。譬如《上海的少女》(1933)、《上海的儿童》(1933)、《我们怎样教育儿童的》(1933)、《从孩子的照相说起》(1934)、《连环图画琐谈》(1934)、《看图识字》

---

① 鲁迅:《故乡》,《鲁迅全集》(第1卷),人民文学出版社1981年版。
② 鲁迅:《热风·随感录六十三》,《鲁迅全集》(第1卷),人民文学出版社1981年版,第383页。
③ 《我们现在怎样做父亲》,《鲁迅全集》(第1卷),人民文学出版社1981年版,第130页。
④ 鲁迅:《朝花夕拾·小引》,《鲁迅全集》(第1卷),人民文学出版社1981年版,第230页。

（1934）等杂文，都在"类"中增加了"个"的具象感。

然而，这一阶段，不该忽视的是鲁迅论及儿童的书信世界。随着1929年鲁迅为人父，鲁迅关涉儿童文字中的成人视点和儿童视点之间的矛盾冲突有时呈现出松动的迹象。成人视点和儿童视点时有叠合。鲁迅依然坚持启蒙主义的儿童观，但启蒙主义儿童观中悄然内置了一位"人之父"对"人之子"的"爱意"体验，进而使得鲁迅与儿童的隔膜在某种意义上有所消除。由于周海婴的出生，鲁迅成为真正的"人之父"，海婴则成为鲁迅儿童观得以实现的具体对象。这份"爱意"的获得，对于鲁迅儿童观的变化至关重要。以往鲁迅研究大多强调鲁迅思想世界中"仇恨"的一面，这是一个需要反思的问题。特别是，"爱意"，对于鲁迅儿童观来说，能够调适鲁迅儿童观中成人视点与儿童视点的矛盾冲突。由于"爱意"的收获，鲁迅转向从经验和体验的层面来理解"儿童"，而不是从理论的层面来想象"儿童"。而且，鲁迅开始从日常生活（区别于以往的社会生活）的角度，重新关注儿童的生物属性。譬如：在1930年2月22日鲁迅致章廷谦的信中，说道："海婴，我毫无佩服其鼻梁之高，只希望他肯多睡一点，就好。他初生时，因母乳不够，是很瘦的，到将要两月，用母乳一次，牛乳加米汤一次，间隔喂之（两回之间，距三小时，夜间则只喂母乳），这才胖起来。米之于小孩，确似很好的，但粥汤似乎比米糊好，因其少有渣滓也。"[1] 信中的鲁迅，与天下的"人之父"没有任何不同。但假如说有什么不同，那也是鲁迅比一般的父亲更在乎"爱意"的给予。书信中，海婴完全是一个被鲁迅的"爱意"所"豢养"的幼小动物。此外，书信世界非常有趣地讲述了鲁迅为人父后的凡俗的一面：一向被视为精神界战士的鲁迅竟然在日常生活中很富有人情味儿地在朋友圈中不落下哪家生子时的迎来送往；不忘记为孩子购买玩具、收集玩具等琐屑事情。虽然有时，鲁迅也会在书信中向友人抱怨孩子之累，但那些话语不过是对"爱意"的另一种理解与表达，听者不能完全当真。此种心情，就像一位获得宝物、欣喜异常的人，因不知如何珍藏宝物总要发出几声得意的"抱怨"一样。

---

[1] 鲁迅：《鲁迅致章廷谦》，《鲁迅全集》（第12卷），人民文学出版社1981年版，第4页。

三 鲁迅儿童观的哲学内核的矛盾性

那么，鲁迅儿童观的总体内容和启蒙视点为何如此复杂，充满矛盾？笔者认为，原因固然很多，譬如：鲁迅"被压抑的童年"一经被释放，将爆发出惊人的能量。但，其中最主要的根源在于鲁迅思想世界的矛盾性。

进一步说，鲁迅位居中国现代儿童观中心位置的秘密部分就在于鲁迅哲学内核的矛盾性。换言之，鲁迅哲学思想的内核不是由任何单一思想体系独撑，或几种思想的融合，而是由生物进化论与历史循环论矛盾构成。如果说生物进化论构成了鲁迅现代性维度中的主体哲学思想，那么历史循环论则构成了鲁迅反现代性维度中的主体哲学思想。

概括说来，如果将鲁迅儿童观的哲学内核的矛盾性放置在现代性或反现代性的维度中进行考量，就会发现，不管是生物进化论或启蒙主义目标，还是历史循环论或对启蒙主义目标的消解，它们之间始终处在一种矛盾、扭结的关系之中。只是一个非常特别的地方在于：鲁迅儿童观的哲学内核的矛盾与扭结的程度，往往依据鲁迅所置身的文化语境的变化、作品文体的不同、阅读对象的差异而或隐或显地存在着。

从文化语境来看，从"五四"时期到1927年"大革命"失败，鲁迅的儿童观是以生物进化论为主要哲学内核的，并以此支撑了鲁迅的启蒙主义儿童观；而"大革命"失败后，历史循环论不可抑制地从潜在状态中浮现出来，并构成"大革命"失败后鲁迅儿童观的主要哲学内核，进而使得鲁迅对启蒙主义儿童观产生空前的怀疑。这一隐秘，在1932年4月24日夜完成的《三闲集·序言》中有明确表达："我一向是相信进化论的，总以为将来必胜于过去，青年必胜于老人，对于青年，我敬重之不暇，往往给我十刀，我只还他一箭。然而后来我明白我倒是错了。这并非唯物史观的理论或革命文艺的作品蛊惑我的，我在广东，就目睹了同是青年，而分成两大阵营，或则投书告密，或则助官捕人的事实！我的思路因此轰毁，后来便时常用了怀疑的眼光去看青年，不再无条件的敬畏了。然而你此后也还为初初上阵的青年呐喊几声，不过也没有什么大帮助。"[1]

---

[1] 鲁迅：《三闲集·序言》，《鲁迅全集》（第4卷），人民文学出版社1981年版，第5页。

当然，鲁迅思想异常复杂，我们很难条分缕析地辨析清楚生物进化论与历史循环论在不同时期的鲁迅儿童观中的确切分量。事实上，这两种充满矛盾的哲学思想，在鲁迅的儿童观中，常常此消彼长。

我们还是依据鲁迅论述儿童文学的文字作以比较。

五四新文化运动至"大革命"时期，鲁迅论述儿童文学的文字多集中在杂文集《坟》《热风》和散文集《朝花夕拾》中，也散见于小说集《呐喊》《彷徨》中。这个时期关涉儿童文学的文字，特别是这个时期杂文中关涉儿童文学的文字，大多观点鲜明、基调昂扬、语言晓畅、语义明确，充溢着励志的亮色。因以生物进化论为主要哲学内核，鲁迅明确地将"孩子"理解为具有进化意义的新生命。"孩子"作为新生命固然弱小，但生物进化论为"孩子"注入了免疫的"抗体"，不仅可以杀死"父亲"所携带的腐朽的封建文化的"病毒"，而且还可以借此让年轻的生命不断发展、壮大。类似这样的观点，在《热风·随感录》中有明晰的表达。在《随感录五十七》中，鲁迅从各种复古主义的包围中突围出来，坚定地发出响亮的断言："杀了'现在'，也便杀了'将来'。——将来是子孙的时代。"① 在《热风·随感录四十九》中，鲁迅干脆将生物进化论理解为历史和生命发展、壮大的逻辑力量，并再次断言："凡有高等动物，倘没有遇着意外的变故，总是从幼到壮，从壮到老，从老到死。"② "我想种族的延长，——便是生命的连续，——的确是生物界事业里的一大部分。何以要延长呢？不消说是想进化了。但进化的途中总须新陈代谢。所以新的应该欢天喜地的向前走去，这便是壮，旧的也应该欢天喜地的向前走去，这便是死；各各如此走去，便是进化的路。"③ "大革命"时期，鲁迅经历了"五四"落潮、"女师大学潮"期间文人之间的笔战、青年学生高长虹的背叛等事件，但依旧以生物进化论为思想武器，大声疾呼生命的更新和文化的变革，并如此断言："我想，凡是老的，旧的，实在倒不如高高兴兴的死去的好。"④

---

① 鲁迅：《五十七 现在的屠杀者》，《鲁迅全集》（第1卷），人民文学出版社1981年版，第350页。
② 鲁迅：《四十九》，《鲁迅全集》（第1卷），人民文学出版社1981年版，第338页。
③ 鲁迅：《四十九》，《鲁迅全集》（第1卷），人民文学出版社1981年版，第338—339页。
④ 鲁迅：《老调子已经唱完》，《鲁迅全集》（第7卷），人民文学出版社1981年版，第307页。

比较而言,"大革命"失败后,鲁迅论述儿童观的文字风格则有明显改变。文章的观点虽然明确,但语言多反讽、内容常多义,基调悲凉、色调沉郁,充溢着无可奈何的晦暗气息。鲁迅后期,因所经历的社会生活比以往更为凶险、严酷、苦痛,历史进化论挫败了生物进化论。虽因海婴的成长,鲁迅在论述儿童文学的文字中,平添了一幅平和、温暖的日常化笔墨,如《玩具》《我的种痘》等,但日常生活中的亲子之情只能是全部生活的一隅;也虽因生物进化论的影响的余绪尚存,但鲁迅的儿童观不可阻挡地被改变了。与"五四"时期鲁迅杂文中对启蒙儿童观的"热切"追求不同,"大革命"失败后的鲁迅杂文更倾向于对启蒙儿童观"无奈"地坚守。而且,启蒙主义儿童观内部的矛盾性裂痕更加凸显,内容的表达也更为隐蔽和多义。"大革命"失败后鲁迅儿童观的变化,在《我们怎样教育儿童的》《新秋杂识》《看变戏法》《上海的少女》《上海的儿童》《从孩子的照相说起》等杂文中体现得最为明显。《我们怎样教育儿童的》论及了儿童教育与教科书之间的关系问题。该文的主要观点是:中国虽然进入"现代"社会了,但儿童教科书非但没有因为新文化、新时代的产生而相应生成新观念,反而因袭着旧文化的教育观念,历史循环论在儿童教科书中有着顽强的生命力。如鲁迅在文中所说:"就是所谓'教科书',在近三十年中,真不知变化了多少。忽而这么说,忽而那么说,今天是这样的宗旨,明天又是那样的主张,不加'教育'则已,一加'教育',就从学校里造成了许多矛盾冲突的人,而且因为旧的社会关系,一面也还是'混沌初开,乾坤始奠'的老古董。"[①] 在《新秋杂识》中,鲁迅的儿童观近乎绝望。鲁迅在"五四"初始阶段所提出的疑问:"没有吃过人的孩子,或者还有?"在此处得到绝望的回答:"然而制造者也决不放手。孩子长大,不但失掉天真,还变得呆头呆脑,是我们时时看见的。"[②]《看变戏法》将"黑熊"和"孩子"并置在一起,作为被成人世界工具化、虐待化的对象。鲁迅在此不仅亲手拆解了他以往信奉的进化论链条:动物——儿童——新青年——人——人国,而且拆穿了"戏法"的秘籍——"孩子"竟然与"大人"合谋戏耍"看客",以赚足人气和财

[①] 鲁迅:《我们怎样教育儿童的》,《鲁迅全集》(第5卷),人民文学出版社1981年版,第255页。

[②] 鲁迅:《新秋杂识》,《鲁迅全集》(第5卷),人民文学出版社1981年版,第270页。

气。①《上海的少女》《上海的儿童》《从孩子的照相说起》虽然将"孩子"放置在西方现代文明的背景下,貌似被"进化"了,但传统封建文化的奴性价值观根深蒂固,"孩子"仍然不是自己的主人。"孩子"甚至出现了各种病态的"文明"的奇观:上海少女"精神已是成人,肢体却还是孩子"②;上海儿童或者"任其跋扈",或者"使他畏葸退缩"③。中国儿童在中国的照相馆里照了一张相,也要"面貌很拘谨,驯良,是一个道地的中国孩子了"④。显然,历史循环论对于"大革命"失败后的鲁迅,较之历史进化论,更有说服力。

鲁迅儿童观的哲学内核的矛盾性,除了随着鲁迅所置身的文化环境的变化而变化,还与鲁迅所选取的文体有关。一般说来,鲁迅儿童观的哲学内核的矛盾性在小说文体和散文诗文体中的表现比在杂文文体和散文文体中的表现更为复杂。如果说杂文文体和散文文体中的儿童观的哲学内核是在写实的世界里表现其矛盾性,那么小说文体和散文诗文体中的儿童观的哲学内核则是在隐喻的世界里表现其矛盾性。比较而言,鲁迅杂文文体和散文文体的表现手法虽然多样,但都基于写实主义的总体写作原则之下,其儿童观的哲学内核的矛盾性相对来说处于显在状态;而小说文体和散文诗文体无论选取哪种手法,都基于现代主义的总体美学原则之下,其儿童观的哲学内核的矛盾性相对来说处于隐蔽状态。在此,我仅以鲁迅小说和散文诗创作最为集中的"五四"时期的作品为例。

五四新文化运动初始阶段,鲁迅确立了"救救孩子"的启蒙主义主题,但杂文和小说、散文诗对这一主题的表现方式很是不同。《我们现在怎样做父亲》《随感论二十五》《随感论四十九》等杂文通常以生物进化论为哲学内核,以直接的、励志的"呐喊"方式为孩子提供一个"人国"的图景,为社会和读者增加一份热力;而小说《狂人日记》、散文诗《自言自语》则以历史循环论为哲学内核,将启蒙者悲凉的心境隐蔽地深含其中,让阴冷之气弥散在作品的缝隙中,"彷徨"地暗中消解了"人国"实现的可能性。《狂人日记》显在结构的哲学内核当然是生物进化论,但隐在结构的哲学内核则是历史循环论。而且,越到小说的语义深层,历史

---

① 鲁迅:《看变戏法》,《鲁迅全集》(第5卷),人民文学出版社1981年版,第318页。
② 鲁迅:《上海的少女》,《鲁迅全集》(第4卷),人民文学出版社1981年版,第564页。
③ 鲁迅:《上海的儿童》,《鲁迅全集》(第4卷),人民文学出版社1981年版,第565页。
④ 鲁迅:《上海的儿童》,《鲁迅全集》(第6卷),人民文学出版社1981年版,第81页。

循环论的哲学内核就越破土而生。所以，结尾"救救孩子"的呼声与其说是"呐喊"，不如说是"彷徨"；与其说是坚信，不如说是怀疑；与其说是信奉生物进化论，不如说是接受历史循环论。特别是常被忽视的散文诗《自言自语》①，比杂文《我们现在怎样做父亲》仅仅早发表两个月，却完全不见鲁迅对生物进化论的乐观期待。譬如：第三节中的"古城"，虽然依据历史进化论设计了"老头子""少年"和"孩子"三个人物，且传达了《我们现在怎样做父亲》中"自己背着因袭的重担，肩住了黑暗的闸门，放他们到宽阔光明的地方去"的启蒙主义立场，但整体上却隐喻了儿童无法获救的悲剧性宿命。"古城"无疑是古老的历史文化的象征，但"古城"对于居住者来说不仅丧失了庇护作用，反而使得他们面临被黄沙席卷的灭顶之灾。最后，"黄沙"将"古城"连同"少年""老头子"和"孩子"一起埋没。可见，在五四新文化运动初始阶段，鲁迅的内心深处非但无法虔信历史进化论，反而陷入极度的绝望之中。但是，只有在隐喻的世界中，鲁迅才得以尽情地表达他真实的绝望之感。

　　五四新文化运动落潮以后，鲁迅儿童观的哲学内核的矛盾性厮杀得更为激烈，且真切地、深度地展现在鲁迅的小说和散文诗中。《孤独者》借助于魏连殳对待儿童前后截然不同的态度，凸显鲁迅儿童观的哲学内核的矛盾性。小说刚刚出场的魏连殳一向对人冷冷，对孩子却"看得比自己的性命还宝贵"。但随着小说结构的深化，三个月后的魏连殳对"孩子"的看法完全逆转："想起来真觉得有些奇怪。我到你这里来时，街上看见一个很小的小孩，拿了一片芦叶指着我道：杀！他还不很能走路……"当"我"转而为孩子推脱时，魏连殳则彻底推翻了三个月前对孩子的爱意："我的寓里正有很讨厌的一大一小在那里，都不像人！""哈哈，儿子正如老子一般。"魏连殳对孩子的情感已由强烈的爱变为强烈的憎了。小说中安排的魏连殳对孩子态度变化的辩难叙事，实则意味着鲁迅在生物进化论与历史循环论之间的痛苦选择。如果说《孤独者》中儿童观的哲学内核的矛盾性充满了疼痛感，那么散文诗《风筝》中儿童观的哲学内核的矛盾性则是一种无痛的悲哀。长大的"弟弟"彻底遗忘了童年的风筝之梦，完全进入"成人"的行列中。可见，五四新文化运动落潮后，鲁迅经由一番痛苦的思想厮杀，儿童观中的哲学内核生物进化论日渐被历史

---

① 鲁迅：《自言自语》，《鲁迅全集》（第8卷），人民文学出版社1981年版。

循环论所挫败了。

　　此外，鲁迅作为一位对读者高度负责任的作家，往往针对不同的读者群去调整对矛盾性的表现尺度。《热风》和《呐喊》的读者群主要是青年，启蒙主义儿童观中"亮色"的一面便有所强化。即便鲁迅内心有晦暗的一面，也尽量表现得非常隐蔽。而对于原本写给自己的部分散文诗，如《颓败线的颤动》《求乞者》《风筝》等，启蒙主义儿童观中哲学内核的矛盾性则公开厮杀，且永无休止。

　　鲁迅不是一位严格意义上的儿童文学研究者和儿童文学作家。但他所确立的以"立人"为旨归的启蒙主义儿童观不仅具有丰富的现代性内涵，而且还具有矛盾的现代性特征，可谓一个复杂、多义的意义世界。无论"后来者"认同与否，都无法绕过鲁迅的儿童观。无论"后来者"如何解读鲁迅的儿童观，鲁迅所确立的以"立人"为旨归的启蒙主义儿童观都居于中国儿童文学经典的中心位置。特别是，在当时复杂的文化环境下，鲁迅的儿童观不再仅仅成为学术的研究对象，已经延展为中国儿童文学界的思想资源。

鲁迅如何确立中国儿童形象诗学的原点

徐　妍[*]

摘要：鲁迅不是一般意义上的儿童文学作家和儿童文学研究者，即：鲁迅他的文学作品很少以儿童为主人公和以儿童为主要读者群。鲁迅文学作品只是以儿童为视角，或以儿童为主人公。但是，鲁迅以小说、散文、杂文等文学形式率先创造了中国现代文学史上的具有经典中心的顽童与缩小的成人这两种具有原型性质的中国儿童形象，探索了中国儿童形象所内含的美学原则与启蒙思想，进而确立了中国儿童形象诗学的原点。

在浩如烟海的中国传统文学作品中，表现中国儿童形象的作品非常稀缺。特别是中国儿童形象与它的诗学思想的诞生竟然滞后了两千多年。直到20世纪五四新文化运动时期，中国儿童形象与它的诗学思想才因中国现代文学的发生而被催生出来。然而，虽然中国儿童形象迄今已经得到了较为深入、系统的研究，但其背后的诗学思想却未能得到应有的阐释。由于"中国儿童文学是外源型现代化社会的产物"，中国儿童形象这一概念与它的诗学思想自然有一种被现代的特质。进一步说，与西方儿童形象诗学多为相对独立的现代哲学著述不同，中国儿童形象诗学是在中国现代化进程过程中被生成，且与文学、社会学、教育学、人类学等缠绕在一起的多学科著述，有其独特的中国特征。本文试图以中国现代思想家型的文学家鲁迅作品中的儿童形象为研究对象，再结合鲁迅作品中的儿童文学论与儿童观论，探讨鲁迅如何建构了中国儿童形象诗学的原点。

---

[*] 徐妍，中国海洋大学文学与新闻传播学院教授。

一 鲁迅：以文学形式建立中国儿童形象诗学

中国儿童形象诗学是由中国儿童、形象和诗学三个关键概念构成。"中国儿童"在本文中仅指现代中国的儿童，包括现代中国乡土儿童和现代中国都市儿童。"形象"即"艺术形象"，"是中国现代美学和诗学经常使用的主要概念或重要范畴之一。在文学世界中，即是指文学作品中由文学语言创造出来的人物形象。它虽然是由西文 image 翻译过来的，但在移植到 20 世纪中国后，却获得了极强的生命力。创造艺术形象，尤其是艺术中的典型形象，成为 20 世纪中国文学的一个重要问题，也是中国现代知识分子据以解决现代性问题的有着巨大社会效果的象征性手段。"诗学的概念，虽然是一个历时性概念，但更有共时性的内涵。诗学"按照传统留下来的意思，首先是指文学的全部内在的理论；其次，它适用于一个作家在文学所有的可能性中（按主题学、构成、文体等顺序）所作的选择，如《雨果的诗学》；最后，它涉及一种文学流派所建立起来的标准规则，以及当时必须遵循的实用惯例的总体。"在本文中，诗学更接近第二种解释，即诗学并非对一种诗学原理的建构，而是对文学作品中儿童形象的诗学阐释。

一般而论，儿童形象诗学，若在现代西方的学科门类中，应归属于现代美学或现代哲学范畴。但在现代中国的学科门类中，则大多归属于文学创作领域与学术研究领域。以文学创作与学术研究的方式致力于中国儿童形象诗学的建设，是自现代以来的中国儿童文学学科的一个特别的现象。而且，与西方儿童形象诗学重体系、重逻辑和重思辨的哲学阐释方式不同，中国儿童形象诗学固然也接受了西方哲学的阐释方式，但更倾向于重短评、重形象、重诗性的阐释方式。其中，中国儿童形象诗学的奠基人鲁迅与周作人就依靠文学创作与文学研究这两种方式建立了中国儿童形象诗学的中国范式。

比较而言，周作人在新文化运动以前，更偏爱于阅读神话学、人类文化学、生物学、民俗学、儿童学等方面的学术书籍，"最终导致了他一生学者式的情感方式"，因此，他大多是以学术研究的方式来建构中国儿童形象诗学；鲁迅则既广泛地阅读了西方自然科学史、文学史、哲学史的著作，又延续了中国传统诗学的重诗性、重形象和重直觉的文学表达方式，最终导致了他思想家型文学家的表达方式,因此鲁迅几乎全部是以文学创作的形式来建构中国儿童形象诗学。

当然,鲁迅不是一般意义上的儿童文学作家和儿童文学研究者,即:鲁迅的文学作品很少以儿童为主人公和以儿童为主要读者群。鲁迅只有少量文学作品选取以儿童为视角讲述近现代之交的中国社会的成长经历。但是,鲁迅以小说、散文、杂文等文学形式率先创造了中国现代文学史上具有原型性质的中国儿童形象,内含了一位启蒙思想家的现代"立人"思想,继承了中国古典文学传统,进而确立了中国儿童形象诗学的原点。

二 "顽童"与"缩小的成人":两种对峙的中国儿童形象

每个民族国家都有属于自己本民族国家的儿童形象。"20 世纪中国伟大的思想家与文学家"的鲁迅在塑造儿童形象时,如同塑造他作品中的其他人物形象一样,始终置身于中国的历史语境与现实语境之中,且依凭中国经验和中国语言来讲述中国儿童故事。可以说,以中国语言讲述儿童形象的中国性是鲁迅确立中国儿童形象诗学原点的第一要义。

概括说来,鲁迅作品中的中国儿童形象尽管类型各异,但总体说来可以划分为两种对峙的中国儿童形象:"顽童"与"缩小的成人"。其中,"顽童"隐喻为解放的儿童生命;"缩小的成人"隐喻为被规训的儿童生命。"顽童"与"缩小的成人"构成了两种对峙的中国儿童形象。

那么,鲁迅作品如何以"顽童"和"缩小的成人"这两种对峙的儿童形象来塑造中国儿童形象?这是本文探讨的主要问题。

鲁迅作品中的中国儿童形象最早诞生在他唯一一部文言小说《怀旧》中。该小说中的儿童形象是解读鲁迅所塑造的中国儿童形象的"前身",但被关注得很不够。或许是由于该小说的语言形式是文言,即便是鲁迅在世时,它也是被忽视的。然而,鲁迅对于他的处女作却念念不忘。1934 年 5 月 6 日,鲁迅在致年轻的好友杨霁云的信中写道:"三十年前,弄文学的人极少,没有朋友,所以有些事情,是只有自己知道的。现在都说我的第一篇小说是《狂人日记》,其实我的最初排了活字的东西,是一篇文言的短篇小说,登在《小说林》(?)上。那时恐怕还是在革命之前,题目和笔名,都忘记了,内容是讲私塾里的事情的,后有恽铁樵的批语……还得了几本小说,算是奖品。"虽然1934年的鲁迅已由初涉文坛的教育部小公务员"变身"为作品等身的中国文化巨匠,但仍然不忘他三十一年前的处女作小说。后来,鲁迅研究者虽然关注了《怀旧》,通常只是将关注重心放置在成人世界上,将其概括为九岁孩童的视角下的中国社会各阶层对革命的恐慌心理,而对儿童视角下的儿童形象有所忽视。事实上,《怀旧》不仅鲜活地塑造了一位被旧式私塾教育压抑的崇尚自由的顽童形象,还构成了鲁迅作品中的中国儿童形象的"前身"。可以说,自"现代"以后,鲁迅作品中的中国顽童形象皆从《怀旧》中的这一顽童形象出发。那位厌烦私塾秃先生、恐惧背《论语》和学属对,喜好在桐树下跳跃、听传奇故事的九岁孩童形象所传递出来的儿童特性既符合顽童天性,又具有中国性,一并在现代以后的鲁迅作品中以不同形式、不同程度"复活",进而成为中国现当代作家作品中的中国儿童形象的"前身"。此后,鲁迅在其创作的前后期对《怀旧》中的"顽童"形象进行了现代性深化。

在1918年至1927年间的鲁迅创作前期,中国儿童形象呈现在鲁迅小说、散文、杂文中。无论哪一种文体,鲁迅都集中塑造了"顽童"与"顽童"的反面——"缩小的成人"这两种对峙的中国儿童形象。

先看鲁迅创作前期的第一阶段:新文化运动初始期。这一时期,鲁迅在文学作品中不仅暂时中断了《怀旧》中的"顽童"形象塑造,而且将中国儿童形象塑造为"缩小的成人",即"吃人者"儿童形象或"被吃者"儿童形象。让我们结合鲁迅的作品进行解读。

如果从中国儿童形象塑造的视角来看,1918年5月《新青年》第四卷第五号刊发的、首次以鲁迅为笔名的"中国现代文学史上第一篇用现代体式创作的白话短篇小说"《狂人日记》需要重读,因为它是继《怀旧》中的"顽童"这一中国儿童形象"前身"之后塑造中国儿童形象"今生"的出发点。在《狂人日记》中,鲁迅除了深刻地揭示了家族制度和礼教制度"吃人"这一被掩盖的历史真相与现实真相外,还发出了"救救孩子"的启蒙主义呐喊。因此,鲁迅在《狂人日记》中除了重点塑造了狂人这一精神界战士的形象,还塑造了中国儿童形象。不过,令人惊奇又战栗的是:《狂人日记》中的中国儿童形象并未承接《怀旧》中保有自由天性的、自然生命形态的"顽童"形象,而是转向了对"吃人者"

儿童形象与"被吃者"儿童形象的塑造。这类中国儿童形象或是由"娘老子教的""颜色也同赵贵翁一样，脸色也都铁青"的小孩子，或是被大哥吃掉的"才五岁的妹子"。这些儿童形象不是"被吃者"儿童形象，就是"吃人者"儿童形象，都不再是《怀旧》中的活泼泼的"顽童"形象。时隔不到一年，鲁迅在1919年《新青年》第六卷第四号发表的、第二篇白话短篇小说《孔乙己》中继续暂时悬搁"顽童"形象塑造而继续延续"缩小的成人"的形象塑造。鲁迅先是将"少年小伙计"描写为"样子太傻""活泼不得"的"被吃者"儿童形象，继而又描写为对孔乙己颇有几分不耐烦、与众人一道哄笑孔乙己的"吃人者"儿童形象。还是在1919年，鲁迅发表在《新潮》月刊第二卷的短篇小说《明天》讲述了男童宝儿因疾病、愚昧和冷漠的人心而成为"被吃者"。1920年8月，鲁迅发表在《新青年》第八卷第一号的短篇小说《风波》中的女童六斤开篇因"双丫角的小头"、奔跑的脚步和大声说出"这老不死的"等细节描写而闪现了《怀旧》中的顽童形象，但在小说篇末，经由"一支大辫子"，"伊虽然新近裹脚，却还能帮七斤嫂做事，捧着十八个铜钉的饭碗，在土场上一瘸一拐的往来"等细节描写则传递出这位"顽童"已然被剥夺了孩子的活泼天性。

除了上述五四新文化初始期的鲁迅小说中的中国儿童形象塑造，鲁迅自1918年9月至1919年11月发表在《新青年》刊物上的杂文中也有数篇将儿童塑造为"吃人者"和"被吃者"的儿童形象。在《随感录二十五》中，鲁迅描述了中国儿童中"穷困者"与"骄横者"这两种形象："穷人的孩子蓬头垢面的在街上转，阔人的孩子妖形妖势娇声娇气的在家里转"；在《随感录四十九》中，鲁迅塑造了中国儿童少年早衰的形象："少年在这时候，只能先行萎黄，且待将来老了，神经血管一切变质以后，再来活动。"

可见，在五四新文化初始阶段，鲁迅非但并未真正确信启蒙主义的理想会给中国儿童带来新的希望，反而更加充满了绝望的悲凉。而且，在鲁迅的文学词典里，"缩小的成人"无论是化身为"吃人者"儿童形象，还是化身为"被吃者"儿童形象，皆为奴之子。以如此冷峻的目光和彻底的批判精神来塑造中国儿童形象的，在中国现当代文学史上或许唯有鲁迅这位思想家型的文学家，因为或许唯有鲁迅才敢于率先对中国历史与中国现实彻底"睁了眼看"。

再看鲁迅创作前期的第二阶段：新文化运动的高潮期和落潮期。这一时期，鲁迅在对"吃人者"儿童形象塑造与"被吃者"儿童形象塑造的同时并未真正中断中国"顽童"形象塑造。事实上，"吃人者"儿童形象或"被吃者"儿童即"缩小的成人"恰是"顽童"的反面，抑或是对"顽童"形象的呼唤。这样，当鲁迅的目光从中国历史和中国现实抽离出来，而暂时沉湎在追忆世界时，鲁迅作品便复活了《怀旧》中的中国顽童形象。如果说"童年如同遗忘的火种，永远能在我们身心中复萌"，那么鲁迅的童年则一面带给他伤痛性记忆，一面带给他温暖与快乐的记忆。1921年5月，《新青年》第九卷第一号发表了鲁迅的短篇小说《故乡》。该短篇小说是鲁迅经典小说中的经典。它被各种解读，虽然很难寻找到再解读空间，但若将该文放置在顽童形象塑造上来重读，应该说是一个新的角度。进一步说，在该小说的儿童视角下的叙述世界里，鲁迅充分调动了他的童年经验，并在他少年小伙伴章运水的原型基础上塑造了少年闰土这一经典中国顽童形象。在对少年闰土形象塑造过程中，鲁迅除了讲述他如《怀旧》中的顽童与天下的顽童一样爱玩且会玩（闰土捕鸟、拾贝壳等海边嬉戏让"我"钦佩极了）之外，还增加了中国乡土少年淳朴、友爱、勇敢、机智、慷慨和强健等新质。小说讲述了少年闰土对少年"我"的情谊、对摘吃西瓜的口渴路人的慷慨、对小动物猹的勇敢智斗，既表现了少年闰土的顽童性格，也想象了未来"人国"中国新型少年的理想化品质。《故乡》被发表的第二年，鲁迅再度调动童年经验，多年后对距绍兴三十余里的鲁迅外婆家安桥头村童年小伙伴进行追忆。在1922年12月的上海《小说月报》第十三卷第十二号上，鲁迅发表了短篇小说《社戏》，鲜活地塑造了双喜、阿发、少年"我"等顽童形象。看得出来，《社戏》中投放了双喜们的影像，但与《故乡》一样是对未来"人国"中国新型少年的再度想象。苏联文艺理论家巴赫金说："记忆对我来说是对未来的记忆，对他人来说是对过去的记忆。"鲁迅在《故乡》《社戏》中对于追忆世界中顽童形象的想象同样体现了记忆的这一诗学性质：记忆对"我"来说固然是对过去童年小伙伴的追忆——以追忆的方式透视中国社会现实，但同时也是对未来理想社会中未来的"人"之子的建构。

需要注意的是，《社戏》与《故乡》皆创作于1919年五四运动之后的一个沉寂期。当时鲁迅的沉寂情状如鲁迅在1925年编选《热风》集时所说："五四运动之后，我没有写什么文字，现在已经说不清是不做，还是消失消灭的了。"或许正因如此，鲁迅才在追忆世界中想象未来"人国"少年的理想化形象。最重要的，这些顽童形象的所有特质都与"吃人者"儿童形象或"被吃者"儿童形象这两类"缩小的成人"相对抗，即为了实现"人"之子与奴之子的对抗。

在鲁迅创作前期的第二阶段，除了小说《故乡》和《社戏》，鲁迅在1926年创作的一组散文中继续塑造了中国顽童形象。《从百草园到三味书屋》犹如对《怀旧》中顽童的重写。《五猖会》如同《社戏》的姊妹篇。《阿长与山海经》表现了顽童爱幻想的天性。当然，鲁迅在新文化运动的落潮期，顽童形象之外，作为"缩小的成人"的一体两面形象——"吃人者"儿童和"被吃者"儿童也始终挥之不去。1925年2月发表于《语丝》杂志上的散文诗《风筝》中讲述了哥哥在少年时如何在无意识里扼杀了弟弟对风筝的童年之梦。

再看在1927年到1936年间的鲁迅创作后期。在鲁迅创作后期，中国儿童形象主要集中在鲁迅的杂文中。因鲁迅后期定居在上海，他便由对乡土中国少年形象的塑造转向了对中国都市儿童形象的描写。再加上鲁迅后期内心的悲凉感更加浓郁，曾经在追忆世界中塑造的顽童形象，即：未来"人国"中的理想化少年——"人"之子便不再成为鲁迅后期作品中的主体儿童形象，而被替代以都市病态儿童形象或"被吃者"儿童形象。

其中，都市病态的少女少男形象有过度早熟的"上海的少女"与跋扈的"上海的少年"（《上海的少女》《上海的儿童》）；"被吃者的儿童"有：失去玩具的儿童（《我的种痘》）、跌入车下的儿童（《推》）、照相时格外驯良的孩子（《从孩子的照相说起》）；等等。其中，比较有代表性的是上海的少女形象和上海的儿童形象。《上海的少女》描写了这样的都市少女形象："精神已是成人，肢体却还是孩子。"显然，这是都市少女版"缩小的成人"。《上海的儿童》描写了上海少年的"在门内或门前是暴主，是霸王，但到外面，便如失了网的蜘蛛一般，立刻毫无能力"这样的主奴两面心理的都市儿童，即都市少年版"缩小的成人"。

不过，在鲁迅的生命深处，一直藏匿着一位"顽童"形象，正如现代女作家萧红在《回忆鲁迅一文》中所描写的那样："鲁迅先生的笑声是明朗的，是从心里的欢喜。若有人说了什么可笑的话，鲁迅先生笑的连烟卷都拿不住了，常常是笑的咳嗽起来。"再加上1928年9月鲁迅儿子周海婴的出生及其成长过程，使得顽童形象在鲁迅的后期杂文中虽不经常出现，但一经出现，其形象的饱满、意蕴的丰富并不亚于鲁迅前期作品中的顽童形象。杂文《玩具》中有这样一段有趣的描写，塑造了一老一小两位顽童形象："但是，江北人却是制造玩具的天才。他们用两个长短不同的竹筒，染成红绿，连作一排，筒内藏一个弹簧，旁边有一个把手，摇起来就格格的响。这就是机关枪！也是我所见的惟一的创作。我在租界边上买了一个，和孩子摇着在路上走……"在这段描写中，两个自信满满的顽童形象跃然纸上。杂文《我的第一个师傅》通过一位与佛门有缘的儿童讲述了他所目睹的佛门中各种人间趣事，处处显现出顽童的顽皮天性。

总之，以"顽童"与"缩小的成人"的形象塑造来确立两种对峙的中国儿童形象，是鲁迅塑造中国儿童形象的始终如一的方法。其中，顽童形象的"玩"的权益是否获得保障，可以被视为鲁迅判断中国儿童是否健康幸福的基本标准。"缩小的成人"如何成为主与奴，可以被理解为鲁迅批判中国封建礼教文化与现代文明负面影响的文化立场，即现代启蒙思想家鲁迅毕生所追寻的"立人"思想。而且，"顽童"与"缩小的成人"的两种对峙的形象皆是从鲁迅的处女作《怀旧》中生发出来的。因此，我们不该遗忘鲁迅现代作品中的儿童形象与《怀旧》的内在联系。没有《怀旧》中的顽童，如何可以产生鲁迅现代小说中的中国儿童形象？

三　从中国古典文学传统中创造中国儿童形象

如果说每个民族国家都有属于自己本民族国家的儿童形象，那么每位作家对儿童形象的塑造也有其民族国家的文学传统和美学观念。鲁迅当然也不例外。但与其他作家不同的是：鲁迅以东方古国强健的胃功能的巨大消化能力、东方古国的奇思妙想以及他独异的语体和文体在中国古典文学传统中创造了为数不多却居于原点位置的中国儿童形象。换言之，鲁迅天才的创造力使得他的作品复活了中国古典文学传统中的经典儿童形象。

那么，鲁迅如何从中国古典文学中创造中国儿童形象？

前文已述，中国古典文学历史悠久，但中国古典文学中的中国儿童形象却非常稀缺。可是，鲁迅在他的作品中并未将西方文学中的儿童形象"横移"过来，始终还是以中国古典文学传统作为创作资源。

鲁迅作品中的儿童形象多可在中国"野史"中寻得踪迹。在鲁迅的视野中，野史还有杂说、笔记、档案等。鲁迅曾在《读经与读史》《随感录五十八》《病后杂谈》《清代文字狱档》《隔膜》等杂文中多次表达自己对野史的偏爱。为什么？概言之，在中国书中，只有"野史"才得以保留了一些与鲁迅精神文化性格相通的异端形象。正因如此，鲁迅对野史中最生机勃勃的部分——由民间幻想的鬼、神、人、仙、妖精等构成的中国民间神话故事颇有兴趣。例如：鲁迅曾对话本《唐三藏取经诗话》（该话本多认为作者是宋人，但鲁迅认为作者是元人）和吴承恩的长篇小说《西游记》都表现出浓厚的研究兴趣。鲁迅曾经与郑振铎讨论过《唐三藏取经诗话》的版本问题，也曾与胡适书信交流过《西游记》"作者事迹的材料"。鲁迅特别在原为北京大学授课的大学讲稿《中国小说史略》第十七章和第十八章中对吴承恩长篇小说《西游记》的野史叙事进行了精到点评："然作者虽儒生，此书则实出于游戏……""惟其造事遣词，则丰赡多姿，恍惚善幻，奇突之处，时足惊人……"这段点评文字足见鲁迅对《西游记》中野史叙事的激赏。当然，囿于本论题的内容，本文不做鲁迅的《西游记》研究之研究，只是试图从鲁迅的《西游记》研究中解读鲁迅如何从《西游记》这部中国古代经典文学中创造中国儿童形象？

鲁迅在研究《西游记》时，几度将激赏的目光凝定在吴承恩的长篇小说《西游记》中的经典少年形象——哪吒这一形象上。

"……起在半空，见那李天王高攀照妖镜，与哪吒住立云端。"

"……哪吒现三首八臂，往来冲突。"

虽然这里的哪吒形象只是出自鲁迅对吴承恩《西游记》的引文，但可显现出鲁迅对哪吒形象的激赏的目光。鲁迅不仅激赏，而且将哪吒视为中国古典文学中经典的儿童神魔形象，由此创造了他作品中的经典顽童形象。如果比较鲁迅短篇小说《故乡》中的顽童闰土形象与吴承恩长篇小说《西游记》中哪吒形象，就更可以强有力地支持了这个判断。

先看哪吒形象。吴承恩在《西游记》中这样描写哪吒形象："这哪吒太子，甲胄齐整，跳出营盘，撞至水帘洞外。那悟空正来收兵，见哪吒来的勇猛。好太子：总角才遮囟，披毛未盖肩。神奇多敏悟，骨秀更清妍。诚为天上麒麟子，果是烟霞彩凤仙。龙种自然非俗相，妙龄端不类尘凡。身带六般神器械，飞腾变化广无边。今受玉皇金口诏，敕射海会号三坛。/悟空迎近前来问曰：'你是谁家小哥？闯近吾门，有何事干？'哪吒喝道：'泼妖猴！岂不认得我？我乃托塔天王三太子哪吒是也……'"这是一个神魔之子的形象！同时，吴承恩塑造哪吒形象时，也寄予了他对少年的理想化想象。理想中的少年应如哪吒那样：个性勇猛，形象清俊、行动敏捷、履历神奇。

再看闰土形象。鲁迅在《故乡》中这样描写闰土形象："这时候，我的脑里忽然闪出一幅神异的图画来：深蓝的天空中挂着一轮金黄的圆月，下面是海边的沙地，都种着一望无际的碧绿的西瓜，其间有一个十一二岁的少年，项戴银圈，手捏一柄钢叉，向一匹猹尽力的刺去，那猹却将身一扭，反从他的胯下逃走了。/这便是闰土。"这是一个自然之子的形象。与神魔之子哪吒有几分神似。少年闰土与少年哪吒一样勇敢、矫健、神勇、英俊。不同的是，少年闰土还有中国乡土少年的纯良、慷慨和童真。

两相比较，鲁迅塑造的闰土形象与吴承恩塑造的哪吒形象都是"顽童"小英雄形象。其中的闰土形象，在鲁迅所践行的启蒙主义儿童观的思想谱系中，既是知识者"我"追忆世界中的童年小伙伴，更是未来"人国"世界中的"人"之子。

当然，鲁迅并非仅仅将中国古代文学传统作为中国儿童形象诗学的文学资源，更是将其作为中国儿童形象诗学的思想资源。进一步说，在思想谱系上，鲁迅将中国古代文学传统复活为一种反现代性的思想资源。他尽管接受了西方多种现代思想的启发，主张"拿来主义"，但在培养什么样的中国少年这一问题上，鲁迅依旧坚持本土文化立场，坚持中国古代文学资源的现代性转换。因此，鲁迅，在中国儿童形象诗学的建构上，如同他在其他思想领域一样，始终都是一位现代派中的反现代派。

鲁迅以他作品中的儿童形象的塑造确立了中国儿童形象诗学的原点。此后，中国现当代作家继续以文学的方式、分别沿着儿童本位的审美教育和成人本位的政治教育这两种"现代"的路径建构中国儿童形象诗学。前者如陈衡哲、凌淑华；后者如冰心、叶圣陶等。当然，有时也有两种"现代"路径交叉的现象，如：老舍、陈伯吹和张天翼的儿童文学创作。在此三种情况之外，更有一种主张儿童本位，也坚持审美教育的中国现当代作家废名、沈从文、汪曾祺等承继了鲁迅所确立的中国儿童形象诗学且进行非典型的儿童文学创作。尤其，20世纪90年代以后，非典型儿童文学作家曹文轩的文学作品继承了鲁迅的中国儿童形象诗学并获得大成。如果有可能，这条脉络将构成另一篇文章的内容。

鲁迅译介《小约翰》与儿童文学的跨文化现代性

徐 妍[*]

摘要：本文以鲁迅译介荷兰作家望？蔼覃的长篇经典童话《小约翰》为研究对象，提出"儿童文学的跨文化现代性"这一概念，通过重评鲁迅译介《小约翰》的动因、过程、译介文本世界的多种特征、译介者的文本世界与译介文本之间的"互文性"等方面，论述了鲁迅译介的《小约翰》如何确立了中国儿童文学的跨文化现代性的文本典范。

19世纪末20世纪初的荷兰作家和精神分析学家拂来特力克·望·蔼覃（Frederik wan Eeden，1860—1932）在1885年还是一位25岁的青年。但这位25岁的荷兰青年竟在19世纪末一家具有"战斗和革命的机关"[①]性质的荷兰杂志《新前导》上发表了长篇童话《小约翰》，"只一下，便将他置身于荷兰诗人的最前列了"[②]。迄今，《小约翰》已问世一百三十多年了。在一百三十多年间，《小约翰》已经成为一部具有荷兰语、德语、英语、中文等多种语言版本的、跨文化性质的经典童话作品，并被人们视为与法国作家安托万·德·圣·埃克苏佩里1942年创作的、世界经典童话《小王子》相提并论的姊妹篇。而在被译介为众多不同语言、不同版本的《小约翰》中，鲁迅译介的《小约翰》在中国文学界有着持久的影响力。或者，毫不夸张地说，鲁迅译介的《小约翰》自1928年1月由未

---

[*] 徐妍，中国海洋大学文学与新闻传播学院教授。
[①] 保罗·贲赫：《〈小约翰〉原序》，见拂来特力克·望·蔼覃《小约翰》，鲁迅译，凤凰出版社传媒集团、译林出版社2011年版，第16页。
[②] 保罗·贲赫：《〈小约翰〉原序》，见拂来特力克·望·蔼覃《小约翰》，鲁迅译，凤凰出版社传媒集团、译林出版社2011年版，第17页。

名社初版后，历经 1937 年版（生活书店）、1947 年版（鲁迅全集出版社）、1957 年版（人民文学出版社）、2004 年版（华文出版社）、2008 年版（福建教育出版社）、2011 年版（译林出版社）、2011 年版（北方妇女儿童出版社）、2014 年版（当代世界出版社）、2016 年版（南京大学出版社）、2016 年版（译林出版社）等多个版本变迁和一代代中国读者的阅读，已经成为中国现代童话翻译史上的一部经典童话作品。与此同时，鲁迅译介《小约翰》的经典化过程，也确证了儿童文学的跨文化现代性的自身属性。那么，何谓儿童文学的"跨文化现代性"（transcultural modernity）？笔者认为，儿童文学的"跨文化现代性"即是指发生于"跨文化场域"（the transcultural site）中的儿童文学的现代性。但所谓儿童文学的"跨文化场域"，并非仅指跨越语际和国别，还包括跨越儿童文学的种种二元对立，例如：跨越儿童与成人、现实与虚拟、写实与隐喻、人与非人、诗与童话、儿童文学与成人文学等。鲁迅译介《小约翰》这一行动，从译介动因、译介过程的跨文化现代性、经译介文本的跨文化现代性、至译介者文本世界与译介文本世界之间的互文性所呈现的跨文化现代性，都逐一确证了儿童文学的"跨文化现代性"的诸多特征。

一 译介动因、译介过程与儿童文学的跨文化现代性

鲁迅译介《小约翰》的跨文化现代性首先表现在其译介动因和译介过程在现代性背景上跨越了语际和国别、儿童文学作家与成人文学作家的边界。

鲁迅在中国现当代文学史、思想史上有很多身份。思想家、文学家自不必说，小说家、文体家也自不必说，美术家、收藏家、小公务员等身份也不断被重视。21 世纪之后，鲁迅的翻译家身份被鲁迅研究界，乃至现代文学研究界格外看重。如：刘少勤的专著《盗火者的足迹与心理——鲁迅与翻译》[1] 和王友贵的专著《翻译家鲁迅》[2] 对翻译家鲁迅进行了整

---

[1] 刘少勤：《盗火者的足迹与心理——鲁迅与翻译》，百花洲文艺出版社 2004 年版。
[2] 王友贵：《翻译家鲁迅》，南开大学出版社 2005 年版。

体研究，可谓"这25年间鲁迅翻译的整体研究的最大收获"①。特别是，著名现代文学研究者、鲁迅研究者孙郁在20世纪90年代初期发表的《鲁迅翻译思想之一瞥》②一文的基础上，在21世纪提出"鲁迅首先是翻译家，其次才是个作家"③这一观点。随着鲁迅翻译家身份的被重视，鲁迅在儿童文学翻译领域所做的工作自然受到学界的关注。而学界多集中于鲁迅译介的《小约翰》。其中，袁狄涌的文章《鲁迅为什么译介〈小约翰〉》④和顾农的文章《重读鲁迅译本〈小约翰〉》⑤都重述了鲁迅译介《小约翰》的动因和过程，王家平和吴正阳的文章《鲁迅创作与童话译注对话研究》⑥对鲁迅创作与鲁迅童话翻译之间的对话关系进行了细致解读。特别有推进意义的是秦弓的文章《鲁迅的儿童文学翻译》⑦和刘少勤的文章《鲁迅的儿童观和他的童话翻译》⑧都对鲁迅儿童文学翻译进行了整体研究。可见，现代文学界在21世纪对《小约翰》的研究不再局限于翻译领域和现代文学领域，而是延展至儿童文学领域。然而，鲁迅的儿童文学翻译家的身份仍然并未得到应有的重视。特别是从儿童文学的跨文化现代性的角度去评价鲁迅作为一位儿童文学翻译家译介《小约翰》的动因、过程的学术工作更是个缺失。事实上，鲁迅译介《小约翰》的动因和过程如果不放置在儿童文学的跨文化现代性的视阈下，将很难真正理解鲁迅译介《小约翰》的动因和过程。

在跨文化视阈下，鲁迅译介《小约翰》的动因和过程都可以重新读解。

我们先重新解读鲁迅译介《小约翰》的动因。据1926年7月6日鲁迅的回忆，我们得知1906年鲁迅与荷兰作家望·蔼覃的长篇童话的相遇机缘和译介动因。1906年的一天，留学日本的鲁迅"在日本东京的旧书店买到几十本旧的德文文学杂志，内中有着这书的绍介和作者的评传，因

---

① 李春林、邓丽：《1981—2005鲁迅翻译研究述略》，《鲁迅研究月刊》2006年第5期。
② 孙郁：《鲁迅翻译思想之一瞥》，《鲁迅研究月刊》1991年第6期。
③ 孙郁：《走近鲁迅·文字后的历史》，《收获》2000年第5期。又见《鲁迅首先是翻译家》，《北京日报》2008年9月27日。
④ 袁狄涌：《鲁迅为什么译介〈小约翰〉》，《文苑漫步》2010年第1期。
⑤ 顾农：《重读鲁迅译本〈小约翰〉》，《文艺报》2013年1月9日。
⑥ 王家平、吴正阳：《鲁迅创作与童话译注对话研究》，《首都师范大学学报》2016年第1期。
⑦ 秦弓：《鲁迅的儿童文学翻译》，《山东社会科学》2013年第4期。
⑧ 刘少勤：《鲁迅的儿童观和他的童话翻译》，《福建师范大学学报》2005年第3期。

为那时刚译成德文。觉得有趣,便托丸善书店去买来了;想译,没有这力。后来也常常想到,但总为别的事情岔开;直到去年,才决计在暑假将它译好,并且登出广告去,而不料那一暑假过得比别的时候还艰难。今年又记得起来,翻检一过,疑难之处很不少,还是没有这力。问寿山可肯同译,他答应了,于是开手,并且约定,必须在这暑假期中译完"①。鲁迅对其与《小约翰》的相遇机缘、译介动因的回忆不断被学者转述、解读。有学者认为:"开启鲁迅儿童文学翻译航程的具体契机,则是1921年5月28日日本放逐苏联盲诗人爱罗先珂"②,有学者认为:"鲁迅当时之所以对《小约翰》产生如此强烈的兴趣,原因估计有两条,一是望·蔼覃那种象征写实相结合的手法,二是他以童话的形式表达严肃主题的创作路径。"③还有学者认为"鲁迅真正感兴趣并进行自主选择翻译的文学作品是那些拥有赤子之心的作家"④。可以说,这些观点对于解读鲁迅译介《小约翰》的动因深具启发性。不过,鲁迅这段看似明明白白的对译介《小约翰》动因的回忆有许多语焉不详的空白处。比如:鲁迅明明知道译介《小约翰》之高难,为何二十年念念不忘?要知道,1926年的鲁迅已由1906年的25岁青年进入45岁的中年!其中谜底,就像藏头诗一样藏在鲁迅的这段回忆中。即在鲁迅的这段回忆里,最不可忽略的就是鲁迅阅读《小约翰》第五章后的直觉印象——"有趣"。何谓"有趣"?"有趣"是多义的,包括跨越语际和国别,还包括故事好看,想象力神奇,意蕴丰富、语言诗美、作者的赤子之心,对现代社会的批判性,等等。换言之,对于鲁迅而言,《小约翰》的"有趣",不仅跨越了荷兰语、德语、日语、中文的不同语言的边界和不同国族的边界,还跨越了儿童与成人、诗与童话的边界,因此被鲁迅评价为"无韵的诗,成人的童话"⑤。进一步说,鲁迅认同于《小约翰》德文版译者波勒·兑·蒙德的观点,认为《小约翰》是一篇"象征写实底童话诗"⑥,其中,动物、植物的言行和理想

---

① 鲁迅:《马上支日记》,《鲁迅全集》(第3卷),人民文学出版社1981年版,第335页。
② 秦弓:《鲁迅的儿童文学翻译》,《山东社会科学》2013年第4期。
③ 顾农:《重读鲁迅译本〈小约翰〉》,《文艺报》2013年1月9日。
④ 姜异新:《翻译自主与现代性自觉》,《鲁迅研究月刊》2012年第3期。
⑤ 鲁迅:《〈小约翰〉引言》,《鲁迅全集》(第10卷),人民文学出版社1981年版,第254—255页。
⑥ 鲁迅:《〈小约翰〉引言》,《鲁迅全集》(第10卷),人民文学出版社1981年版,第254页。

"都是实际和幻想的混合"①,精灵"旋儿"与死神"永终""本是同舟",分别隐喻了"已失的原与自然合体的混沌"——和"未到的复与自然合体的混沌"②,"不失赤子之心"③的作者与成人如同怀有童稚之心的儿童,"人性的矛盾"即是"福祸纠缠的悲欢"等童话特质都在鲁迅所说的"有趣"之列。概言之,"有趣"之于鲁迅译介《小约翰》,归根结底即是儿童文学的跨文化现代性。

我们再重新读解鲁迅译介《小约翰》的译介过程。鲁迅译介《小约翰》不光是名词意义上的贡献,即:译介了一部儿童文学的跨文化现代性的典范之作,同时还是动词意义上的贡献,即探索了一个儿童文学的跨文化现代性的典范过程。鲁迅对《小约翰》从动念到翻译,到完成,历时二十年,一路兜兜转转,整个译介过程体现了鲁迅作为儿童文学翻译家如何处理儿童文学跨文化现代性的考量和经验。姑且不说鲁迅在日本一家旧书店的德文杂志上与德语版《小约翰》的相遇即是鲁迅译介《小约翰》的跨文化机缘,单说鲁迅译介《小约翰》的过程就历经了儿童文学跨文化现代性的诸多难题。具体说,这些难题有:1906年初遇《小约翰》时的德语难题,"想译,没有这力"④。中间几度想译,"一到拔出笔要来译的时候,却又疑惑起来了,总而言之,就是外国语的实力不充足"⑤。1926年与同事齐寿山开手翻译时的直译难题与中欧文的差异难题,"务欲直译,文句也反而塞涩;欧文清新,我的力量实不足以达之"⑥。人物、动物和植物的译名难题:"和文字的务欲近于直译相反,人物名却意译,因为它是象征。"⑦动植物译名一点不比译人名容易。鲁迅难以依靠中外

---

① 鲁迅:《〈小约翰〉引言》,《鲁迅全集》(第10卷),人民文学出版社1981年版,第255页。
② 鲁迅:《〈小约翰〉引言》,《鲁迅全集》(第10卷),人民文学出版社1981年版,第255页。
③ 鲁迅:《〈小约翰〉引言》,《鲁迅全集》(第10卷),人民文学出版社1981年版,第254页。
④ 鲁迅:《马上支日记》,《鲁迅全集》第3集,人民文学出版社1981年版,第335页。
⑤ 鲁迅:《〈小约翰〉引言》,《鲁迅全集》第10集,人民文学出版社1981年版,第256页。
⑥ 鲁迅:《〈小约翰〉引言》,《鲁迅全集》第10集,人民文学出版社1981年版,第257页。
⑦ 鲁迅:《〈小约翰〉引言》,《鲁迅全集》第10集,人民文学出版社1981年版,第258页。

文词典上的动植物译名确切落实《小约翰》中的动植物名称，而况，"我们和自然一向太疏远了，即使查处了见于书上的名，也不知道实物是怎样。……有许多是生息在荷兰沙地上的东西，难怪我们不熟悉……"① 对于上述诸多难题，鲁迅如同直面人生又超越人生一样，在译介《小约翰》的过程中，鲁迅既直面文字又超越文字，进而选取了直译文字、意译思想的译介方法。由此，鲁迅译介《小约翰》的过程即是对儿童文学的跨文化现代性的实现过程：尊重儿童文学的儿童性，"所用的是'近于儿童的简单的语言'"②，同时探索译介文本的现代性，进而让《小约翰》的童话世界与现代人的"大都市"形成对照关系；忠实于《小约翰》的原创文本，同时将译者隐蔽地在场于文本之中，进而使得思想家型的文学家鲁迅与《小约翰》在思想世界中高度认同。而且，从鲁迅译介《小约翰》过程中所选取的方法和所表现的特征来看，鲁迅译介《小约翰》的过程是难度和迷人相交织的典范的译介过程，甚至可以延展为中外翻译家置身于跨文化语境下典范的共通性体验，如 20 世纪一位重要的美国翻译家维拉德·特拉斯克（Willard Trask，1900—1980）所说："我意识到，译者与演员必须具备同样的天赋，二者所做的都是将别人的东西表现得跟自己的一样。"③ 对此，鲁迅译介《小约翰》的过程也不例外：鲁迅必须像演员忠实于剧本一样忠实于《小约翰》的文本世界，但同时也像演员坚持自己的表演理念一样表达自己的思想世界。

总之，尽管鲁迅译介《小约翰》的动因和过程曾被鲁迅自述，也被研究者重述，其原因有多种理解，过程也几多曲折，但正是基于《小约翰》所具有的儿童文学的跨文化现代性的特质，鲁迅才被立刻吸引、长久神往、终生不忘，进而构成了鲁迅译介《小约翰》的内驱力，并郑重地将《小约翰》推荐给中国读者："我所爱吃的，却往往不自觉地劝人吃。看的东西也一样，《小约翰》即是其一，是自己爱看，又愿意别人看的书，于是不知不觉，遂有了翻成中文的意思……"④ 当然，《小约翰》

---

① 鲁迅：《〈小约翰〉引言》，《鲁迅全集》第 10 集，人民文学出版社 1981 年版，第 258 页。
② 鲁迅：《〈小约翰〉引言》，《鲁迅全集》第 10 集，人民文学出版社 1981 年版，第 257 页。
③ Lawrence Venuti：《译者的隐形——翻译史论》，外语教学与研究出版社 2009 年版，第 8 页。
④ 鲁迅：《〈小约翰〉引言》，《鲁迅全集》（第 10 卷），人民文学出版社 1981 年版，第 254—256 页。

的思想世界与鲁迅的思想世界有着同构性质，使得鲁迅克服了诸多译介难题而最终完成了译介《小约翰》这一很高难度的译介工作。

二 译介文本与儿童文学的跨文化现代性

鲁迅译介《小约翰》的跨文化现代性表现在鲁迅译介的《小约翰》作为译介的文本世界在现代性背景上跨越了现实与虚拟、写实与隐喻、人与非人、诗与童话的边界。

童话作为儿童文学中最具文学性和哲学性的文本，在现代社会，已被视为一种现代寓言。基于童话的这一特质，日本著名心理学家河合隼雄倾向于将童话和寓言放置在一起进行讨论，说道："寓言故事不仅仅书过去的故事，也和现代人的精神世界密切相关。"[①] 同样，在此意义上，鲁迅译介《小约翰》不是仅仅属于虚幻世界中的故事，也和现代人的现实世界的精神世界密切相关。所以，鲁迅译介《小约翰》不仅其动因、过程与儿童文学的跨文化现代性联系在一起，而且其文本世界体现出儿童文学的跨文化现代性。我们通过进入鲁迅译介《小约翰》文本世界的方式来进行重新解读。

首先，解读鲁迅译介《小约翰》的主题。望·蔼覃是一位诗人气质浓郁的思想家型的作家。《小约翰》既是一部地道的儿童童话，又是一部跨越国别、医治现代社会诸多病症的思想家之书。对于望·蔼覃其人其文，同时代的荷兰评论家波勒·兑·蒙德曾如是评价："他触动，他引诱，借着他的可爱的简明，借着理想的清晰，借着儿童般的神思，还联结着思想的许多卓拔的深。"这意味着《小约翰》的主题是一位思想者对儿童性的理解和表现。[②] 如果我们结合鲁迅译介《小约翰》的故事内容，就更加确证这部长篇童话在主题层面的跨越国别且跨越儿童与成人边界的跨文化现代性特质。按照鲁迅的译介，再结合鲁迅译介《小约翰》的故事内容，读者会知道：《小约翰》讲述了童话主人公小约翰从童年至少年的成长过程。在具体情节编排上，小约翰从童年到少年的成长经历了四个阶

[①] 河合隼雄：《童话心理学》，南海出版公司2016年版，第5页。
[②] 波勒·兑·蒙德：《拂来特力克·望·蔼覃》，鲁迅：《〈小约翰〉附录一》，《小约翰》，译林出版社2011年版，第154页。

段：第一阶段，童蒙时期的小约翰处于生命的混沌状态，尚未剪断自然生命与自然之家的生命脐带，在人间之家时常怅然若失，故此追随"旋儿"，与自然界的动植物为友，试图回返自然之家。第二阶段，小约翰虽然追随旋儿在自然之家暂时遗忘了人间之家，获得了暂时的快乐，但很难再与自然界的动植物合体，同样，动植物也时常以异样的目光将小约翰归为人类，故此，随着成长，小约翰的求知欲念招来了鬼精灵"将知"，为了寻找一本一看便懂一切的书，遂与"旋儿"分离。第三阶段，小约翰重回人世间，遇到和他开了大恶作剧的小姑娘"荣儿"，还相继遇到了将他从自然拉开的崇尚知识的学问精灵"穿凿"、人类的幸福者"号码博士"，死神"永终"，——粉碎了少年成长时期的梦。第四阶段，小约翰终于超越了求知即苦痛的成长过程，"在自身中看见了神，将径向'人性和他们的悲痛之所在的大都市'时，才明白这书不在人间，惟从两处可以觅得：一是'旋儿'，已失的原与自然合体的混沌；一是'永终'——死，未得到的原与自然合体的混沌。而且分明看见，他们俩本是同舟……"[①]终于，小约翰在幻灭处重生。可见，小约翰的成长主题，如一座精美的文学建筑，内置了由文学性、儿童性、哲学性共同构筑的多个房间。假若我们读到这样的故事内容，还将这部长篇童话视为仅仅表现单一主题、属于单一国别、单一读者群落，也便错失了这部童话的诸多丰富的主题思想。进一步说，《小约翰》既内含了儿童文学的多重主题，还内含了复杂的哲学主题，可谓丰富多义，深具跨越国别且跨越儿童与成人边界的跨文化现代性。儿童成长主题、人与自然、动植物的关系问题、儿童友谊与少男少女的朦胧爱恋、生命与认知、隔膜与理解、误解与谅解、追求与贪念、生命与死亡等主题思想都内含其中。比较而言，在如此多重的主题中，儿童成长主题是鲁迅译介《小约翰》的核心主题。而儿童成长主题并不囿于狭义的儿童文学内部，而是由此延展至所有关涉现代人精神困境的文学主题及"何以世界是这样"[②]的哲学思想。它透过孩童小约翰纯净的目光来探询、透视现代人与动植物生灵的对立、对黑暗的"大都市"的难以逃离、对生命的盲视和对死亡的恐惧等各种精神心理病症，其故事内容的背

[①] 鲁迅：《〈小约翰〉引言》，《鲁迅全集》（第10卷），人民文学出版社1981年版，第255页。

[②] 拂来特力克·望·蔼覃：《小约翰》，鲁迅译，译林出版社2011年版，第22页。

后充溢着一位思想家对人类的深刻的林中省思。可以说,鲁迅译介《小约翰》始终将儿童成长主题与不同国别的现代人的精神困境联系在一起。这一点,如同鲁迅在介绍《小约翰》的故事内容时所说:"这也诚然是人性的矛盾,而祸福纠缠的悲欢。"概言之,鲁迅译介《小约翰》,在这一跨越成人与儿童的现代性主题的选取上,鲁迅作为译介者和《小约翰》的作者望·蔼覃跨时空跨文化地心心相通了。

其次,解读鲁迅译介《小约翰》的叙事世界。鲁迅对《小约翰》的赞赏不光是由于它的丰富的主题思想,更是由于它的奇妙的叙事世界。如果说童话是以"最须用天真烂熳的口吻"[①]、选取穿越于人间、精灵鬼怪世界的超时空的叙事方式、通过对梦幻世界的营造来关怀现实世界的叙事世界,那么望·蔼覃的《小约翰》确实通过对童话叙事世界的营造实现了对现实叙事世界的反思,实现了梦幻性与真实性的同一,如同波勒·兑·蒙德所说:"但在'童话'的这字的本义上,《小约翰》……这全体的表现虽是近于儿童的简单的语言,而有这样强制的威力,使人觉得并非梦境,却在一个亲历的真实里。"[②] 进一步说,《小约翰》虽然承担了多重主题,但始终轻逸地以童话的表现力和想象力穿越于现实世界与梦幻世界、写实世界与隐喻世界,以童话的叙事世界来关怀现实世界,进而实现了儿童文学的跨文化现代性的又一个特质。事实也是如此:《小约翰》的叙事世界虽然是通过小约翰来讲述他的充满幻惑的成长故事,但同时更是现实叙事与梦幻叙事的相互参照的叙事。依照小约翰的叙述,这部长篇童话分为天地人之间内置了多重叙事世界。我们看到的叙事场景先是在"大花园""老房子""池边"的现实世界中的人世间切换,再变化为在动植物精灵的梦幻世界中飞行,再后来坠落至世俗世界、知识世界、死神世界等共同构成的深渊世界中退行最后又回返至"大都市"的现实世界前行……这样的场景安排将读者与小约翰一道带入人类曾经如精灵一样会飞翔的从前记忆,也让读者与小约翰一道目睹了现代社会带给人类的现实生活。特别值得注意的是,《小约翰》的叙事世界上的跨文化鲁迅译介的《小约翰》中的现实世界与梦幻世界、写实世界和隐喻世界不是由观念构

---

① 鲁迅:《〈鱼的悲哀〉译者附记》,《鲁迅全集》(第10卷),人民文学出版社1981年版,第205页。
② 波勒·兑·蒙德:《拂来特力克·望·蔼覃》,《小约翰》,译林出版社2011年版,第155页。

成，而是由奇妙的细节构成的叙事世界。可以说，在鲁迅译介的《小约翰》中，在现实世界与梦幻世界、写实世界与隐喻世界之间的往返循环之所以自然而然，一个很主要的原因就在于彼此之间的路途是由奇妙的细节所搭建的。而且，这样的令人难以忘记、令人叫绝的细节随处可见。例如：在第二章，为了讲述小约翰由现实世界飞升至梦幻世界的事实，有这样的细节描写："他能够在一枝芦干上爬上去，他却是未曾想到的。"① 显然，这样的细节描写传递出小约翰的身体已如精灵旋儿一般小而轻。在第六章，为了表现小约翰由梦幻世界下落到现实世界的事实，有一段与前面形成对比的细节描写："他从莓苔和枯叶上飞回去。但他颠踬了许多回，他的脚步是沉重了。粗枝在他的脚下索索地响，往常是连小草梗也不弯曲的。"② 显然，这里的细节描写传递了小约翰的身体沉重感。在第十一章，为了讲述小约翰由现实世界走进了大都市的深渊世界的事实，有这样的细节描写："雄伟的烟突高高地伸起，超过黑的建筑物，还喷出浓厚的旋转的烟柱来。"③ "他们走到污秽的巷中，天的蔚蓝的条，见得犹如一指，还被悬挂出来的衣服遮暗了。"④ 这样的细节描写传递出现代人已经由对现代社会的神话崇拜转向了对现代社会的重度依赖。这样的例子不胜枚举。鲁迅译介的《小约翰》就是由小约翰视角下的一个个细节奇妙的叙事世界缝合起来，表达出现代人的各种精神困境，指向现代人人性的终极追问。同样值得称道的是，这些由奇妙的细节所构成的叙事世界体现出童话的叙事语气、叙事腔调、叙事角度和叙事精神，尤其显示出童话的绝妙的想象力，作者的用心经营，译者的用心译介，进而让读者体味出作者和译者隔空相约的冲破沉闷的现实世界的时代新曲，或文学"笔意"。

最后，解读鲁迅译介《小约翰》的形象世界。鲁迅译介《小约翰》令读者着迷的除了其丰富的主题意蕴和奇妙的叙事世界，还有其令人惊异或战栗的形象世界——那些生动、鲜活的人类与灵类、动物类，以及那些抽象乃至符号的人类与灵类的杀手就居住在读者魂灵的内部或周围。这些人类与非人类的形象，除了小约翰之外，还有小约翰父亲等人类形象，旋儿等灵类、荣儿、将知、穿凿、号码博士、死神等魔类形象。比较而言，

---

① 拂来特力克·望·蔼覃：《小约翰》，鲁迅译，译林出版社2011年版，第28页。
② 拂来特力克·望·蔼覃：《小约翰》，鲁迅译，译林出版社2011年版，第75页。
③ 拂来特力克·望·蔼覃：《小约翰》，鲁迅译，译林出版社2011年版，第112页。
④ 拂来特力克·望·蔼覃：《小约翰》，鲁迅译，译林出版社2011年版，第113页。

人类形象与非人类形象较易区分，而灵类形象与魔类形象则很难辨识，例如：人类时而灵类，时而魔类，更多的时候是在灵类与魔类之间摇摆。但无论是人类或非人类，灵类或魔类，鲁迅译介《小约翰》中的各类文学形象都因其文学性、儿童性和隐喻性的"三位一体"而具有儿童文学的跨文化现代性特质。进一步说，鲁迅译介《小约翰》中的各类形象既具有文学的基本特质——"虚构（fiction）意义上的'想象性'（imaginative）写作"①，又具有儿童性的基本特质——致力于有童趣的写作，还具有隐喻性的特质——隐喻了作者对现代社会病症的反思和批判，由此这些文学形象使得《小约翰》在文本的意义上深具儿童文学的跨文化现代性特质。不过，我不想为此一一解读各类文学形象如何实现了文学性、儿童性和隐喻性的三位一体，而是想解读各类文学形象之间的共生关系。"一般说来，童话主人公只有一个、很少有两人"②，《小约翰》也遵循此规约。只是在《小约翰》中，小约翰虽然是唯一的童话主人公，但他直至童话结尾都呈现出成长之途的非自主性、不确定性和不稳靠性，因此，作为这部长篇童话主人公的小约翰非但未能居于各类形象的中心位置，反而是在各类形象的角力下来实现自身形象的确立。对于"大光""月亮""旋儿""火萤"等岗上的灵类生命，小约翰充满向往，因向往而陷入人类之惑、反观人类之罪；对于"父亲""伙伴"等人类生命，小约翰心怀眷恋也心怀困惑，甚至试图一度忘却；对于将知、穿凿、号码博士、死神等魔类生命，小约翰曾经心怀恐惧，中经犹疑与抗争，最后生发出无畏的神勇。这些不同类别的文学形象在被塑造的同时体现出对作者与译者对现代人的深切理解、悲悯和宽容，贯穿着自我省悟的慈悲的童话精神。

总之，鲁迅译介《小约翰》之所以是鲁迅真正喜欢的一件事，其主要原因在于《小约翰》是鲁迅真正喜欢的跨文化的文本世界。

三 鲁迅的文本世界与《小约翰》之间的互文性

鲁迅译介《小约翰》的跨文化现代性表现在鲁迅的文本世界与鲁迅译介的《小约翰》在现代性背景上跨越了儿童文学与成人文学的边界。

---

① 特雷伊格尔顿：《二十世纪西方文学理论》，伍晓明译，北京大学出版社2007年版，第1页。
② 河合隼雄：《童话心理学》，赵仲明译，南海出版公司2016年版，第45页。

甚至，鲁迅译介的《小约翰》成为鲁迅文学创作的写作资源。

虽然鲁迅译介《小约翰》是1926年的事情，但鲁迅对德文版《小约翰》的第五章和全书的阅读则是1906年的事情。这意味着鲁迅接受《小约翰》的影响由来已久。尽管《小约翰》对鲁迅的文本世界的影响只是潜在影响，鲁迅接受《小约翰》的潜在影响也因其阅读者和译介者的身份差异而影响程度和接受角度有所不同，但鲁迅文本世界和望·蔼覃的《小约翰》之间还是表现出不可忽略的多文体的互文性[1]。或者说，鲁迅的文本世界接受了其译介文本《小约翰》的长久的潜在影响并使得鲁迅的文本世界与鲁迅译介的《小约翰》之间呈现出跨文化的互文性。在此，我依据鲁迅译介《小约翰》的前后作为分期进行解读。

在1926年鲁迅译介《小约翰》以前，鲁迅虽然在《故乡》（1921）、《社戏》（1922）、《风波》（1920）等短篇小说中塑造了少年闰土、水生、六斤等儿童形象，讲述了近现代之交中国浙东水乡的儿童故事，但这些小说中的儿童形象塑造方法、儿童故事结构并未见到它们对望·蔼覃的《小约翰》中的小约翰形象、童话故事结构进行吸收、转换的互文性。比较而言，在儿童形象塑造方面，鲁迅小说选取了以下两种塑造方法：或者让儿童形象定格于某个成长的瞬间；或者跳空了儿童形象的成长过程；而《小约翰》中的小约翰形象则被放置在渐进的成长过程中。在故事结构上，鲁迅小说中的儿童故事主要发生在过去的时空中，具有真实性，而小约翰的故事则发生在现在的时空中，富有奇幻性。但如果因为上述差异性而断然认为1926年鲁迅译介《小约翰》以前鲁迅的文本世界并未接受《小约翰》的潜在影响，或1926年鲁迅译介《小约翰》以前鲁迅的文本世界与《小约翰》不存在互文性，那也是一个难以令人信服的判断。作为《小约翰》阅读者的鲁迅二十年来都无法忘怀他所向往的《小约翰》，若不接受《小约翰》的潜在影响会相当困难。但作为思想家型的文学家鲁迅，无论对《小约翰》多么难以忘怀，都会以他的独立的方式来接受

---

[1] "互文性"（Intertextuality，又称为"文本间性"或"互文本性"），这一概念首先由法国符号学家、女权主义批评家朱丽娅·克里斯蒂娃在其《符号学》一书中提出："任何作品的本文都像许多行文的镶嵌品那样构成的，任何本文都是其他本文的吸收和转化。"其基本内涵是，每一个文本都是其他文本的镜子，每一文本都是对其他文本的吸收与转化，它们相互参照，彼此牵连，形成一个潜力无限的开放网络，以此构成文本过去、现在、将来的巨大开放体系和文学符号学的演变过程。

《小约翰》的潜在影响。例如：鲁迅的散文诗《过客》中的紫发小女孩对"过客"的"少有的好意"①与《小约翰》中金黄头发荣儿对小约翰的"恶作剧"相比看似相反，实则二者都是在人物寻找的路途上开的大玩笑，但一个是东方儿童式的天真玩笑，一个是西方少女式的世故玩笑。再如：散文诗《失掉的好地狱》《墓碣文》《死后》中的首句"我梦见自己躺在床上，在荒寒的野外，地狱的旁边"②"我梦见自己整合墓碣对立，读着上面的刻辞"③。"我梦见自己死在道路上。"④与《小约翰》第十三章小约翰目睹死神带走父亲时的诡异氛围和荒诞场景具有跨文化的互文性，但鲁迅散文诗中的死亡氛围和死亡场景凸显了鲁迅作为启蒙思想家的反抗绝望的生命哲学，而《小约翰》中的死亡描写则表现了一个现代人在成长之途必将经历的生命课。再如：《补天》中将人类形象塑造为奇怪、猥琐的"小东西""小方板""古衣冠小丈夫"和"禁军"，与《小约翰》中将人类形象塑造为"可骇的恶劣和野蛮的东西"⑤一样具有相通的人类自我反思意识，不同的是鲁迅《补天》中对人类形象的塑造内含了鲁迅对国民性和人性的透骨悲凉，而《小约翰》对人类形象的描写则传递了望·蔼覃对现代人的自我批判。

尤其，1926 年鲁迅译介《小约翰》前的杂文与望·蔼覃的《小约翰》在儿童观上具有跨文化的互文性。即 1926 年鲁迅译介《小约翰》前的鲁迅杂文与望·蔼覃的《小约翰》在儿童观上不谋而合，且不约而同地追问何谓儿童的正当性⑥。先解读鲁迅杂文中的儿童观及其何谓儿童的

---

① 鲁迅：《过客》，《鲁迅全集》（第 2 卷），人民文学出版社 1981 年版，第 190 页。
② 鲁迅：《死掉的好地狱》，《鲁迅全集》（第 2 卷），人民文学出版社 1981 年版，第 199 页。
③ 鲁迅：《墓碣文》，《鲁迅全集》（第 2 卷），人民文学出版社 1981 年版，第 202 页。
④ 鲁迅：《死后》，《鲁迅全集》（第 2 卷），人民文学出版社 1981 年版，第 209 页。
⑤ 拂来特力克·望·蔼覃：《小约翰》，鲁迅译，译林出版社 2011 年版，第 43 页。
⑥ "正当性"一词来源于拉丁文"legitimare"，对应法文中的"légitimité"，德文中的"legitimität"以及英文中的"legitimacy"。中国学者多将这些词汇译为"正当性""正当的""正当化"，但是，将其译为"合法性"的亦不在少数。"正当性"一词常见于哲学、政治学、法学、社会学等学科中。作为人文社会科学的核心概念，它的含义在人类思想的衍续中变得十分繁复。一般而言，正当性是一个法哲学、政治哲学的概念，来源于自然法传统，一般是为法律、法治及统治秩序寻求道德论证。在中国语境下，由于正当原本属于道德范畴，是对观念、行为、制度等事物所做价值判断，因此，正当性就是对观念、行为、制度等事物性质的追问。在本论文中，正当性的理解属于道德范畴，也属于制度范畴。比较而言，儿童正当性在鲁迅作品中更多地指向对传统封建伦理社会的批判，同时也延展至对现代社会制度的反思。儿童正当性在望·蔼覃的《小约翰》中主要是指对现代社会制度和现代社会文明的批判。

正当性。1926年鲁迅译介《小约翰》前，鲁迅在《热风·随感录二十五》《热风·随感录四十九》《忽然想到五》《未有天才之前》等杂文中都表达过他的儿童观。其中，最具有纲领性功用的杂文是《我们现在怎样做父亲》。该文发表在1919年11月《新青年》第六卷第六号。它是鲁迅第一篇现代白话小说《狂人日记》（发表在1918年5月《新青年》第四卷第五号）中发出"救救孩子"的呼声后，在杂文中确立了中国现代儿童观的总体思想。需要说明的是，在近现代之交至五四新文化运动时期，鲁迅虽对儿童问题很关注，但并不居于领先地位。倒是周作人在近现代之交发表了系列儿童文学研究文章，如：《童话研究》《童话释义》《玩具研究》《人的文学》等。在近现代之交至五四新文化运动时期，鲁迅甘当周作人儿童文学研究的"敲边鼓"。然而，鲁迅的深刻性、丰富性和复杂性，再加上天才的语言表达，使得该文一经发表就"后来居上"，既抵达了五四思想文化的制高点，又确立了中国现代儿童观的经典中心地位。该文质疑了"从来认为神圣不可侵犯的父子关系"，再由对"父子关系"的质疑而建构了"人"之子这一中国现代儿童观的总体思想。在该文中，鲁迅依据他在近现代之交至五四时期所接受的进化论的哲学思想，将批判锋芒对准"圣人之徒"所认定的传统伦常观："父对于子，有绝对的权力和威严。"[1] 但鲁迅并非一般意义上借用进化论哲学思想来阐释父子关系，而是在进化论哲学思想中寄予了一位启蒙思想家对中国儿童理想生命形态的期许，即对何谓儿童的正当性进行追问。所以，该文一面探讨了现代中国社会"'人'之父"的核心要义，一面阐明了鲁迅儿童观的总体思想。何谓"'人'之父"？即"觉醒的人"、启蒙者。"'人'之父"承担着启蒙儿童和解放儿童的使命，自身却宿命地如"中间物"一样注定了消逝在历史进程中，如鲁迅在该文中所说："自己背着因袭的重担，肩住了黑暗的闸门，放他们到宽阔光明的地方去；……"[2] 与此同时，"人"之子，即未来的中国儿童却由此获得了儿童的正当性——"此后幸福的度日，合理的做人"[3]。可见，在鲁迅的儿童观中，儿童的正当性是

---

[1] 鲁迅：《我们现在怎样做父亲》，《鲁迅文集》（第1卷），人民文学出版社1981年版，第135页。

[2] 鲁迅：《我们现在怎样做父亲》，《鲁迅文集》（第1卷），人民文学出版社1981年版，第135页。

[3] 鲁迅：《我们现在怎样做父亲》，《鲁迅文集》（第1卷），人民文学出版社1981年版，第136页。

以立"人"的正当性为前提,即鲁迅的儿童观隶属于他的启蒙主义思想观。与鲁迅更多的是从对封建礼教的根本性批判来确立儿童观并对儿童的正当性进行追问不同,望·蔼覃的《小约翰》更多的是从现代性批判的角度来重建现代儿童观并对儿童的正当性进行探寻。在望·蔼覃的《小约翰》中,儿童是保有赤子之心的人,也是险些丢失赤子之心的人,但最终成长为反抗异化为"轮子"的现代人的新人。儿童的正当性不似近现代之交至五四时期的鲁迅那样在反抗封建伦理道德和反抗封建制度中进行追问,而是在现代社会伦理和现代社会制度中进行追问。例如:在《小约翰》第十三章,当小约翰恐怖于人类的麻木、死亡等苦痛时,穿凿以人类的幸福者号码博士为例教导小约翰说:"从你看来,你以为号码博士像是假惺惺么?这是会使他忧闷的,正如在日照中打呼噜的那猫一样。而且这是正当的。"① 望·蔼覃在《小约翰》中正是以对现代人精神困境的直视方式来探寻儿童的正当性。不过,无论鲁迅,还是望·蔼覃对儿童的正当性的能否实现皆是怀有疑虑的,但又因怀疑而寄希望于未来。在鲁迅的短篇小说《狂人日记》中最弱的声音就是"救救孩子⋯⋯"但也因此在杂文《我们现在怎样做父亲》中呼唤"人"之子与儿童的正当性;《小约翰》中的小约翰所寻找的那本一看便知一切的书"不在人间",却因"不在人间"而将人类的现在、过去和未来联系在一起。

如果说1926年鲁迅译介《小约翰》以前,鲁迅在其散文诗、历史小说和杂文中与望·蔼覃的《小约翰》形成了多文体、散点性质的互文性,那么,在1926年鲁迅译介《小约翰》以后,鲁迅则集中在散文集《朝花夕拾》中与望·蔼覃的《小约翰》形成了深描性质的互文性。《朝花夕拾》一共十篇,"是从记忆中抄出来的"②,写作时间都是鲁迅译介《小约翰》的1926年;"环境也不一"③,有的写于北京寓所,有的写于北京流离中的场所,还有的写于厦门大学的图书馆的楼上;与《小约翰》的互文性的角度也不同,有的是意象上的互文性,有的具有句意上的互文性,有的是片段和意蕴上的互文性。进一步说,《朝花夕拾》与《小约

---

① 拂来特力克·望·蔼覃:《小约翰》,鲁迅译,译林出版社2011年版,第144页。
② 鲁迅:《朝花夕拾·小引》,《鲁迅文集》(第2卷),人民文学出版社1981年版,第230页。
③ 鲁迅:《朝花夕拾·小引》,《鲁迅文集》(第2卷),人民文学出版社1981年版,第230页。

翰》之间的互文性，我认为主要表现在：鲁迅译介《小约翰》这一译介工作和译介文本催生了鲁迅的散文集《朝花夕拾》。这一点，正如鲁迅研究专家孙郁所说："《小约翰》对鲁迅的影响，是潜在的。这一本书，直接催生出他的《朝花夕拾》。我甚至觉得，那篇《从百草园与三味书屋》，便是译过《小约翰》后的一种追忆。"[①] 事实也是如此：《朝花夕拾》对儿童往事的追忆，与《小约翰》的儿童视角颇为一致。《朝花夕拾》中的"无常""美女蛇"等神鬼意象与《小约翰》中的鬼神精灵等意象颇有些相似。儿童"我"对读书生活的厌倦、对草虫的喜爱，对《山海经》这类神异传说的好奇，以及对父亲临终之时的呼唤等，都可见《小约翰》的影响。特别是1926年10月鲁迅在厦门大学大钟楼上写作的《从百草园与三味书屋》与《小约翰》具有明显的互文性。《从百草园与三味书屋》开篇讲述道："我家的后面有一个很大的园，相传叫作百草园。"鲁迅译介的《小约翰》开篇讲述道："约翰住在有大花园的一所老房子里。"二者都将"大花园"作为追忆的初始场景，然后故事就开始了。倘若将《从百草园与三味书屋》与《小约翰》的内容对照起来，西方儿童与东方儿童的共通性和差异性，是可看到一二的。

综上所述，令人感到奇异的是，1926年鲁迅译介《小约翰》以前，鲁迅的文本世界与望·蔼覃的《小约翰》之间的跨文化互文性并未表现在儿童为主人公的小说中，而是表现在成人为主人公的散文诗集《野草》和历史小说《补天》和杂文这三种文体中。而且，在1926年鲁迅译介《小约翰》以前，鲁迅的文本世界是以多文体、多角度、大面积互文的方式来转换《小约翰》的影响的。究其原因？或许是由于鲁迅在二十年间迟迟未能译介《小约翰》而产生了内心的亏欠感。这种内心的亏欠感如同鲁迅所说："这意思（译介《小约翰》——笔者注）的发生，大约是很早的，我久已觉得仿佛对于作者和读者，负着一宗很大的债了。"[②] 正是这种内心的亏欠感导致了鲁迅对《小约翰》的深切的向往之情。相反，在1926年鲁迅译介《小约翰》以后，鲁迅却反倒是只在散文集《朝花夕拾》中来表达对《小约翰》的致敬之情了。

---

① 孙郁：《一个童话》，见《书摘》，转引自弗雷德里克·凡·伊登《小约翰》，景文译，长江文艺出版社2017年版，第3页。
② 鲁迅：《〈小约翰〉引言》，《鲁迅全集》（第10卷），人民文学出版社1981年版，第256页。

行文到最后，应该承认，鲁迅从未创作过童话或儿童文学作品，他甚至曾对挚友许寿裳说过这样的话："关于儿童观，我竟一无所知。"① 但鲁迅对中国儿童文学史的贡献是超拔的、经典的和跨文化的。仅以译介《小约翰》这一工作来说，鲁迅译介《小约翰》在中国儿童文学译介史，乃至中国现代文学翻译史上都为后来者确立了一个儿童文学的跨文化现代性的文本典范。

---

① 鲁迅：《290323 致许寿裳》，《鲁迅全集》（第 11 卷），人民文学出版社 1981 年版，第 662 页。

论冰心《寄小读者》的历史局限

——兼谈五四时期儿童文学的两个"现代"

朱自强[*]

摘要： 冰心是五四时期儿童文学创作的一位代表性作家。她是怀着"童心"崇拜的心境，走上儿童文学创作之路的。在《寄小读者》中，冰心以诗一般的抒情笔调，歌吟着童心、母爱、自然以及故国之爱，宣扬着她的"爱的哲学"，建构了一个独特的文学世界。在尊重儿童的独立人格，满足儿童在文学上的需要这一儿童文学的根本层面上，《寄小读者》与以周作人为代表"儿童本位"的儿童文学理念的立场是一致的，需要指出的是，在揭示儿童独特的心灵世界和贴近儿童独特的审美心理这两个方面，冰心的《寄小读者》尚存在着一定的历史局限。

冰心是五四时期儿童文学创作的一位代表性作家。冰心是一位"童心"崇拜者，在五四时期的"童心"崇拜的创作思潮中，她的许多诗文是颇为引人注目的。五四时期的"童心"崇拜思潮标示着童年概念已进入新文学作家们的心中。这一思潮于儿童文学的发展，积极意义远远大于消极意义。不过，"童心"崇拜的思想并不能直接转化为儿童文学创作。五四时期，成人作家表现"童心"崇拜的诗文，大多是成人的文学而非儿童的文学。

"童心"崇拜的心境，容易促使一位作家走上儿童文学创作之路。在1923年以前，冰心便热衷于在小说中描写儿童形象，写下了《离家的一年》《寂寞》《六一姊》等以儿童生活为题材的小说。冰心说："那

---

[*] 朱自强，中国海洋大学儿童文学研究所所长、教授，东北师范大学博士生导师、文学博士。

是写儿童的事情给大人看的，不是为儿童而写的。"① 在儿童文学创作中，存在着全无儿童读者意识，但写出来的作品却成为优秀的儿童文学这种现象。但是，冰心的上述小说，由于表现的是成人心中的乡愁，难以引起儿童读者的共鸣。1923 年，冰心远去美国游学，恰在这时，《晨报》副刊开辟了《儿童世界》一栏，冰心便应编辑之约，将为儿童写作的通讯体散文，寄到《儿童世界》上发表。冰心《寄小读者》共计 29 篇，创作历时三年有余。《寄小读者》是一种独特的儿童文学。它的创作形态恰与冰心那些"写儿童的事情给大人看的"小说相反，是写大人的事情（经历和心境）给儿童看的。在成人本位的儿童观刚刚开始松动的时代，冰心以《寄小读者》敞开心扉，站在平等甚至是自谦的立场上，与儿童读者进行真挚的情感交流，表现出了对"儿童世界"的极大尊重。在《寄小读者》中，冰心以诗一般的抒情笔调，歌吟着童心、母爱、自然以及故国之爱，宣扬着她的"爱的哲学"。应该说，童心、母爱、自然，是儿童文学历来所亲近的主题，它们与儿童生活与心理很容易产生密切联系。但是，这只是一般或抽象而论。以它们为主题的作品能否成为典型的儿童文学，还要看作家表现这些主题时所采取的立场。

很显然，冰心的《寄小读者》在看取童心、母爱、自然时不是"以儿童为本位"，而是选择了成人立场。因为自己的无意之举，一只小鼠遭到了伤害，对此，冰心忏悔："我小时曾为一头折足的蟋蟀流泪，为一只受伤的黄雀呜咽；我小时明白一切生命，在造物者眼中是一般大小的；我小时未曾做过不仁爱的事情，但如今堕落了……"（《通讯二》）这样的"童心来复"并非是在心态上重返童年，而是成人的乡愁。冰心在这第二篇通讯中，便已决定下了《寄小读者》的创作立场——以成人的乡愁之心去诠释童心、母爱和自然。如果冰心一直像写《通讯二》那样，通过比较具体的事件来表述自我情感，也许《寄小读者》对儿童读者来说，会增加一些可读性，可是，后来的通讯，多是断续的心理、情绪、心境的表现，疏远了儿童的故事性思维这一审美特征。

不仅在艺术表现上，而且在传达的某些内容上，《寄小读者》也有违

---

① 冰心：《我是怎样被推进儿童文学作家队伍里去的》，叶圣陶等：《我和儿童文学》，少年儿童出版社 1980 年版。

儿童读者以及"儿童世界"栏的要求。冰心写《寄小读者》的最初起因，是因为她有了远行游学的计划后，三位弟弟及弟弟们的学友，一共十多个少年，他们都要求冰心常常给他们写信，报道沿途见闻和游学景况。在冰心动身前夕，《晨报》的"儿童世界"专栏创刊（冰心正是这个栏目的提议者），特约冰心为儿童写游记以在专栏发表，这意味着冰心的《寄小读者》将面向广大的儿童读者。不过，冰心在创作时，她心中的隐含读者，却只是自己的分别为13岁、15岁、17岁的弟弟以及弟弟的学友们。从通讯中，我们可以感觉到，冰心的弟弟基本是属于文学少年的。冰心是知道儿童读者和"儿童世界"专栏的要求的，她在《通讯一》中对小读者说："我去的地方，是在地球的那一边。""我十分的喜欢有这次的远行，因为或者可以从旅行中多得些材料，以后的通讯里，能告诉你们些略为新奇的事情。"但是，在《寄小读者》中，我们几乎看不到描写"地球的那一边"的异国的风土人情之"新奇"的笔墨，作家感怀叹逝的抒情文字却往往触目皆是。冰心的话似可作为总括——"小朋友，我觉得对不起！我又以悱恻的思想，贡献给你们。"（《通迅二十七》）冰心将本应是记述"新奇的事情"的游记，写成了表现个人的"悱恻的思想"的散文。

冰心在《寄小读者》中传达的"悱恻的思想"也有不宜于儿童读者，不合于儿童文学精神之处。面对美国的山中景色，冰心"想起的，有'前不见古人，后不见来者，念天地之悠悠，独怆然而涕下。'归途中又诵'云无心以出岫；鸟倦飞而知还。景翳翳以将入，抚孤松而盘桓。'小朋友，愿你们用心读古人书，他们常在一定的环境中，说出你心中要说的话！"（《通讯十四》）冰心这样述说自己的创作心境："病中，静中，雨中，是我最易动笔的时候；病中心绪惆怅，静中心绪清新，雨中心绪沉潜，随便的拿起笔来，都能写出好些话。"（《通讯二十六》）"我""替美国人上了一夏天的坟，倚色佳四五处坟园我都游遍了！这种地方，深沉幽邃，是哲学的，是使人勘破生死观的。我一星期中至少去三次，抚着碑碣，摘去残花，我觉得墓中人很安适的，不知墓中人以我为如何？"（《通讯二十六》）"然而病中心情，今日是很惆怅的。花影在壁，花香在衣。濛濛的朝霭中，我默望窗外，万物无语，我不禁泪下。——这是第三次。幸而我素来是不喜热闹的。每逢佳节，就想到幽静的地方去。今年此日避到这小楼里，也是清福。"（《通讯九》）

在二三十年代，曾有评论家认为冰心是一位"闺秀派作家"①。冰心是为"五四"这个时代而举起了创作之笔，并以《两个家庭》《斯人独憔悴》《去国》等植根于社会现实的问题小说步上文坛的，对这方面的创作，冠以"闺秀"之作并不贴切。不过，以我阅读《寄小读者》的感受而言，虽然母爱、童心、自然这些思想内容是新鲜的，但是，冰心写《寄小读者》的心境却是带有"闺秀"色彩的，透过字里行间，我甚至依稀看到黛玉葬花的身影。当然，这样的情绪、心境与冰心以病弱之身客居异国、远离双亲的特殊境况有密切关系。《寄小读者》中的二十九篇通讯中，有十篇便写于病院和疗养院之中，这十篇的文字量占了全部通讯的一半。病中的生活毕竟只是冰心留学生活的六分之一，何以《寄小读者》对病中生活的描写多而详细，而对健康生活却写得少而模糊呢？显然，冰心津津乐道的是个人落寞的心境，而对美国的社会生活却相当麻木不仁。情感过剩是《寄小读者》的一大特色，而儿童文学创作是忌讳作家情感过剩的笔墨的。

阅读《寄小读者》，我最感疑惑的是，作为新文学的重要作家，冰心写游记时为什么对美国社会、文化、文学不予关心？须知美国这个国度曾给新文学运动领袖胡适以化结不开的精神情结。作为创作《寄小读者》的儿童文学作家，冰心为什么没有体察美国儿童的生存环境？须知，在当时，美国是最尊重、爱护儿童的国度，它为孩子们设立了众多的图书馆，为儿童出版的书之多，以1919年为例，共出版一千二百万册儿童图书，其中面向少年儿童创作的新作品就达四百三十三部之多。冰心留学之地为美国文化中心波士顿，如果冰心稍加留心，美国儿童文化方面的丰富情形当不难体察。我感到，《寄小读者》隔世的原因似乎应须到冰心内心深处的"闺秀"心态和气质中去寻找。冰心在精神上是不能"离家"的，这种心理状态，她曾在发表于1921年的小说《离家的一年》里有所披露。冰心的心理年龄恐怕与小说中"十三岁"的"他"相去不远。于是，对母亲的依恋、思念成了留学中的冰心的主要精神生活，而《寄小读者》除了写给"小读者"恐怕主要也是写给母亲的——"这书中的对象，是我挚爱恩慈的母亲。她是最初也是最后我所恋慕的一个人，我提笔的时

---

① 毅真：《闺秀派的作家——冰心女士》，转引自范伯群、曾华鹏《冰心评传》，人民文学出版社1983年版。

候,总有她的蹙眉或笑脸,涌现在我眼前。"① 作为"闺秀"心理的不仅是对母亲的过分依恋、思念,还有对"病"的依恋:"想到如这回不病,此时正在纽约或华盛顿,尘途热闹之中,未必能有这般的清福可享,又从失意转成喜悦。"(《通讯十一》)在抱病的生活中,"我'终日矜持',我'低头学绣',我'如同缓流的水,半年来无有声响'"(《通讯二十七》)。"我逐日远走开去,渐渐又发现了几处断桥流水。试想看,胸中无一事留滞,日日南北东西,试揭自然的帷幕,蹑足走入仙宫……这样的病,这样的人生,小朋友,请为我感谢。"(《通讯十四》)青山里的疗养院之于美国社会,不如同"闺房"一样的存在吗?正是在这样的环境里,冰心不仅自己喜好诵读《历代名人词选》,而且还劝"小朋友,愿你们用心读古人书……"而一旦离开这个"闺房"似的环境,冰心的生命力量显得是那么弱小无助——

> ……"一回到健康道上,世事已接踵而来!"虽然我曾应许"我至爱的母亲"说:"我既绝对的认识了生命,我便愿低首去领略。我便愿遍尝了人生中之各趣,人生中之各趣,我愿遍尝!——我甘心乐意以别的泪与病的血为赘,推开了生命的宫门。"我又应许小朋友说:"领略人生,要如滚针毡,用血肉之躯去遍挨遍尝,要他针针见血!……来日方长,我所能告诉小朋友的,将来或不止此。"而针针见血的生命中之各趣,是须用一片一片天真的童心去换来的。互相垒积传递之间,我还不知要预备下多少怯弱与惊惶的代价!我改了,为了小朋友与我至爱的母亲,我十分情愿屈服于生命的权威之下。然而我愿小朋友倾耳听一听这弱者,失败者的悲哀!
>
> ——《通讯二十七》

文学是允许作家宣泄对生活、生命的一己"悲哀"之情的。但是,冰心的上述宣泄却有两点不自然之处。第一,冰心这种面对"世事"(而非个人的病)而产生的"悲哀"以及预想的"怯弱与惊惶的代价",究竟有多少事实根据呢?其实,在别人眼里,出身于中产阶级的家庭,以优异的成绩毕业于燕京大学,并得美国大学奖学金赴美留学的冰心,本是一

---

① 冰心:《〈寄小读者〉四版自序》,《三寄小读者》,少年儿童出版社1981年版。

个得命运青睐的幸运儿,而不是她所自悲自叹的"弱者"和"失败者"。因此,冰心的胸中块垒便给人以"少年不识愁滋味,为赋新诗强说愁"的感觉,它们是过剩的情感。第二,冰心将这样的"悲哀""寄小读者",是错误的读者选择。文中所表现的"童心主义"思想,正如作家自己所说,是"怯弱与惊惶的"。它可以是"弱者""失败者"进行心理慰藉的低语,但却不宜面对正向生活出征的儿童大声诉说。儿童文学并不是所有一切的成人思想都可以倾倒进去的"容器"。也许有人会说,儿童文学中不是存在着表现童心主义思想的作品吗?但是,童心主义思想也有一流、二流之分,也有对儿童文学是有益还是有害之分。如果我们将巴里的《彼得·潘》、米尔恩的《小熊温尼·菩》这样的成为世界儿童文学名著的童心主义作品,与冰心的《寄小读者》摆在一起,结论便不言自明。

冰心的《寄小读者》给我一种感觉,冰心面对一己心境,特别是病中心境,谈起来既滔滔不绝又娓娓动听,然而"一回到健康道上",面对"接踵而来"的美国的"世事",冰心便仿佛突然江郎才尽,笔墨枯竭了。在创作上,冰心对美国"世事"的不能入世,是否也是"闺秀"心境的病态表现呢?这种避世的创作姿态,是背离儿童文学精神的。

由冰心的《寄小读者》对美国的冷漠,我不禁想起了她发表于"五四"那一年的小说《去国》。主人公青年英士留学美国,学成归来,然而,国内黑暗的现实将他的报国热忱击得粉碎。他株守半年,无事可做,却有"恶社会的旋涡"要他"随波逐流"。英士只得落泪呼喊:"祖国呵!不是我英士弃绝了你,乃是你弃绝了我英士啊!"然后再次"去国"。在小说的结尾,英士依然不死报国之心,他对同船去美国留学的芳士说:"妹妹!我盼望等你回去时候的那个中国,不是我现在所遇见的这个中国,那就好了!"

冰心写《寄小读者》时,大概正是小说中的人物芳士该回国的时候。英士是只有再一次失望了——中国非但没有起色,反倒更向后退了。我们当然不能责怪冰心没有像英士那样生"去国"之心,但我们却不能不为冰心说出"两年半美国之寄居,我不曾觉出她是一个庄严的国度"(《通讯二十九》)的话而深感惊诧。在《寄小读者》中,冰心忘记了逼英士"去国"的中国"恶社会的习气",而生出这样的赞叹:"国内一片苍古庄严,虽然有的只是颓废剥落的城垣宫殿,却都令人起一种'仰首欲攀低首拜'之思,可爱可敬的五千年的故国呵!"(《通讯十六》)也许正是由于"五千年的故国"的"苍古庄严",冰心作留学美国的硕士学位论文时,才不是选择美国的现代文学,比如给郭沫若的《女神》以深刻影响的,"把一切的旧套摆脱干净了"①的惠特曼的诗作,而是写下了《论李清照的词》。在《寄小读者》中,有时,我们便能感受到李清照词作中的"寻寻觅觅,冷冷清清,凄凄惨惨戚戚"和"只恐双溪舴艋舟,载不动许多愁"的意境。所以,郁达夫编《中国新文学大系·散文二集》时,在《导言》中评价包括《寄小读者》在内的冰心散文时说:"我以为读了冰心女士的作品,就能够了解中国一切历史上才女的心情;……"② 夏志清说得更为直接:"冰心代表的是中国文学里的感伤传统。即使文学革命没有发生,她仍然会成为一个颇为重要的诗人和散文作家。但在旧的传统下,她可能会更有成就,更为多产。"③

正是由于感觉不到美国"是一个庄严的国度",冰心才与美国数量众多的儿童文学创作失之交臂,而"在美的末一年,大半的光阴用在汉诗英译里。"④ 冰心留美期间,对中美两国的社会现实向小读者作了这样糊涂的评价:"夜间灯下,大家(指美国家庭的主人们——引者注)拿着报纸,纵谈共和党和民主党的总统选举竞争。我觉得中国国民最大的幸福,就是能居然脱离政府而独立。不但农村,便是去年的北京,四十日没有总统,而万民乐业。"(《通讯二十一》)诚然,《寄小读者》表现了冰心强烈的爱国情思,但是,爱国之情也有境界高低之分。在中国处于外忧内患、战乱频仍、民不聊生这样的令"稻草人"绝望倒地的时代,冰心安于现实的带有怀古意绪的爱国之情,与英士尽管"去国",却依然企盼他年的"那个中国,不是我现在所遇见的这个中国"的带有变革意志的忧国(爱国)之心相比,明显是逊色一筹的。冰心在离家去国的感伤的压迫下,爱国之情已变得十分盲目。如果对冰心的爱国之情严加分析、细作品味,则不能不说,这种境界的爱国之情,对处于那个时代的"小读者"的思想影响,是消极作用与积极作用共存的。

"五四"前后,许多知识分子求学西方,获得了给"苍古"的中国注

---

① 郭沫若评惠特曼诗风语。参见张大明、陈学超、李葆琰《中国现代文学思潮史》上册,北京十月文艺出版社1995年版,第302页。
② 郁达夫:《中国新文学大系·散文二集导言》,上海良友图书公司1935年版。
③ 夏志清:《中国现代小说史》,复旦大学出版社2005年版,第53页。
④ 冰心:《冰心全集·自序》,《冰心论创作》,上海文艺出版社1982年版。

入生机的思想、文化、文学的精神力量。以周作人而言，他留学日本并以日本为媒介，接触了西方的人类学、儿童学、儿童文学，从此勉力于儿童文学理论拓荒，为中国儿童文学走向现代化，奠定了第一块重要的基石。但是，对冰心的留美之行，我却难以掩饰莫大的遗憾。冰心是肩负为"小读者"创作儿童文学的使命踏上美国这个"新大陆"的。从1920年到1950年，在美国有儿童的黄金时代之称。繁荣的经济基础、复兴的文艺浪潮，加上自由、开放的风气，美国的儿童文学获得了发展的最好条件，后来居上，开始领先欧洲。儿童图书馆的大量增加及其专业化；纽伯利儿童文学奖的设立；出版社专门设立儿童图书部门；儿童文学书评杂志出版发行；全国性的"儿童图书周"公开展示全国出版的各类儿童书籍，并由读者投票选出优秀作品，予以嘉奖……这一系列具体的儿童文学或与儿童文学密切相关的社会动向的后面，一定是有一个尊重、理解、关心儿童的强大社会风潮和时代氛围的。这一切有形或无形的"儿童时代"的标志，恰都在冰心去美国前夕发生，并在冰心旅美期间延续。只要冰心具有儿童文学创作意识，并对美国社会生活稍加关心，便会对上述动向和风潮有所感受，因而也就不会说出"我不曾觉出她是一个庄严的国度"的评语。

　　冰心对美国社会现实的漠视，源于她封闭的心理和过于自我爱恋的情结。冰心真的是太关心、太爱她自己的情感了，她的《寄小读者》考虑儿童读者的需求太少，而自我中心主义的个人表现又太多。茅盾曾说："在所有'五四'期的作家中，只有冰心女士最最属于她自己。她的作品中，不反映社会，却反映了她自己。"[①] 这是切中肯綮的评价。儿童文学当然也是作家自我表现的产物，但是，由于冰心"闺秀"气质中，非儿童文学的因素过多，因此，她不仅失去了融入美国儿童文学的机会，而且将《寄小读者》写得走了样。

　　冰心对美国社会现实的漠视，还源于她对"古人"的抱残守缺的怀旧和欣赏。《寄小读者》表现出冰心有着浓厚的传统情结——

　　　　往下不再细说了。翻开古书看一看，如《帝京景物志》之类，

[①] 茅盾：《冰心论》，转引自范伯群、曾华鹏《冰心评传》，人民文学出版社1983年版，第128页。

还可找出许多有意思可纪念的娱乐的日子来。我觉得中国的节期，都比人家的清雅，每一节期都附以温柔、高洁的故事，惊才绝艳的诗歌，甚至于集会时的食品用器，如五月五的龙舟、粽子，七月七的蚕豆，八月十五的月饼，以及各节期的说不尽的等等一切……我们是一点不必创造。招集小孩子，故事现成，食品现成，玩具现成，要编制歌曲，供小孩的戏唱，也有数不尽的古诗、古文、古词为蓝本。古人供给我们这许多美好的材料，叫我们有最高尚的娱乐，如我们仍不知领略享受，真是太对不起了！

——《通讯二十三》

中国具有丰富的古代文化传统，这是每一个中国人都引为自豪的事情。但是，冰心自得在节日里招集小孩子"娱乐"时，故事、玩具、歌曲一切"现成"，都由"古人供给我们这许多美好的材料，叫我们有最高尚的娱乐"，"我们是一点不必创造"的心态，却就是她站在儿童文学立场时，对待整个中国传统文化的心态。正因为有了这种心态，身在儿童文学发达国家的美国，作为儿童文学作家，冰心才从未生出周作人、鲁迅式的"可喜别国的小孩子有好书读，我们独无"的叹息。是否可以认为，正是对自家"数不尽的古诗、古文、古词"和"古人书"的痴痴迷恋，遮住了冰心领略"人家"的儿童文学的目光，抹消了学习和借鉴的意识。于是，我们看到，在儿童文学创作方面，留美三年的冰心，连镀金也没有镀，依然故我。冰心的儿童文学创作，不论是在艺术表现上，还是在思想观念上并没有因游美一遭而从儿童文学正生气勃勃发展的美国汲取任何现代新质。在冰心的《寄小读者》这里，我们看到了冰心文学与西方文化和西方儿童文学之间的隔绝。这也是冰心作为新文学作家的严重缺憾。

冰心的《寄小读者》，在中国儿童文学史研究者那里，一直被置于极高的位置上——"它以其自身的价值与不朽的艺术，在中国现代儿童文学史上放射着灼人的光彩，享有特殊的光荣地位。"[①] 有的研究者甚至在今天，依然将《寄小读者》奉为儿童文学的"精品"："像冰心先生的《寄小读者》，20年代一问世，便深受广大小读者的青睐，结集出版后，多次再版，仅到1941年就发行36版，如果从1923年始发于《晨报》算

[①] 蒋风主编：《中国现代儿童文学史》，河北少年儿童出版社1986年版，第84页。

起,已时过 70 余载,可读起来依然令人爱不释卷。"① 有的学者为当代中国儿童文学树立的"深沉博大"的艺术样本,就是冰心的《寄小读者》。②

以我对《寄小读者》的阅读体验,不能不对上述评价感到怀疑。其实,茅盾在 30 年代写《冰心论》时,就对《寄小读者》有所批评:"指名是给小读者的《寄小读者》和《山中杂记》,实在是要'少年老成'的小孩子或者'犹有童心'的'大孩子'方才读去有味儿。在这里,我们又觉得冰心女士又以她的小范围的标准去衡量一般的小孩子。"③ 而冰心本人,也曾多次就《寄小读者》作出反省:"一九二三年秋天,我到美国去。这时我的注意力,不在小说,而在通讯。因为我觉得用通讯体裁来写文字,有个对象,情感比较容易着实。同时通讯也最自由,可以在一段文字中,说许多零碎的有趣的事。结果,在美三年中,写成了二十九封寄小读者的信。我原来是想用小孩子口气,说天真话的,不想越写越不象!这是个不能避免的失败。"④ 关于《寄小读者》失败的原因,冰心自己分析说:"我也写过几篇给儿童看的作品,如当年的《寄小读者》,开始还有点对儿童谈话的口气。后来和儿童疏远了——那时我在国外,连自己的小弟弟们都没有接触到——就越写越'文',越写越不象。"⑤ "我真想写给儿童看的东西,是从一九二三年起写的《寄小读者》,那本是《北京晨报》的《儿童世界栏》,因为我要出国,特约我为儿童写游记的。但是那些通讯也没有写得好。因为刚开始写还想到对象,后来就只顾自己抒情,越写越'文',不合于儿童的了解程度,思想方面,也更不用说了。"(重点号为引者所加)⑥

我认为,这些自我否定,不是自谦之语,而是肺腑之言,也是符合《寄小读者》的实际情形的。

---

① 浦漫汀:《增强精品意识,促进儿童文学创作繁荣》,《儿童文学研究》1998 年第 2 期。
② 方卫平:《憧憬博大——对一种儿童文学现象的描述和思考》,《文艺评论》1991 年第 3 期。
③ 冰心:《冰心全集·自序》,《冰心论创作》,上海文艺出版社 1982 年版。
④ 茅盾:《冰心论》,转引自范伯群、曾华鹏《冰心评传》,人民文学出版社 1983 年版,第 74 页。
⑤ 冰心:《笔谈儿童文学》,《少年文艺》1978 年 6 月号。
⑥ 冰心:《〈小桔灯〉初版后记》,《冰心和儿童文学》,卓如编,少年儿童出版社 1990 年版。

与叶圣陶的《稻草人》一样，冰心的"寄小读者"的通讯的结集出版是极其迅速的。1926年5月，冰心还未从美国归来，北新书局便将已经发表的通讯（大约是26篇）以《寄小读者》为题出版，后来再版时又加入了后来的3篇。《寄小读者》是清新、柔美、典雅的冰心散文的代表作，在当时，它的影响当不在《稻草人》之下。

"五四"时期，是中国儿童文学理论和儿童文学创作的现代起点。五四儿童文学作为新文学的一个有机组成部分，通过思想革命和语言革命，打碎了束缚中国儿童文学生成、发展的两大桎梏：封建的儿童观和文言文，建设了中国儿童文学走向现代化进程的双轨："儿童本位"的儿童观和白话文。五四儿童文学运动受到了西方儿童文学的深刻影响。叶圣陶的童话创作，宣告了具有现代性的中国儿童文学创作的确立。叶圣陶的童话集《稻草人》虽然也受到了西方儿童文学的直接影响，但是，立足于中国社会现实的叶圣陶将个人的时代感和艺术气质铸入创作，成为第一位具有主体性的中国儿童文学的代表性作家。叶圣陶之所以在儿童文学发展史上，占据了如此重要的地位，是因为他在接受西方影响时，坚持了自身的主体意识："近时之新文学运动自然是受了西洋文学潮流的鼓荡而兴起的，但决不是抄袭和贩运。介绍外国的文学作品、文学理论、文学源流和文学批评等等所以重要，所以有价值，乃在唤起我们的感受性，养成我们的创作力，也就是促醒我们对于文学的感悟。"[①] 与叶圣陶相比，"五四"时期的另一位儿童文学代表作家冰心的自我表现，虽然更为淋漓尽致，但不仅走向了忘记读者对象，"只顾自己抒情"的极端，而且还表露出一些不宜于儿童、儿童文学的思想情感。

以周作人为代表的"儿童本位"的儿童文学理论与以叶圣陶、冰心为代表的儿童文学创作都具有鲜明的主体性。但是，正如我申明的，"五四"时期的理论与创作之间是存在着明显而重大的错位的。因为这一错位，主体性的中国儿童文学在发生期和确立期，出现了两个"现代"——以"儿童本位"的儿童文学理论为代表的"现代"，与以《稻草人》和《寄小读者》为代表的"现代"。

两个"现代"的出现，显示着中国儿童文学现代化进程中的矛盾性与复杂性。中国儿童文学是受西方儿童文学的催生而产生的。西方儿童文

[①] 叶圣陶：《文艺谈·二十七》，《叶圣陶论创作》，上海文艺出版社1982年版。

学的现代性,是中国儿童文学自觉接收的文化传播内容。在尊重儿童的独立人格,满足儿童在文学上的需要这一儿童文学的根本层面上,"儿童本位"理论与《稻草人》和《寄小读者》的立场是基本一致的。这是它们之间共通的现代性。但是,中国儿童文学在接受西方影响时,西方儿童文学精神,更容易在理念的层面上进入中国儿童文学理论的机体,而在感性的层面上进入中国儿童文学创作时,则由于中国自身的文学传统和特殊的时代生活的深刻影响,而受到了很大的阻碍。叶圣陶在创作《稻草人》之前,观念上是相当"儿童本位"的,但是,一进入创作的感性体验,便发生了滑坡。这一点可以证明,中国儿童文学的现代化可以包括西方化(部分的),但是,西方化(整体的)却并不就是中国儿童文学现代化的全部过程。

　　西方的"儿童本位"的儿童文学精神,是西方社会儿童的时代已经出现后的产物。而在中国,五四时代里,虽然新文学知识分子如周作人等在观念中描画了儿童的时代,但是,真正的儿童时代并没有出现在中国社会,因此,也是作为时代生活的表现和作为作家生活感觉表现的儿童文学创作,难以获得"儿童本位"的感性体验,其艺术形态中,不可避免地缺失"儿童本位"的表现,而过多地渲染属于成人世界的思想和心境。然而,必须认清的是,叶圣陶与冰心式的非"儿童本位"的成人化儿童文学创作,在根本立场上,是与儿童的利益一致的。在中国儿童除了西方儿童文学的翻译之外,就只能翻看孙毓修《童话》丛书改编的古代故事,去解文学上的饥渴的时代,叶圣陶、冰心这样的新文学作家挺身而出,为儿童读者创作中国自己的、新的儿童文学,体现了他们对儿童的尊重、理解和关爱,这正是中国儿童文学创作的现代性发蒙。不仅如此,叶圣陶式的"稻草人"童话,立足于中国的社会现实,着眼于中国的时代生活,以深切的"成人的悲哀",否定和拒绝压迫、摧残儿童生命世界的黑暗社会,其内里的愿望无疑是在渴求和呼唤真正的儿童时代的到来。对叶圣陶这样的作家来说,其最初创作"儿童本位"的儿童文学的愿望虽然不得实现,但却并不因此而更改,而只是暂时存放起来,就是说"稻草人"式的儿童文学作品,在潜层存在着对"儿童本位"的儿童文学的认同。叶圣陶"稻草人"式童话体现了中国儿童文学独特的现代性。与孙毓修、茅盾编撰的"童话"相比,叶圣陶和冰心的儿童文学创作还有难能可贵的一点是,舍弃了站在儿童之上,教训儿童的立场,而与儿童对等地进行文学上的交流。

尽管如此,叶圣陶的《稻草人》和冰心的《寄小读者》仍然只有儿童文学史的意义,而不具有普适的儿童文学艺术范型的意义。

对儿童心灵世界的理解和认识程度,是儿童文学现代化程度的重要标志之一。应该说,"五四"时期的儿童文学理论在这方面走在了创作的前面。"五四"时期的儿童文学创作是不成熟的,在揭示儿童独特的心灵世界和贴近儿童独特的审美心理这两个方面,显然都因缺乏艺术经验,而呈现出蹒跚学步的姿态。中国儿童文学创作的儿童观和艺术形态,明显存在着很大的空洞,有待于在后来漫长的艺术跋涉之途去一步一步地充实。

"足踏大地之书"

——张炜《半岛哈里哈气》一书的思想深度

朱自强

摘要：张炜是对自然和儿童怀着虔敬的态度并勉力从中获得思想资源的作家，是与儿童文学的世界相通的人。他的五卷本的系列作品《半岛哈里哈气》在中国儿童文学原创作品中具有重要的意义和价值——作为顽童小说，不论是从规模还是艺术表现，《半岛哈里哈气》都是十分成功的，它不仅是原创儿童文学所欠缺的顽童作品这一重要领域里的一项重大突破，在一定程度上，优化了原创儿童文学的版图结构，而且对于一般文学也具有重要的意义。这五部系列小说是一座小小的、很了不起的博物馆，它珍藏和展示着不算十分遥远，但是却在迅速消失的一种独特的童年。

一　张炜：对自然和儿童怀着虔敬

我看成人文学作家有个私家标准：一是看他对自然的态度；二是看他对儿童或童年的态度。除非对这二者不表态，但一旦表态，在我这里，就会因为他的态度而见出其思想和艺术境界的高下。我钦佩的是对自然和儿童怀着虔敬的态度，与之产生交感并勉力从中获得思想资源的作家。因为自然和儿童最能揭示生命的本性，而任何不去探寻生命本性、人类本性的文学，都是半途而废的。

这样的作家在当代并不多见，而张炜则是其中的佼佼者。我在《儿童文学概论》一书中曾表达过我对他的钦佩："在我眼里，中国作家张炜是一位深蕴现代性的作家，因为他在心灵深处对'儿童'和'自然'有着需求。"①

"城市是一片被肆意修饰过的野地,我最终将告别它。我想寻找一个原来,一个真实。这纯稚的想念如同一首热烈的歌谣,在那儿引诱我。市声如潮,淹没了一切,我想浮出来看一眼原野、山峦,看一眼丛林、青纱帐。我寻找了,看到了,挽回的只是没完没了的默想。辽阔的大地,大地边缘是海洋。无数的生命在腾跃、繁衍生长,升起的太阳一次次把它们照亮……当我在某一瞬间睁大了双目时,突然看到了眼前的一切都变得簇新。它令人惊悸,感动,诧异,好像生来第一遭发现了我们的四周遍布奇迹。"(《融入野地》)读他的《融入野地》等散文,其笔墨让我想到梭罗的《瓦尔登湖》。

多年以前,我撰写《儿童文学的本质》一书,就引述过张炜的话:"麻木的心灵是不会产生艺术的。艺术当然是感动的产物。最能感动的是儿童,因为周围的世界对他而言满目新鲜。儿童的感动是有深度的——源于生命的激越。"② 可以看出,在张炜的眼里,儿童是距艺术最近的人。

对自然和儿童怀着虔敬的态度并勉力从中获得思想资源的作家,是与儿童文学的世界相通的人。因为知道张炜是这样的人,对他创作儿童文学的《半岛哈里哈气》(我首先把《半岛哈里哈气》看作是儿童文学),我并没有感到多么意外。另外,因为刚刚获得茅盾文学奖的《你在高原》是四百五十万字的皇皇巨著,所以,对张炜写儿童文学,一出手就拿出了一个五卷本的系列作品,我也并没有过于吃惊。可是,读完了《半岛哈里哈气》,我着实吃了一惊:这部作品太好看了!而且这部作品在中国儿童文学原创作品中具有重要的意义和价值——作为顽童小说,不论是从规模还是艺术表现,《半岛哈里哈气》都是十分成功的,这是原创儿童文学所欠缺的顽童作品这一重要领域里的一项重大突破,在一定程度上,优化了原创儿童文学的版图结构,很可能成为划时代的作品。

有感于我们这个社会对儿童文学的无知式的轻视甚至蔑视,我还想说,儿童文学的《半岛哈里哈气》不仅对于张炜的小说创作是一部非常

---

① 朱自强:《儿童文学概论》,高等教育出版社2009年版,第93页。
② 张炜:《秋日二题》,《忧愤的归途》,华艺出版社1995年版。

重要的作品，它对于一般文学也具有特殊重要的意义。我们应该像对待萧红的《呼兰河传》、林海音的《城南旧事》一样，重视这部小说对童年的书写。而且，如果我们想一想顽童汤姆和哈克的文学价值以及给马克·吐温带来的巨大声誉，是不是该好好掂量一下顽童小说《半岛哈里哈气》的分量——它是不是给顽童小说这一文类奇缺的中国文坛的一份珍贵礼物呢？

至少在我眼里，因为写了《半岛哈里哈气》，张炜的小说创作又增添了一种喜人的样式和风格，显示出另一种艺术灵性，并因此而超越了很多人。

二 "足踏大地之书"——《半岛哈里哈气》的顽童精神和思想深度

在中国的历史上，质变式的"儿童的发现"只有一次，其标志性"事件"就是民国初年，特别是"五四"时期，鲁迅提出了"以儿童为本位"的思想。"儿童本位"这一思想的提出深刻地影响了中国现代文学的开展（尽管很少有人注意到这一点）。仅举周氏兄弟为例，离开"儿童本位"这一思想根基和资源，不仅周作人的"人的文学"这一新文学最为重要的理念不能成立，而且鲁迅文学中的名篇《狂人日记》《故乡》《社戏》《孔乙己》以及散文集《朝花夕拾》等作品也将失去支撑。但是，五四落潮以后，在"儿童"问题上，中国社会在不停地退化，发生了一次一次的，或大或小的对被发现的"儿童"的遮蔽。近些年，随着儿童文学思想的变革、儿童教育和小学语文教育理念的变革（以秦文君的《一个女孩的心灵史》、朱自强等人的《小学语文教材七人谈》为代表），似乎正在出现"儿童"的"再发现"的态势。

在我看来，今日之"儿童"的"再发现"，要从思考童年生态面临的巨大危机开始。我在 2003 年发表的《童年的诺亚方舟谁来负责打造——对童年生态危机的思考一》一文中说过，"给童年生态造成最为根本、最为巨大的破坏的是功利主义的应试教育。一个孩子，一个生气勃勃的生命来到这个世界，本来应该是为了享受自由、快乐的生命，体验丰富多彩的生活的，但是，孩子的生命的蓝天，却竟然被几本教科书给遮黑了"。"我不相信压抑儿童生命力、剥夺儿童生命实感的功利主义的应试教育能承诺给我们的民族一个生气勃勃、创造无限的未来。这并非耸人听闻——被破坏的童年生态里，潜藏着我们这个民族将面临的严重的精神危机。"[1] 如何解放儿童的生命力，给予儿童以生命的实感，我在《童年的身体生态哲学初探——对童年生态危机的思考之二》一文中，提出了"身体生活和身体教育"这一思考："中国目前的儿童教育的危机最根本的症结是童年生态的被破坏。其中的一个主要表现就是童年生活的被挤压甚至被剥夺，从而造成了儿童生活中的身体不在场。出于功利主义的打算，成人（家长、教师们）对书本文化顶礼膜拜，却抽取掉在儿童成长中具有原点和根基意义的身体生活。这种无源之水、无本之木的教育，不仅难以使儿童成材，甚至难以使儿童成'人'。""反思当前的童年生态和儿童教育，我们不能不坚决地说，关于儿童的一切教育必须回到原点上来。这个原点毋庸置疑地是童年的身体生活和身体教育。生态学的教育就是使童年恢复其固有的以身体对待世界的方式。身体先于知识和科学，因此，在童年，身体的教育先于知识的教育，更先于书本知识的教育。身体行动是人性存在的原型，如果遭到异化，后果不堪设想。要让孩子们在童年时代，建立和保持身体与自然的交感，建立和保持对生命的身体体验。……让孩子们对世界的认识通过身体来完成。让身体感知成为世界延展的基础和起点。让孩子们对世界的表达也以身体来进行。让孩子的面部表情、手势、笑声、哭泣成为生命对外部世界的表达。让岁月不仅镌刻在孩子的心灵中，也显现于他们的身体上。"[2]

就在我这样思考着的时候，张炜的《半岛哈里哈气》出现在我的视野。不用说，它给我带来了巨大的精神震撼和深深的心灵共鸣。多年以前，我在评论儿童文学作家秦文君的《一个女孩的心灵史》时，题目就是"儿童的'再发现'"。这部作品和《半岛哈里哈气》是一反一正来重新发现儿童的重要著作。秦文君是审视、批判当下的学校教育对儿童天性的压抑，而张炜则立足于对儿童的解放，以鲜活的文学表达告诉我们，什么才是本真的、健全的、快乐的、成长的儿童生活！张炜显然认同顽童们的生活状态、精神状态，因此张炜笔下的"顽童"既是一个文学形象，

---

[1] 朱自强：《童年的诺亚方舟谁来负责打造——对童年生态危机的思考一》，《中国儿童文化》第 1 辑，浙江少年儿童出版社 2003 年版。

[2] 朱自强：《童年的身体生态哲学初探——对童年生态危机的思考之二》，《中国儿童文化》第 2 辑，浙江少年儿童出版社 2005 年版。

也是一个思想意象，里面大有深意，隐藏着作家的精神密码。《半岛哈里哈气》不是简单、肤浅的"儿童文学"，而是一本精神上的"大书"，是别种风格的"麦田里的守望者"。

说到"大书"，我想到了《从文自传》里的一个章节标题，"我读一本小书同时又读一本大书"。小书是指私塾里、学校里读的书；大书是指生活（包括大自然和人生两部分）。沈从文在自传中详尽地描写了不断地逃学，用身体去读自然和生活这本"大书"的乐趣。他明确说，"逃避那些枯燥书本去同一切自然相亲近"的"这一年的生活形成了我一生性格与感情的基础"。"我的心总得为一种新鲜声音、新鲜颜色、新鲜气味而跳。""我的智慧应该从直接生活上得来，却不须从一本好书一句好话上学来。"我相信，正是童年的这种身体生活，正是身体教育先于书本教育这种人生观造就了沈从文这位被称为"人性治疗者"的小说家。由"大书"我还想到了法国作家法朗士的人文教育。他在《开学》一文中，充满深情地回忆了自己儿时在闲逛的"街道"上的学习。他说，"要让孩子理解社会这架机器，什么也比不上街道。""街道""这座风雨学校教给我高超的学问"，"就这样，我完成了我的人文教育"。

与今天被禁锢在应试教育的牢笼中的少年不同，而与沈从文和法朗士的童年相同，《半岛哈里哈气》里的少年在读大自然和人生这本大书。作为张炜的同龄人，我不难想象，张炜的童年是在读这样的"大书"中成长的。

文学是人学。张炜一直在用文学来思考、探究健全人性的根本并持着独具思想的文学观。他不满当下文学创作的非身体的虚拟性："这种生命活动过程中地理空间的缩小，引起的后果也许是很致命的，它将会影响文学的品质，一代一代影响下去。这样的文学会是轻飘无力的，其中的表述变得越来越不靠谱，使我们读了以后没有痛感，觉得读不读都差不多。"①我赞同这一观点，也曾做过一个对比，"那就是没有读过几天书的小说家王朔、童话家郑渊洁和80后作家郭敬明的作品之间的区别。我有一个直觉，那就是，在郭敬明的作品中，显示出的书本知识的确比王朔、郑渊洁多了，但是，生活的底蕴，却是比他们少了。我相信，这不是年龄的差距

---

① 张炜：《地理空间和心理空间》，《午夜来獾》，作家出版社2011年版。

造成的。我以为，这与童年的身体生活之不同有关。"①

"我当时想写一部很长的书，它的气质要与自己以前的作品有些区别。如果在现代，一个写作者力图写出一部'足踏大地之书'，那种想法对我是有诱惑力的。我想找到一种不同的心理和地理的空间，并将这种感受落实在文字中。这是过于确切的目标，但是也许值得努力……"② 有人评论，张炜的大河小说《你在高原》是"一部足踏大地之书"。在我眼里，书写童年的身体生活和精神生活的《半岛哈里哈气》，同样是具有广阔的心理和地理空间的"足踏大地之书"。张炜在具有生命景深的大自然中和与少年有着肌肤摩擦的成人生活中，表现着顽童们的成长。我说《半岛哈里哈气》属于顽童小说，并不是因为五部小说中描写了逃学、抽烟、喝酒、打架、偷果子、掏鸟、捉鱼、捉弄人等淘气顽皮的生活事件，而是因为作品表现出了努力挣脱成人社会，特别是正统教育的规约，在大自然和游戏中获得了身心的自由和解放的少年世界。

说到顽童小说，儿童文学界的人会想到林格伦的《长袜子皮皮》《小飞人卡尔松》，成人文学界的人想起的可能是马克·吐温的《汤姆索亚历险记》《哈克贝利芬历险记》。在《半岛哈里哈气》中，我看到了很多与《汤姆索亚历险记》《哈克贝利芬历险记》同质的东西，比如对成人文化的批判，对自然本性的坚守，对儿童价值观的认同。

刘绪源在《儿童文学三大母题》中认为，顽童母题体现的是"儿童自己的眼光"，我深表赞同。张炜的《半岛哈里哈气》体现的当然也是"儿童自己的眼光"："其实我那会儿想的是：我和老憨就要带起一支队伍了，这事儿可不能耽搁，因为我们绝不甘心让这个夏天白白溜过去。"（《抽烟和捉鱼》）这是写少年们拉帮结伙打架的事，在大人眼里是件不好的事情，可是，不打架，这个夏天会"白白溜过去"，这就是少年人的价值观，这也是张炜认同的一种生活，但是，他在描写中，揭示了这种生活向成长的转化。

从这部系列作品的思想倾向来看，张炜持着儿童本位的儿童观。儿童本位的儿童观具有赞美童心的倾向。在他的巨著《你在高原》中，《人的

---

① 朱自强：《童年的身体生态哲学初探——对童年生态危机的思考之二》，《中国儿童文化》第2辑，浙江少年儿童出版社2005年版。

② 张炜：《地理空间和心理空间》，《午夜来獾》，作家出版社2011年版。

杂志》里有一节的题目就是"给我童心",这显示了张炜的赞美童心的倾向。在《半岛哈里哈气》里,他多次让少年"我"(老果孩儿)直接说出这样的话:"我有一句话一直没有说出来,就是:凭自己长期的观察,大人们是非常愚蠢的。当然只有少数人不是这样,比如妈妈;爸爸嘛,那还要另说。除了个别人,我总觉得人一长大就变得比较愚蠢——我真的试过一些,几乎很少有什么例外。"(《美少年》)小说对儿童的赞美也有一些内在的表现。我觉得,唱拉网号子这么重要的工作让两个少年完成,让鱼把头对这两个少年言听计从,这恐怕不是偶然的(可以想一想《鹿眼》里是谁在领喊拉网号子)。让玉石眼和"狐狸老婆"这俩不共戴天的仇敌,最终化干戈为玉帛,也是"老憨"们努力的结果。这些情节设定,都是张炜的儿童本位的儿童观在起作用。

张炜说,"儿童的感动是有深度的——源于生命的激越"。这也许是张炜创作《半岛哈里哈气》的本源动机。而张炜选择顽童小说这一文类,是因为他看重自然、野性、自由、游戏对于儿童心灵成长的重要价值。在儿童的精神成长的过程中,融入大自然和现实生活的身体生活是极为重要、不可或缺的。它是生命的根基,也是教育的根基。在《半岛哈里哈气》中,少年生命与"哈里哈气"的"野物"是同构的。醉心于这种生命同构的艺术表现的张炜,其儿童文学思想是深刻的,是具有人类精神的高度的。

三 "大自然是儿童思想的发源地"

让我们看看在《半岛哈里哈气》中,大自然中的身体生活是如何"教育"儿童的——

> 我们常常在书里看到许多有气节的英雄人物,他们至死不背叛不投降,那么坚强!这曾经让我们多么感动多么敬佩啊!可是小野兔们在这方面真是毫不逊色,它们简直就是近在眼前的、活生生的英雄……
>
> 而我们这些捉它们的人,就成了十恶不赦的坏蛋。
>
> "我们是坏蛋,"我对老憨说。(《养兔记》)

>　　我和老憨那时都惊得一声不吭。我们从来没有在四月的夜晚、在月亮大明的艾草地边呆上这么久，也不知道兔子们会高兴成这样！原来它们在这样的夜晚一刻也不得安闲啊，原来它们在尽情地闹腾啊……
>　　怪不得啊，四月里就是不同凡响！这会儿，整个海滩到处开满了槐花，这时候谁要闷在屋里，那会是多么傻的人啊！那就连兔子也不如了！
>　　不声不响的老憨正在低头想事，也许这会儿和我一样：想当一只野兔！（《养兔记》）

　　这两段话，证明了苏霍姆林斯基的论断："大自然是儿童思想的发源地。"这两段话也证明，张炜在哈佛大学的讲演中，对那只"午夜来獾"的生命想象，已经植根于《半岛哈里哈气》的文学自然之中。

　　在英文中，"自然"一词除了指大自然，还指"本性"。在《半岛哈里哈气》中，张炜写"我"和"老憨"们在自然中发现动物的本性，进而体会自身的本性，是深有意味的——

>　　说实在的，我们的品质远远比不上它们。我们长大了，坏心眼儿一天多似一天，整个人却会变得更加愚蠢。大人们总是很蠢——想一想真难过，我们自己也在一天天长大啊！（《养兔记》）

　　读这样的文字，我会想起张炜在香港浸会大学讲演时说过的话——"我们的人类社会是一个极其残缺的、不完善的、相当低级的文明。我们的生存有问题。所以当我们表述对动物情感的时候，很多时候并非是从文学的角度来谈，而是带着对生命的深深的歉疚、热爱、怀念等等情愫跟它们对话"。并以此确认主要是写给儿童的《半岛哈里哈气》其实是具有厚重的思想根基的作品。

　　为儿童创作的作家，应该是与儿童结成一个谋求生命成长、发展的秘密团伙，成为儿童的"自己人"。"夏天的海边故事最多，最热闹，如果谁到了夏天还要一直坐在教室里，那才是最傻的人呢。"（《美少年》）张炜在《半岛哈里哈气》中满怀热情地描写野孩子疯玩的场景，是因为他童年时有这种体验，成年后又在其中发现了有珍贵价值的东西。他在散文

《回眸三叶》中就写道："上学后，童年就被约束了。但走出校门的时间总多于规规矩矩做学生的时间。我们撒腿在林子里奔跑，欢乐享用不尽，留做滋养一生。"所以，《半岛哈里哈气》让人看到，人生的智慧，心灵的成长，对事物的认知，都得以在疯玩中实现。在《抽烟和捉鱼》中，"我"和老憨拉起一支队伍，是要和别的村的野孩子打仗玩的，可是，当他们了解了玉石眼与"狐狸老婆"之间的恩怨，以孩子的直觉悟出："他们天天想同一个人，又想得一样厉害，怎么会是仇人？"再"接着议论下去，都以为我们应该设法让两个老人和好，这才是我们最该干的一件事——这事远比教师布置的那些暑假作业重要得多。"张炜用非常扎实的描写让我们看到，"我"和老憨们在生活里学到了很多书本里学不到的东西，他们在探询着大人的世界的过程中，"足踏大地"般坚实地成长着。

《半岛哈里哈气》里的故事在今天读起来尤为可贵。今天的孩子们被关在逼仄的应试学习的栅栏里，就像王朔所说的，即使知道自己在浪费青春也无计可施。尽管《半岛哈里哈气》会让我联想到马克·吐温的顽童小说，但是，《半岛哈里哈气》依然是独创的，它既来自那个王朔在《动物凶猛》中所说的，孩子们获得了空前解放的那个特殊的时代，也来自这个孩子们被关在"牢笼"的当今时代。《半岛哈里哈气》是"我"们这些顽童的生活史、心灵史，也是一个时代的珍贵的历史记录。我相信，这部作品随着那个时代渐行渐远、一去不返，将不断显示出它的珍贵价值。

这五部系列小说是一座小小的但是很了不起的博物馆，它珍藏和展示着不算十分遥远，但是却在迅速消失的一种独特的童年。这种生活注定价值永存，令人怀念。

中国文坛作家
的
儿童文学研究

《丛林之书》的儿童本位与后现代精神*

江建利　徐德荣**

摘要：《丛林之书》作为儿童文学的经典作品历久而不衰，在21世纪的今天，《丛林之书》依然有着强大的生命力和广阔的接受空间。本文认为，"儿童本位"的儿童观赋予了《丛林之书》浓郁的经典气质，作品以隐喻的形式所呈现的超前的后现代精神赋予了它强烈的时代意义，这是《丛林之书》具有恒久魅力和生命力的奥秘所在。

关键词：《丛林之书》　儿童本位　后现代精神

《丛林之书》是英国首位诺贝尔文学奖获得者鲁德亚德·吉卜林最有名的短篇小说集，分两卷，初版于1894年、1895年，其主体是"狼孩"莫格里系列故事，问世以来广受欢迎，多次被拍成影视作品，并受到评论家的广泛关注。优秀的儿童文学作品有着广阔的研究空间，现有的吉卜林作品研究多从后殖民主义的视角对其《丛林之书》等作品进行解读[1]，又有研究者从"原型理论"[2]"神话母题"[3]"法则情结"[4]等多个角度对

---

* 本文系教育部人文社会科学规划项目"谁为孩子而译？——中国儿童文学翻译的理论与实践"（12YJC740123）的阶段性成果。

** 江建利，青岛理工大学副教授；徐德荣，中国海洋大学教授，博士，博士生导师。研究方向：儿童文学及其翻译。

[1] Sue Walsh, *Kipling's Children's Literature*, Surrey: Ashgate Publishing Limited, 2010, pp. 1, 64.

[2] Juliet McMaster, "The Trinity Archetype in The Jungle Books and The Wizard of Oz. Children's Literature", Annual of The Modern Language Association Division on Children's Literature and The Children's Literature Association, 1992, pp. 90 – 110.

[3] Dieter Petzold, "Fantasy out of Myth and Fable: Animal Stories in Rudyard Kipling and Richard Adams", *Children's Literature Association Quarterly*, 1987 (1), pp. 15 – 19.

[4] John Murray, "The Law of The Jungle Books. Children's Literature, Annual of The Modern Language Association Division on Children's Literature and The Children's Literature Association", 1992, pp. 1 – 14, Carole Scott, *Kipling's Combat Zones: Training Grounds in the Mowgli Stories*, Captains Courageous and the Stalky &Co.. Children's Literature, Annual of The Modern Language Association Division on Children's Literature and The Children's Literature Association, 1992, pp. 52 – 68.

《丛林之书》做了深入研究。时至今日，作品诞生已经一百多年，21世纪的读者在阅读《丛林之书》时依然强烈地感受到作品的强大吸引力；然而无论是儿童读者还是成人读者，在欣赏作品时并不会因"原型理论""神话母题""法则情结"这样的解读而对作品高看一眼，今天的普通读者也并不一定认同具有强烈时代特征的后殖民主义分析。那么，《丛林之书》这样的作品穿越时空、历经百年依然对今天的儿童读者具有强烈吸引力的奥秘在哪里？在21世纪的今天，《丛林之书》为什么依然有着强大的生命力和广阔的接受空间？带着这两个问题，我们期冀从儿童观和后现代精神的视角给《丛林之书》带来新的解读。

一 "儿童本位"的儿童观

所谓儿童本位的儿童观既不是把儿童看作未完成品，然后按照成人自己的人生预设去教训儿童（如历史上的教训主义儿童观），也不是仅从成人的精神需要出发去利用儿童（如历史上的童心主义的儿童观），而是从儿童自身的原初生命欲求出发去解放和发展儿童，并且在这解放和发展儿童的过程中，将自身融入其间，以保持和丰富人性中的可贵品质。儿童文学作家在这种儿童观的关照下创作的儿童文学就是儿童本位的文学。[①] 儿童本位的儿童文学是优秀儿童文学作本质的约定，反复阅读与思考《丛林之书》，我们发现这部作品自然而深刻地体现了儿童本位的特质。小说的作者正是"从儿童自身的原初生命欲求出发"塑造了莫格里这一人物形象，创造了这一经典成长故事。下面我们从莫格里的成长历程分析入手来审视该作品的儿童本位特质。

（一）无所畏惧，闯入世界

莫格里的出场实际上是非常令人震撼的，他没有像读者想象得那样在与父母失散、面临危险时大声哭闹，而是表现出超常而又自然而然的淡定与从容。在遭遇老虎谢尔汗袭击时，莫格里还是一个刚学会走路的婴儿，他"棕色皮肤，全身赤裸，扶着一根矮树枝。从来没有这么柔嫩、长着这么漂亮酒窝儿的小东西在晚上来到狼的洞穴。他仰着头看着狼爸爸，露

[①] 朱自强：《儿童文学概论》，高等教育出版社2009年版，第25页。

出了笑容"①。在面临危险的老虎追击之际，在遇到凶残的野狼之时，婴儿莫格里的脸上居然露出了笑容，没有丝毫的畏惧，这是任何成年人所做不到的。而正是这笑容化解了所有的敌意，唤起了陌生人的同情和爱意。"真小！光溜溜的，而且——他一点都不害怕！"狼妈妈温柔地说。② 狼爸爸说："他全身都光溜溜的。我用脚轻轻一碰，就能杀死他。可是你看，他望着我，一点都不害怕。"就这样，"一点都不害怕"的莫格里闯入了狼窝、闯入了丛林的世界。

婴儿莫格里初入狼窝的表现具有一定的传奇色彩，但是对于天生对动物有亲切感到孩子而言，这样的表现是孩子们天真、善良、悦纳的本性的流露，这样的本性让孩子很自然地融入成人所不可能融入的世界。我们可以说，孩子有闯入世界，尽情体验的生命欲求，在这种生命欲求的驱使下，孩子自然无所畏惧，因为这个世界本身就是属于孩子的世界。

作者让莫格里以这样的方式出场，体现出作者对儿童生命欲求的深刻理解，并将自己融入儿童对世界的探索、历险之中，这是"儿童本位"儿童观的典型体现。

（二）学习法则，融入世界

"误入"世界的儿童如果想在这个世界上立足必须要学习所处世界的"法则"，这是儿童融入世界的必经之路。将儿童的社会化过程归结为法则的学习，这是吉卜林作品的深刻之处。实际上，孩子们哪个不是在学习和了解指挥世界运转的"那只看不见的手"，他们多么希望有人能手把手地教给他们这些法则，这样他们就可以很快融入，尽情享受这个世界的乐趣。

在《丛林之书》中，"丛林法则"体现了吉卜林思想的深刻性和对儿童世界理解的透彻性。从今天的话语来看，"丛林法则"绝非所谓的"弱肉强食"，也不是很多评论家所认定的"殖民主义思想"，而是放之四海而皆准的"宇宙法则"。正如1907年吉卜林获得诺贝尔文学奖时瑞典文学院常任秘书威尔逊在颁奖中所言，"丛林法则就是宇宙法则，如果要问

---

① 罗德亚德·吉卜林：《丛林之书》，李永毅译，中国少年儿童出版总社2010年版，第5页。
② 罗德亚德·吉卜林：《丛林之书》，李永毅译，中国少年儿童出版总社2010年版，第6页。

这些法则的主旨是什么，吉卜林就会简单了之地告诉我们是：奋斗、尽职和遵从。"①

深刻了解《丛林之书》，我们发现丛林法则有如下特征。第一，丛林法则基于理性。在故事一开始，丛林法则就闪烁着理性的光芒。"丛林法律从来不是毫无道理的。它不允许任何野兽吃人，除非他是在教自己的孩子如何杀死猎物，而且只能在部落或氏族之外进行。真正的原因在于，一旦野兽杀了人，迟早会有白人骑着大象扛着枪找过来，后面还跟着成百上千拿着铜锣、投枪和火把的棕色人。到了那时，所有的野兽都要遭殃。野兽们的理由是，人是所有动物里最柔弱的，自卫能力也最差，杀人有违公平决胜的原则。"② 不杀人以招致灾祸是动物世界里理性的体现，丛林法则贯穿着这样的理性看待问题的精神。

第二，丛林法则强调秩序和和谐相处。老棕熊巴鲁负责教授莫格里丛林法律，既教他森林的法律，也教他水里的法律：在见到离地五十英尺的蜂巢时，如何礼貌地对野蜂讲话；中午如果打扰了在树上睡觉的蝙蝠獴，如何道歉；跳到水蛇中间游泳之前，如何向它们发出警告。③ 丛林居民在自己的领地之外狩猎时，都必须大声重复"生客的狩猎口令"，直到主人作出回应："请允许我在这里打猎，因为我饿了。"对方的回答是："你可以打猎，但请吃饱就走，不要逗留。"④ 由此看来，不轻易打扰他人，对他人有礼貌、和谐相处是丛林中的法则，也是永恒的社会法则。

第三，丛林法则讲究公平竞争。独狼阿克拉在没有扑中猎物之后，从首领的位置退了下来，并遭到追随老虎谢尔汗的狼们的威胁，但是丛林法则保护了他："根据丛林法律，你们只能一个一个来。"⑤ 结果会场沉默了许久，没有一只狼肯与阿克拉决一死战。要不是丛林法则的保护，众多年轻的狼一拥而上，独狼阿克拉一定性命不保。可见，丛林法则保证了丛林

---

① 陈兵：《丛林法则、认同危机与东西方的融合》，《当代外国文学》2003 年第 2 期。
② 罗德亚德·吉卜林：《丛林之书》，李永毅译，中国少年儿童出版总社 2010 年版，第 5 页。
③ 罗德亚德·吉卜林：《丛林之书》，李永毅译，中国少年儿童出版总社 2010 年版，第 25 页。
④ 罗德亚德·吉卜林：《丛林之书》，李永毅译，中国少年儿童出版总社 2010 年版，第 26 页。
⑤ 罗德亚德·吉卜林：《丛林之书》，李永毅译，中国少年儿童出版总社 2010 年版，第 19 页。

中的公平竞争。

第四，丛林法则充分体现了作者对道理、伦理的倚重。根据丛林法则，犯了错就应该受到惩罚。故事中莫格里不听劝告跟猴民一起玩耍，结果被猴民挟持，最后被朋友们救出，但都受了伤。根据丛林法则，犯错者要受到惩罚，所以，即使"巴鲁不想再让莫格里受罪了，可是他不能篡改法律：悔过不能阻止惩罚"①。另外，丛林法则要求人们尊老爱幼。巴鲁要求莫格里照顾老年的阿克拉，不欺负幼兽。"不要欺负陌生的幼兽，要称他们为兄弟姐妹。"②

上述丛林法则的特征反映出这些"宇宙法则"的普遍意义和永恒价值，这些法则是超越时代、跨越国界的，充分体现了吉卜林思想的深刻性。

（三）成长超越，主导世界

莫格里通过不断学习丛林法则和一系列历险，实现了个人的成长，通过完成几件大事实现了自我价值，最终能够主导眼前的世界，实现了从被保护者到保护者的转变。这一转变是对儿童发展具有无限可能的肯定，更是对儿童所具有的拯救世界力量的歌颂。这充分体现了作者超常的儿童观，真正做到了"从儿童自身的原初生命欲求出发去解放和发展儿童，并且在这解放和发展儿童的过程中，将自身融入其间，以保持和丰富人性中的可贵品质"，这是真正的儿童本位的创作意识。

在吉卜林的笔下，只有儿童能够改变周遭世界，拯救世界。丛林世界一直生活在老虎谢尔汗的阴影之中，这只老虎凶残狡诈，又不乏追随者，对初入丛林的莫格里是巨大的威胁。丛林中的动物对谢尔汗又恨又怕，称之为"长斑纹的家伙"，老虎谢尔汗还叼走了美阿苏的儿子，而最终正是莫格里设计让水牛群踩踏死了谢尔汗，为美阿苏的儿子报了仇，为丛林除了害。这一壮举显示了莫格里过人的智慧和勇敢。后来莫格里接连完成了很多壮举，对付疯象、勇斗鳄鱼、杀死野猪，在议事岩发言的时候，所有的狼都从头到尾、恭恭敬敬地聆听他的发言，整个氏族被称为"莫格里

---

① 罗德亚德·吉卜林：《丛林之书》，李永毅译，中国少年儿童出版总社2010年版，第49页。

② 罗德亚德·吉卜林：《丛林之书》，李永毅译，中国少年儿童出版总社2010年版，第25页。

族",由此,莫格里实现了对世界的主导。

在丛林面临生死存亡的危急时刻,又是莫格里领导大家,战胜了德干高原的红毛狗。成群打猎的红毛狗多勒是极其恐怖的,他们体格健壮,数量众多,所向无敌。而莫格里利用智慧,将红毛狗引到了蜜蜂群里,然后领导狼群经过艰苦的战斗战胜了红毛狗群,最终拯救了整个氏族。这一事件具有很强的隐喻性,昭示了儿童拯救世界的力量。这一章节惊心动魄,所有阅读它的孩子都会摩拳擦掌,感受到自己体内蕴藏的巨大力量,这样的作品无疑是对儿童的"解放和发展"。

二 超前的后现代精神

我们看到,发表于19世纪末的《丛林之书》在21世纪的今天依然有着强大的生命力和广阔的接受空间。我们发现,该作品穿越时空的魅力来自它承载的超前的后现代精神,它所体现的人与自然的关系、对人性的解读具有超越时代的经典价值。

(一)后现代的自然观

在人与自然的关系上,人类自进入现代社会以来一直秉承唯物主义的自然观。唯物主义的自然观认为,自然完全是由无生命的物质构成的,它缺乏任何经验、情感、内在关系,缺乏有目的的活动和努力。一句话,它没有任何内在价值。马克斯·韦伯曾经指出,这种"世界的祛魅"是现时代的一个主要特征。自然被看作是僵死的东西,它是由无生命的物体构成的,没有有生命的神性在它里面。这种"自然的死亡"导致各种灾难性的后果。[1] 这种唯物主义的自然观必然产生人类中心主义的伦理学,一种掠夺性的伦理学:人们不必去顾及自然的生命及其内在的价值;上帝明确地规定了世界应由我们来统治(实质上是"掠夺")[2] 现代人对大自然的肆意破坏、过度开发无疑都起源于这种唯物主义的自然观,而这种唯物主义的自然观最终带来了难以解决的现代问题:环境的持续恶化,大自然

---

[1] 大卫·格里芬:《后现代精神》,王成兵译,中央编译出版社2011年版,第208—209页。
[2] 大卫·格里芬:《后现代精神》,王成兵译,中央编译出版社2011年版,第209页。

的不可逆转的破坏，物种的迅速消亡。

除了带来一种掠夺性的伦理学之外，"世界的祛魅"产生的另一个后果是人与自然的那种亲切感的丧失，同自然的交流之中带来的意义和满足感的丧失，并导致一种更加贪得无厌的人类的出现：在他们看来，生活的全部意义就是占有，因而他们越来越嗜求得到超过其需要的东西，并往往为此而诉诸武力。[①]

《丛林之书》所呈现的自然观绝非唯物主义的自然观，它所构建的童话世界是一个充满了神秘、充满了情感的自然世界。这是一个瑰丽奇特的世界，在这个世界里动物们有自己独特的领悟和解释世界的方式，有自己超乎所谓世界主宰的人类的智慧。动物们有自己的丛林语言，这种丛林语言体现了动物们看待世界的方式和独特的生活体悟，比如"丛林居民"（指丛林里的动物）、"毒民"（指眼镜蛇）、"树地"（形容猴子在树上如履平地）、"红花"（指火）、"长斑纹的家伙"（指老虎）、"沉默的家伙"（指大象）等等，丛林语言中的谚语体现了动物们的独有智慧："去年的坚果是今年的黑土""明天再打明天的猎""蜜吃完了，空蜂巢就该扔下了"。丛林的动物有着鲜明的性格特征和人格魅力，棕熊巴鲁的憨厚忠实、黑豹巴希拉的精明高傲、岩蟒卡的风趣镇定、狼兄弟们的忠诚可靠、老虎谢尔汗的凶残愚蠢，当然还有狼孩莫格里的机智顽皮。

吉卜林创造的丛林世界是一个充满了情感和爱的世界。棕熊巴鲁是莫格里的法律老师，由他来教授莫格里丛林法律。当然，作为老师的巴鲁对莫格里非常严格，一旦莫格里不认真就会受到惩罚，会被他"轻轻打一下"，黑豹巴希拉对莫格里的成长同样充满关心。下面我们引述一段巴鲁和巴希拉的对话来看丛林中"爱的教育"。

> 巴鲁对巴希拉说："人娃就是人娃，他必须学会所有的丛林法律。"
>
> "可是你得考虑他的年纪。"黑豹说。如果听了他的话，恐怕莫格里早就被惯坏了。"你那些长篇大论，他那个小脑袋哪装得下？"
>
> "丛林里难道有什么东西因为小就不被杀吗？没有。所有我才要教他这些东西，所以他记不住的时候我才会打他，当然是非常轻

[①] 大卫·格里芬：《后现代精神》，王成兵译，中央编译出版社2011年版，第211页。

柔的。"

"轻柔！你知道什么是轻柔，老铁掌？"巴希拉嘟囔着说，"他的脸今天都被打青了——还轻柔呢。呜嘎！"

"我是爱他的，就算是被我打得从头到脚都青了，也比因为无知而受伤害强。"①

这段对话洋溢着巴鲁和巴希拉对莫格里真诚的爱和关心，这是一种无私的爱，并没有任何功利心，对一个误入丛林的人娃，丛林里的动物所表现的爱和悦纳，让残害丛林动物的现代人感到无比的羞愧。

除了深厚的情感，《丛林之书》还体现了人与自然所应有的和谐关系。莫格里从小就学会了认识和尊重大自然。狼爸爸教他认识丛林里各种事物的含义，直到草地的每一种声响、温暖夜气的每一种颤动、头顶猫头鹰的每一种音调、在树上暂时栖息的蝙蝠的每一种抓挠、池塘中小鱼的每一种响动，对他来说都充满了意义；不用学习的时候他就坐在太阳底下睡觉、吃饭，接着再睡；觉得脏或者热的时候，他就在林间的池塘里游泳；想吃蜂蜜的时候，他就用巴希拉教的功夫爬到树上去采。② 人可以在大自然中悠游快乐，和谐相处，《丛林之书》充分体现了这种愿望。

《丛林之书》所有意无意呈现的人与自然的关系为我们解决现代范式下人与自然的危机带来了启示。正如后现代主义的学者所指出的那样，由于现代范式对当今世界的日益牢固的统治，世界被推上了一条自我毁灭的道路，这种情况只有当我们发展出一种新的世界观和伦理学之后才能得到改变。而这就要求实现"世界的返魅"（the reenchantment of the world），后现代范式有助于这一理想的实现。《丛林之书》塑造的神秘的丛林世界实现了"世界的返魅"，体现了超前的后现代精神，这是该作品在 21 世纪的今天拥有大量读者的内在原因。

（二）后现代的人性观（接受性价值、自我实现价值、奉献价值）

现代范式的另一个重要特征是片面的人性观，将人的驱动力归结为性欲或者经济利益，认为性动机与经济动机的结合是人类一切行为的动因。

---

① 罗德亚德·吉卜林：《丛林之书》，李永毅译，中国少年儿童出版总社 2010 年版，第 26 页。
② 罗德亚德·吉卜林：《丛林之书》，李永毅译，中国少年儿童出版总社 2010 年版，第 11 页。

人类社会在这样的理念指导下产生了诸多问题与罪恶，似乎人类所需要的一切就是足够的事务、住所、技术设备和性刺激。而按照后现代思想，人们应该受各式各样的价值驱动，其中包括：接受性价值，自我实现价值和奉献价值。①

《丛林之书》中莫格里的成长历程充分和完整地体现了后现代的人性观，并刻画了莫格里作为"人"的心性成长历程。莫格里首先很自然地实现了个人的接受性价值，如上文所述，他充分享受着丛林的生活和乐趣，享受着丛林里的食物、阳光和水。然而，在成长之后，莫格里注定要实现自己的人生价值。于是，他通过几件重大的事件树立了自己的"丰功伟绩"。首先，他计杀老虎谢尔汗。在得知老虎谢尔汗躲在瓦因艮加河干涸的河谷里准备偷袭的消息后，莫格里让狼兄弟们驱赶水牛群冲入河谷，将谢尔汗践踏而死。然后，在整个丛林面临杀手红毛狗的死亡威胁时，莫格里挺身而出，先用计谋将红毛狗引入陷阱，被蜜蜂蛰得半死，然后莫格里带领丛林居民英勇作战，最终战胜红毛狗，保卫丛林。在自我价值充分实现之后，莫格里没有离开丛林过自己的"人"的生活，而是选择做了一名护林员，永远地和丛林在一起，保卫丛林，实现了自己的奉献价值。

《丛林之书》中所体现的人性本质是具有后现代性的。后现代的人性观认识到，从根本上说，人是创造性的存在物，每一个都体现了创造性的能力，人类作为整体显然最大限度地体现了这种创造性能力。我们从他人那里接受创造性的奉献，这种接受性同许许多多接受性价值一起构成了我们本性的一个基本方面。②《丛林之书》中，莫格里接受大自然的馈赠和老师朋友们的爱护和帮助，这些都是基于人的本性的接受性价值。但是，同时人又是创造性的存在物，需要实现我们的潜能，对他人做出贡献，这种动机同接受性需要及成就需要一样，也是人类本性的基本方面。③ 莫格里最终选择做护林员正是受这种奉献价值驱动的体现。我们说，能够深刻反映人性本质的作品是伟大的作品，《丛林之书》能够深刻反映人性的本质，在今天后现代的语境下具有巨大的存在价值，具有超越时代限制的伟

---

① 大卫·格里芬：《后现代精神》，王成兵译，中央编译出版社2011年版，第212—213页。
② 大卫·格里芬：《后现代精神》，王成兵译，中央编译出版社2011年版，第213页。
③ 大卫·格里芬：《后现代精神》，王成兵译，中央编译出版社2011年版，第213页。

大之处，不失为儿童文学的经典作品，更是人类文学作品的经典。

结语

综上所述，吉卜林的《丛林之书》以独特的儿童观深入儿童的生命空间，发展儿童的生命欲求，是真正"儿童本位"的作品。《丛林之书》以隐喻的形式所呈现的人与自然的关系和生命的价值，体现出超前的后现代精神，为解决人类几个世纪的困境提供了出路，充分彰显出该作品的经典特质。所以说，"儿童本位"的儿童观赋予了《丛林之书》浓郁的经典气质，超前的后现代精神赋予了它强烈的时代意义，这是《丛林之书》具有恒久魅力和生命力的奥秘所在。

莱辛成长小说中"反抗"的伦理身份建构

——以《玛莎·奎斯特》为例[*]

徐德荣　安风静[**]

摘要：在英国著名作家多丽丝·莱辛的成长小说中，"反抗"始终是一鲜明主题，深刻体现了莱辛对青少年成长及人类发展的深邃思考。本文以莱辛的成长小说《玛莎·奎斯特》为例，首先分析了"反抗"在文中的不同体现，继而从伦理身份危机和重构的角度分别探讨了"反抗"的动因和内涵，最后指出，莱辛成长小说中的"反抗"具有青少年伦理身份建构的重要意义，通过"反抗"过程中理性的伦理选择，青少年最终可以实现自我身份的重构和道德成长。

关键词：文学伦理学批评　伦理身份　反抗　莱辛　《玛莎·奎斯特》

一　引言

多丽丝·莱辛（Doris Lessing, 1919—2013）是 2007 年诺贝尔文学奖获得者，被誉为继维吉尼亚·伍尔夫（Virginia Woolf, 1882—1941）之后英国最伟大的女性作家。莱辛在文学领域耕耘五十多年，是一位多产作

---

[*] 本文为 2019 年度教育部重大课题攻关项目"中国儿童文学跨学科拓展研究"（编号：19JZD036）、2020 年度中央高校基本科研业务费项目"儿童文学翻译的跨学科研究"（编号：202042006）和 2021 年度国家社科基金项目"百年中国儿童文学外译研究"（编号：21BWW011）的阶段性成果。

[**] 徐德荣，中国海洋大学教授，博士，博士生导师。研究方向：儿童文学及其翻译。安风静，硕士生。研究方向：儿童文学及其翻译。

家,其作品主题多元、体裁多样,"从反殖民主题到后殖民关注,从写实小说到幻想系列,人类的生存与发展都始终是莱辛视线的焦点"①。在莱辛多部成长小说如《玛莎·奎斯特》(*Martha Quest*, 1952)、《穿越隧洞》(*Through the Tunnel*, 1955)和《第五个孩子》(*The Fifth Child*, 1988)等作品中,"反抗"始终是一鲜明主题,深刻体现了莱辛对青少年成长和人类发展的深邃思考。

《玛莎·奎斯特》是莱辛半自传体系列小说《暴力的孩子》(*Children of Violence*, 1952—1969)的第一部,该书以非洲大陆为背景,以现实主义的笔法讲述了英国白人少女玛莎如何复杂的社会环境中寻找并重构自己伦理身份的故事。聂珍钊指出:"只要是身份,无论它们是指社会上的身份,还是家庭中的身份,学校中的身份等,都是伦理身份。"② 莱辛研究专家Pickering谈道:"在玛莎的求索历程中,有两个基本问题占据着核心,即人的身份是什么?人与集体的适当关系又是什么?"③ 莱辛为主人公取名"Quest",本身也意味着不断求索之意。因此,玛莎的暴力反抗史,其实是一部身份求索史。玛莎的身份求索史表明,青少年的反抗并非单纯是消极的偏差行为,而是积极探求自我身份的表现。在"中华民族伟大复兴终将在广大青年的接力奋斗中变为现实"④ 的今天,积极、理性地看待青少年的反抗行为,不仅是家长的义务,更需要引起全社会的关注。学界虽已有涉及《玛莎·奎斯特》反抗因素的研究,但关注点却集中在亲子关系、女性生存和青少年心理等方面上,皆未对身份构建这一实质性意义进行深入剖析,因此,本文既可拓展莱辛研究,更新学界对反抗的认识,又能给青少年成长以启发,具有重要的理论及实践意义。

二 "反抗"的体现

在当代文学批评领域中,"身份"是一个重要的研究问题,具有多元

---

① 沈洁玉:《玛莎的奥德赛:多丽丝·莱辛伦理观拓展研究》,《西安外国语大学学报》2013年第4期。
② 聂珍钊:《文学伦理学批评导论》,北京大学出版社2014年版,第265页。
③ Jean Pickering, *Understanding Doris Lessing*, Columbia, SC: University of South Carolina Press, 1990.
④ 习近平:《在同各界优秀青年代表座谈时的讲话》,《人民日报》2013年5月5日。

性、动态性的特点：一方面，同一人身上具有多种不同的身份，如家庭身份、两性身份、文化身份等；另一方面，"身份认同是不断被自我认识、发现和定义而进行身份确认的动态过程"，具有"（被）创造性"的本质属性，这一属性"决定了身份认同危机是一种客观的存在"[①]。故事中，玛莎的身份求索主要有三个维度：第一，为了"自由人"身份的实现，而对父母的权力话语进行反抗；第二，为了"新时代女性"身份的实现，而对女性边缘化进行反抗；第三，为了"战士"身份的实现，而对种族主义进行反抗。通过不断艰难的自我选择，玛莎最终实现了身份重构，但是，由于身份认同危机的存在，玛莎在此过程中并非顺利无碍，而是经历了多重矛盾与冲突。

（一）对父母权力话语的反抗

故事中，玛莎与母亲奎斯特太太的冲突是家庭中最突出的问题。"奎斯特太太曾是一个漂亮、健美的英国女孩"[②]，移居殖民地后，窘迫的生计使她不再光鲜亮丽。波伏娃（Simone de Beauvoir）指出，"她（母亲）在她（女儿）身上寻找一个替身。她把她同自我关系的一切暧昧，全都投射到女儿身上"[③]。落寞的奎斯特太太将自身未完成之理想投射于女儿，希望将玛莎培养成一个有教养的女孩，因此竭力控制着她生活的方方面面。对玛莎来说，母亲"愤愤不平、唠唠叨叨，永远也不满意"[④]，其形象"宛如那攫住她的噩梦中一个邪恶的角色"[⑤]。面对母亲的控制，玛莎没有顺从，而是展开了激烈的反抗。例如，当母亲限制其穿衣自由时，玛莎没有一味忍让，拿起剪刀便将其为自己缝制的充满孩子气的裙子毁掉了。除了反抗母亲的控制，玛莎也极力反抗着父亲对她意识形态的影响。例如，当看到父亲无事实依据就抱怨犹太人控制世界时，"玛莎以最理智、最有逻辑的方式与他争论"[⑥]。玛莎无法接受父母的观念，害怕在父

[①] 向卿：《身份认同与被创造的民族、文化——以近代日本的文化认同构建为例》，《中央社会主义学院学报》2020年第5期。
[②] 多丽丝·莱辛：《玛莎·奎斯特》，郑冉然译，南京大学出版社2008年版，第7页。
[③] 西蒙娜·波伏娃：《第二性》，陶铁柱译，中国书籍出版社1998年版，第586—587页。
[④] 多丽丝·莱辛：《玛莎·奎斯特》，郑冉然译，南京大学出版社2008年版，第16页。
[⑤] 多丽丝·莱辛：《玛莎·奎斯特》，郑冉然译，南京大学出版社2008年版，第38页。
[⑥] 多丽丝·莱辛：《玛莎·奎斯特》，郑冉然译，南京大学出版社2008年版，第40页。

母的影响下失去了自主性,因此,"一想到父母亲,她就觉得必须小心谨慎,随时准备反抗"①。玛莎对父母权力话语的反抗,旗帜鲜明、态度强烈,体现了其对自由人身份的勇敢追求。

"莱辛通过一位年轻少妇对于人生命本体力量的追寻与释放,去面对过时的但却还存在的旧的贵族式的生活及其与之相适应的伦理道德,从而将笔触伸向人类精神自身建构的困窘与迷茫。"② 奎斯特夫妇以传统的伦理规范约束玛莎,激起了她对自由人身份的强烈追求,但是,亲子间固有的血缘伦理关系又决定了其自由不可能是无限度的,因此,在追求自由人的过程中,玛莎的内心其实充满了矛盾与纠结。

(二) 对种族歧视的反抗

在玛莎生活的乡村里,人们的种族观念根深蒂固,然而,玛莎并没有随波逐流,对于种族问题,总是有自己独到的见解。例如,因为黑人在白人心中邪恶的形象,"一个年轻的白人女孩独自一人在外面走"③ 便成了当地禁忌。对此,玛莎不仅没有产生对黑人的恐惧心理,还认为黑人猥亵白人女孩的报道"只不过是人们的传言罢了"④。因此,为了找犹太人科恩兄弟(Cohen boys)聊天,她经常无所畏惧地在大自然中独自徒步几英里。另外,在玛莎进城后,英国白人在她眼里不仅骄傲自大,还极其虚伪,所以,当周围朋友冷落犹太人阿道夫(Adolph)时,玛莎并没有附和,而是和他建立了亲密关系。玛莎不仅有强烈的种族平等意识,还积极在实践中贯彻自己的种族观念,是一个真正的战士。

"20 世纪中期英属南非殖民地社会中,占支配地位的是白人殖民者,被支配的是非洲有色人种;无论是种族关系、阶级关系还是性别关系,都受到殖民者与被殖民者的自我与他者主奴关系模式的影响。"⑤ 玛莎身为白人殖民者,面对有色人种这一"他者"时,不可避免持一种上位者姿

---

① 多丽丝·莱辛:《玛莎·奎斯特》,郑冉然译,南京大学出版社 2008 年版,第 79 页。
② 赵晶辉:《城市镜像中的生存困境——评莱辛的五部曲〈暴力的孩子〉》,《宁夏社会科学》2011 年第 6 期。
③ 多丽丝·莱辛:《玛莎·奎斯特》,郑冉然译,南京大学出版社 2008 年版,第 60 页。
④ 多丽丝·莱辛:《玛莎·奎斯特》,郑冉然译,南京大学出版社 2008 年版,第 61 页。
⑤ 张琪:《论多丽丝·莱辛的殖民地他者书写》,《湖南科技大学学报》(社会科学版) 2017 年第 4 期。

态,因此,其战士身份构建之路,其实也是一条自我挑战之路。

(三) 对女性边缘化的反抗

作为独立女性,玛莎意识到自己"有责任与过去那些受桎梏的女人们划清界限"[①],因此,她极力反抗着边缘化的女性地位。例如,当邻居玛妮(Marnie)询问玛莎会不会早婚时,她当即讽刺道:"早早嫁人?我?那我还不如先死了算了。把我自己和孩子、家务绑在一起……"[②]对于弟弟乔纳森(Jonathan),玛莎也是非常讨厌:"为什么,她问自己,这个只有她一半智商的人会被送进一所'好学校'?为什么他总是理所当然地享受特权?"[③]另外,在进城后参加"左派书会"时,看到那些"不断责骂小孩、举止大惊小怪的妇女",玛莎既厌恶,又深感恐惧,"她对自己说:绝不,绝不,我宁愿去死也不要变成那样"[④]。玛莎对女性边缘化的反抗,明确而又犀利,体现了其对新时代女性身份的不懈追求。

莱辛并不支持极端女性主义,在她看来,实现女性独立,不是使女性与男性对立,而是"构建一个两性亲密无间、没有性别偏见的生态社会,以此感受亲情,升华爱情"[⑤]。玛莎为了新时代女性身份的实现,痛斥婚姻,更厌恶孩子,但是,男性与女性本是"你中有我,我中有你,构成各自的整体"[⑥]。因此,如何在保持自主的前提下实现两性的和谐共生,是玛莎成为新时代女性之路上面临的又一难题。

三 "反抗"的动因——伦理环境异化与伦理身份危机

伦理环境的异化所导致的伦理身份危机是玛莎反抗的原始动力和根本

---

① 多丽丝·莱辛:《玛莎·奎斯特》,郑冉然译,南京大学出版社2008年版,第13页。
② 多丽丝·莱辛:《玛莎·奎斯特》,郑冉然译,南京大学出版社2008年版,第20页。
③ 多丽丝·莱辛:《玛莎·奎斯特》,郑冉然译,南京大学出版社2008年版,第41页。
④ 多丽丝·莱辛:《玛莎·奎斯特》,郑冉然译,南京大学出版社2008年版,第178页。
⑤ 徐晶:《解读莱辛作品中的生态女性主义——以〈玛拉和丹恩历险记〉为例》,《语文建设》2014年第32期。
⑥ 多丽丝·莱辛:《金色笔记》,陈才宇、刘新民译,译林出版社2014年版,"前言"。

原因。"伦理环境又称伦理语境，它是文学作品存在的历史空间"①，当伦理环境发生明显变化，与人物预期相悖且致其生活发生较大转变时，便称为伦理环境异化。"文学伦理学批评要求在特定的伦理环境中分析和批评文学作品"②。因此，要想解读玛莎反抗的动因，必须回到20世纪英国人移民到南非罗得西亚这一伦理环境中去。

莱辛曾说，"《玛莎·奎斯特》或多或少带有自传性质"③，因此，即使故事是从玛莎15岁开始讲起，我们仍能从作者本人经历中找到玛莎早期的童年历程。玛莎的父亲原为英国驻伊朗的军官，出于压抑与困窘，带着家人来到了南罗得西亚的一处庄园，希望淳朴自然的非洲大陆能够给他带来心灵滋养。然而，殖民地充满了落后与贫困的气息，并非"官方宣传的理想模式"④。玛莎因难以适应周围异化的环境，转而于"最好的言语和文字"⑤中寻求慰藉。"文学一直是教诲的工具"，"做人的观念来自于文学"⑥。通过阅读，"玛莎在幻想中虚构了一个无法在现实生活中找到的理想城池，用以逃避令人窒息的环境"⑦，而"这个地区的大部分人都因目光短浅、知之甚少而被永久地关在了这座金色的城市之外"⑧。可见，理想国使玛莎与殖民环境分离，使其成为边缘人。阿德勒（Alfred Adler）曾说，"个人意义没有任何价值，真正的生命意义存在于个体与他人的交互作用中"⑨；"我们生存于与他人的联系中，如果我们选择孤独，便等于选择了死亡"⑩。可见，自我身份的完善与建构，必须在实践和与他人的

---

① 聂珍钊：《文学伦理学批评导论》，北京大学出版社2014年版，第256页。
② 聂珍钊：《文学伦理学批评导论》，北京大学出版社2014年版，第256页。
③ Doris Lessing, *Walking in the Shade*: *Volume Two of My Autobiography*, New York: Harper Perennial, 1997, p.16.
④ 李红梅：《英国女性作家笔下的帝国叙事研究》，《东岳论丛》2012年第2期。
⑤ 多丽丝·莱辛：《刻骨铭心：莱辛自传（1919—1949）》，宝静雅译，北京联合出版公司2016年版，第157页。
⑥ 聂珍钊：《文学伦理学批评与人性概念的辨析》，《名作欣赏》2020年第7期。
⑦ 赵晶辉：《城市镜像中的生存困境——评莱辛的五部曲〈暴力的孩子〉》，《宁夏社会科学》2011年第6期。
⑧ 多丽丝·莱辛：《玛莎·奎斯特》，郑冉然译，南京大学出版社2008年版，第17页。
⑨ 阿尔弗雷德·阿德勒：《自卑与超越》，马晓娜译，吉林出版集团有限责任公司2015年版，第9页。
⑩ 阿尔弗雷德·阿德勒：《自卑与超越》，马晓娜译，吉林出版集团有限责任公司2015年版，第7页。

交往中才能完成。玛莎立志"要干一番事业"①，然而，理想国与异化伦理环境的冲突与碰撞，让玛莎在这一过程中不断经受着矛盾与纠结，最终陷入了伦理身份混乱的旋涡中。故事一开始，她就苦苦纠结于自己的身份问题："她正处在青春期，所以注定闷闷不乐；她是英国人，所以不安而有戒心；她身处二十世纪的第四个十年，所以无可避免地受到种族和阶级问题的困扰；她是个女性，所以有责任与过去那些受桎梏的女人们划清界限。她被愧疚、责任和自我意识所折磨。"②

伦理身份是文学伦理学批评的核心问题之一。"在文学文本中，所有伦理问题的产生往往都同伦理身份相关。伦理身份有多种分类，如以血亲为基础的身份、以伦理关系为基础的身份、以道德规范为基础的身份、以集体和社会关系为基础的身份、以从事的职业为基础的身份等。"③在家庭中，玛莎虽强烈反抗着父母的控制，竭力追求着自由人的身份，但是，人之子的身份又让她与父母之间有割舍不掉的"道德情感"④，使其自由人身份确立遭遇了危机；在殖民社会中，玛莎虽有鲜明的种族平等意识，努力想成为一个为种族平等而斗争的战士，但是，家庭中形成的自卑情结又让她难以放下殖民者这一优越身份，因此，其战士身份的确立也不断遭受着冲击；在女性社交圈里，玛莎虽崇尚自由独立，痛恨父权制，不断追求着新时代女性的身份，但是，作为一个青春期女孩，性意识的萌发又让她渴望异性关注，使其新时代女性的身份意识也不再稳固。在异化的环境中，玛莎对以上身份"似乎都能认同，又都不能认同，无法确定，焦虑不安"，她"体验着异质文化的碰撞及由此带来的文化身份的分裂与痛苦，可又不能完全融入其中任何一方而达到和谐"。⑤

正值青春期的玛莎个性鲜明、情感强烈，对成为一个有"身份"的人，抱有极大渴求，然而，理想国和异化伦理环境之间的冲突使其身份确立遭受了危机，在社会各个层面，她都毫无归属感。青春期固有的心理特

---

① 多丽丝·莱辛：《玛莎·奎斯特》，郑冉然译，南京大学出版社 2008 年版，第 337 页。
② 多丽丝·莱辛：《玛莎·奎斯特》，郑冉然译，南京大学出版社 2008 年版，第 13 页。
③ 聂珍钊：《文学伦理学批评导论》，北京大学出版社 2014 年版，第 263—264 页。
④ 聂珍钊：《文学伦理学批评导论》，北京大学出版社 2014 年版，第 250 页。
⑤ 张琪：《论多丽丝·莱辛的殖民地他者书写》，《湖南科技大学学报》（社会科学版）2017 年第 4 期。

点，加之玛莎在阅读中形成的顽强品格，使她在面对一个"无身份"的地位时，必然产生鲜明激烈的行动。正如文中所说，"她怀着不确定的自信，心里清楚自己将要面对的是一场持久战。她对自己说，我不会屈服，我绝对不会"①。因此，伦理环境异化所导致的伦理身份危机可被视为玛莎反抗的原始动力和根本原因。

四 "反抗"的内涵——伦理选择与伦理身份重构

外部伦理环境的异化与玛莎内心伦理标杆的冲突使其陷入了伦理身份混乱的局面，而后在个性心理的驱使下，激发了其强烈的反抗意识。对玛莎而言，反抗必然意味着以下问题：反抗的对象是什么？这涉及文学伦理学的一个关键问题——伦理选择。"伦理选择具有两方面的意义。一方面，伦理选择指的是人的道德选择，即通过选择达到道德成熟和完善；另一方面，伦理选择指对两个或两个以上的道德选项的选择，选择不同则结果不同，因此不同选择有不同的伦理价值。"② 另外，伦理选择的过程也是身份认知和建构的过程，"从起源上说，人的身份是进行自我选择的结果"③。若做不出选择，个体会一直处于冲突与困境之中，身份的建构则无从谈起。然而，作出正确的伦理选择并非易事，因为人作为一个完整的斯芬克斯因子，不断受理性意志、自由意志和自然意志的共同影响。"文学作品中描写人的理性意志和自由意志或自然意志的交锋与转换，其目的都是为了突出理性意志怎样抑制自然意志和引导自由意志，让人做一个有道德的人。"④ 受斯芬克斯因子的不同影响，玛莎在反抗父母权力话语、种族歧视以及女性边缘化的过程中经历了多次伦理失衡，但是，通过多次理性的伦理选择，她最终实现了伦理身份的重构，成为一个有"身份"的人。玛莎能够作出正确的伦理选择，源于其深层的"伦理意识"，也就是"人分辨善恶的能力"⑤。正是由于伦理意识的存在，玛莎在伦理失衡

---

① 多丽丝·莱辛：《玛莎·奎斯特》，郑冉然译，南京大学出版社2008年版，第30页。
② 聂珍钊：《文学伦理学批评导论》，北京大学出版社2014年版，第266—267页。
③ 聂珍钊：《文学伦理学批评导论》，北京大学出版社2014年版，第263页。
④ 聂珍钊：《文学伦理学批评导论》，北京大学出版社2014年版，第42页。
⑤ 聂珍钊：《文学伦理学批评导论》，北京大学出版社2014年版，第39页。

时才能意识到反抗行为出现的偏差，从而作出理性的伦理选择，重构伦理身份。

（一）反抗父母中道德底线的坚守——"自由人"身份重构

玛莎的母亲传统、控制欲强，父亲软弱、责任感薄弱，在她看来，父母和其他人一样，都是金色城市中"不合格的人"，因此，她"严厉无情地把他们拦住"①，以成为一个完完全全的自由人。与玛莎自由人身份紧密相连的，是人之子这一"以血亲为基础的身份"②，这一身份不仅终其一生都无法抹掉，也是身为一个"人"最为基础的身份。然而，玛莎将父母与他人"一视同仁"，都看成敌人式的存在，无疑是削弱了人之子的身份意识，使其在追求自由的道路上无法立住脚跟。但是，通过反抗中对道德底线的坚守，玛莎重新唤醒了人之子的身份意识，并依此调整了追求自由的策略，最终实现了自由人身份的认同与重构。

青少年虽充满生命活力和驱动力，但情绪强度的提高容易让其受"非理性意志"③所支配从而做出极端、有害的行为。非理性意志"是一种希望摆脱道德约束的意志。它的产生并非源于本能，而是来自错误的判断或是犯罪的欲望，往往受情感的驱动"④。"非理性意志的突出表现是激情和冲动"⑤，在其影响下，个体极易会突破道德约束，违反伦理禁忌。伦理禁忌"是人对身上的兽性部分即人的本能加以控制的结果"，其中"罪行最重，压抑最深"⑥的禁忌之一，便是"弑亲"。"剪裙子"事件中，母亲看着女儿赤裸的身体，惊愕之下将手搭在女儿腰边，玛莎随即被这种行为所刺激，倏地向母亲扬起了巴掌；在被告知父亲生病时，玛莎出于长期对父亲的不满，下意识地说出了"我早就知道"⑦这一暴力性语言。这两次反抗都是非理性意志所影响的结果，虽没有到弑亲的严重程度，却体现出了对父母生命施展暴力的危险倾向。

---

① 多丽丝·莱辛：《玛莎·奎斯特》，郑冉然译，南京大学出版社2008年版，第17页。
② 聂珍钊：《文学伦理学批评导论》，北京大学出版社2014年版，第263页。
③ 聂珍钊：《文学伦理学批评导论》，北京大学出版社2014年版，第49页。
④ 聂珍钊：《文学伦理学批评导论》，北京大学出版社2014年版，第49页。
⑤ 聂珍钊：《文学伦理学批评导论》，北京大学出版社2014年版，第251页。
⑥ 聂珍钊：《文学伦理学批评导论》，北京大学出版社2014年版，第261—262页。
⑦ 多丽丝·莱辛：《玛莎·奎斯特》，郑冉然译，南京大学出版社2008年版，第28页。

在非理性意志与理性意志发生冲突的过程中，玛莎选择坚守道德底线，用理性压制非理性，最终重构了自由人身份。她不再是那个拒斥父母的冷冰冰的自由人，而是有道德关怀的、充满"温度"的自由人。"剪裙子"事件里，玛莎刚对母亲扬起巴掌，就"被自己的暴力惊呆了"①，随即用玩笑化解了紧张气氛；在应对父亲病情时，玛莎漠不关心的话刚一出口，就立马觉得内疚与自责，于是和母亲快步来到了医院。人之子身份意识的觉醒让玛莎调整了反抗策略，在此之后，玛莎虽仍坚决反抗父母的控制，但却对他们增加了道德关怀：在刚进城时，她怕父母挂念，于是发电报说："不要担心，一切都好"②；当母亲为了告知玛莎父亲病情而打搅了她同事时，"玛莎恼火极了，只因了对父亲的担心才稍稍镇定下来"③；故事最后，"一想到父亲老了，她的心就疼痛地缩紧了"，"她无法忍受父亲会死这个想法"④。通过反抗中对道德底线的坚守，玛莎将自由人身份与人之子身份相融合，在追求自由的同时兼顾对父母的伦理关怀，最终实现了伦理身份的重构与完善。

（二）反抗种族歧视中身份优越感的舍弃——"战士"身份重构

"殖民话语的逻辑基础是白人殖民者心中根深蒂固的种族优越感。未开化、野蛮是非洲土著黑人的代名词，因此代表进步文明的殖民者对他们具有天然的征服权和奴役权。"⑤ 小说中，白人占据支配地位，黑人被认为是"肮脏、龌龊、让人恶心的货色"⑥。玛莎虽反对种族歧视，但身为白人殖民者的后裔，不可避免地受殖民者这一优越身份的羁绊，然而，通过对身份优越感的舍弃，玛莎最终重构了自己的战士身份。

阿德勒认为，"人人都在追求属于自己独有的一种优越感"，"它是我们对生活的一种追求，一种前进的动力，而不是地图上一个静止的点"⑦。

---

① 多丽丝·莱辛：《玛莎·奎斯特》，郑冉然译，南京大学出版社2008年版，第27页。
② 多丽丝·莱辛：《玛莎·奎斯特》，郑冉然译，南京大学出版社2008年版，第124页。
③ 多丽丝·莱辛：《玛莎·奎斯特》，郑冉然译，南京大学出版社2008年版，第186页。
④ 多丽丝·莱辛：《玛莎·奎斯特》，郑冉然译，南京大学出版社2008年版，第359页。
⑤ 赵纪萍：《反殖民书写与殖民话语的隐性书写——从后殖民主义的视角重读〈野草在歌唱〉》，《山东社会科学》2012年第7期。
⑥ 多丽丝·莱辛：《玛莎·奎斯特》，郑冉然译，南京大学出版社2008年版，第329页。
⑦ 阿尔弗雷德·阿德勒：《自卑与超越》，马晓娜译，吉林出版集团有限责任公司2015年版，第53—54页。

正如阿德勒所说,优越感确实是人的内在需要,且对个人发展具有强大的推动作用,但是,若脱离了理性的控制,优越感就会演变成"自由意志"[①] 的催动力,在这种情况下,个体极易会为了追求优越而作出非理性、非道德的行为。"自由意志是接近理性意志的部分,如对某种目的或要求的有意识追求。"[②] 自由意志的动力是"欲望",即"人在本能上对生存和享受的一种渴求"[③]。在家庭中,玛莎并未和弟弟获得同样的待遇,因为对奎斯特夫妇来说,她的出生只是个意外,他们"本来是不想要她的"[④]。这种长期的附属地位让玛莎对优越感有很大的渴求,而殖民者这一特殊身份则刚好可以满足她的心理空缺。因此,即使反对种族歧视,在与科恩兄弟交往时,玛莎还是会故作冷漠。而且,当邻居玛妮说乔斯·科恩(Joss Cohen)对她有好感后,玛莎的优越感与自尊心顿时受挫,随即"放弃了与科恩兄弟之间孩子般的友谊"[⑤],并和他们"断绝了关系,两年都没来往"[⑥]。在这段时间里,玛莎一直在伦理困境中挣扎,一方面十分想念科恩兄弟,另一方面又无法放下"身架"。

在自由意志与理性意志冲突的过程中,玛莎选择坚守理性,最终重构了自己战士的身份。她不再是那个观念上的战士,而是将平等观念落实到实践中的真正的战士。理性回归后,玛莎主动与科恩兄弟解释缘由并乞求原谅,表示即使违反禁忌也要拜访他们,并认识到了自己"反对种族歧视时的那种自以为是和轻率态度"[⑦]。理性的回归也让玛莎从被殖民者的角度了解了有色人种的处境:"她突然意识到当她拒绝科恩兄弟(或者说表面上拒绝了他们)的时候,他们也许有过同样的感受"[⑧];"她第一次对自己说道,科恩一家在这个地区几乎是完全孤立的"[⑨];白人们"团结在一起仅仅是因为这样他们就可以宣称'这里是英国的领土'"[⑩]。认识到白

[①] 聂珍钊:《文学伦理学批评导论》,北京大学出版社 2014 年版,第 42 页。
[②] 聂珍钊:《文学伦理学批评导论》,北京大学出版社 2014 年版,第 42 页。
[③] 聂珍钊:《文学伦理学批评导论》,北京大学出版社 2014 年版,第 282 页。
[④] 多丽丝·莱辛:《玛莎·奎斯特》,郑冉然译,南京大学出版社 2008 年版,第 369 页。
[⑤] 多丽丝·莱辛:《玛莎·奎斯特》,郑冉然译,南京大学出版社 2008 年版,第 44 页。
[⑥] 多丽丝·莱辛:《玛莎·奎斯特》,郑冉然译,南京大学出版社 2008 年版,第 55 页。
[⑦] 多丽丝·莱辛:《玛莎·奎斯特》,郑冉然译,南京大学出版社 2008 年版,第 74 页。
[⑧] 多丽丝·莱辛:《玛莎·奎斯特》,郑冉然译,南京大学出版社 2008 年版,第 57—58 页。
[⑨] 多丽丝·莱辛:《玛莎·奎斯特》,郑冉然译,南京大学出版社 2008 年版,第 58 页。
[⑩] 多丽丝·莱辛:《玛莎·奎斯特》,郑冉然译,南京大学出版社 2008 年版,第 74 页。

人殖民者优越感的建立机制后,玛莎开始对种族主义展开了"明目张胆"的反抗:她直言白人殖民者"十足的虚伪","只要所有的谎言和丑恶都被遮盖起来就万事大吉了"①;在进城后,看到周围白人对黑人阿道夫的孤立,玛莎更是毫无顾忌地"准备好代表他和全世界作战"②。通过对身份优越感的舍弃,玛莎在反抗种族歧视时不再纠结与犹豫,成为一个真正的战士。

(三)反抗女性边缘化中性欲望的控制——"新时代女性"身份重构

玛莎极具独立意识,立志要成为一个新时代女性,不受婚姻和孩子的干扰,因此无法于男尊女卑的社会中获得身份认同。然而,青春期性意识的萌发又让她耽于异性的关注,渴望男女之爱,使其新时代女性的身份也难以确立。这种矛盾导致了玛莎伦理身份高度混乱的状态,然而,通过对性欲望的控制,玛莎最终重构了自己新时代女性的身份。

"青春期意味着人的新生,因为更高级、更完整的特征在此时期诞生"③,其中最明显的就是第二性征的出现和性意识的觉醒。这虽是个体成长的正常现象,但若控制不好,性意识就会演变成"自然意志"④ 的催动力,导致个体做出非理性行为。"自然意志是最原始的接近兽性部分的意志,如性本能。"⑤ 在科恩兄弟的支持下,玛莎决定告别农场,去城市工作,对于未来生活,她自信满满,如文中所言:"她是一个崭新的人,而一段非凡、绚丽、全新的生活即将开始。"⑥ 但是,来到城市后,玛莎并未积极践行自己的理想,而是耽于聚会享乐,沉迷于男欢女爱。这种生活让玛莎陷入了自我纠结之中,一方面成为新时代女性的梦想仍在心中燃烧;另一方面男女之爱的快乐也让其难以割舍,正如文中所说:"她极度

---

① 多丽丝·莱辛:《玛莎·奎斯特》,郑冉然译,南京大学出版社2008年版,第85页。
② 多丽丝·莱辛:《玛莎·奎斯特》,郑冉然译,南京大学出版社2008年版,第278页。
③ G. Stanley Hall, *Adolescence*: *Its Psychology and Its Relations to Physiology*, *Anthropology*, *Aociology*, *Sex*, *Crime*, *Religion*, *and Education* (*Volume* Ⅰ), New York: D. Appleton and Company, 1904, p. xiii.
④ 聂珍钊:《文学伦理学批评导论》,北京大学出版社2014年版,第42页。
⑤ 聂珍钊:《文学伦理学批评导论》,北京大学出版社2014年版,第42页。
⑥ 多丽丝·莱辛:《玛莎·奎斯特》,郑冉然译,南京大学出版社2008年版,第124页。

饥渴地梦想逃离，梦想做重要而有价值的事情，但是在这段时间里，另一根隐秘的脉搏也在跳动。"①

在理性意志与自然意志的冲突中，玛莎选择以理性压制非理性，最终重构了新时代女性的身份。她不再是宁死也不结婚的新时代女性，而是与男性和谐共生，而又保有自主性的新时代女性。在第四次被不知名男性拖去走廊时，玛莎反抗了，并意识到"自己的想象被摧毁了"②；之后在与朋友佩里（Perry）跳舞时，她"意识自己的脸上也挂着那荒唐的受难表情；她不喜欢这样，她不能允许自己陷进去。她觉察到内心深处那个有辨别力、不受外界影响的自我"③。认识到自我后，玛莎做出了正确的伦理选择，当再次被邀请参加舞会时，"她终于对自己的矛盾忍无可忍了"，于是"有意拒绝了一晚诱人的快乐"，因为她清楚"那根本不会是快乐，她会觉得无聊的"。④ 性欲望的控制让玛莎认识到，"那个囚禁在每个女人体内，等待被爱释放的人"，只有精神契合，才能变成"身体里真实而持久的一部分"。⑤ 在与道格拉斯（Douglas）交往时，玛莎虽与其建立了亲密关系，但并不是为了寻求刺激或满足欲望，而是源于心灵的相契。对于玛莎来说，道格拉斯"和体育俱乐部的男人们是如此不同"⑥。在他面前，"她成了真实的自己"，"那样子简直就像个孩子"。⑦ "她觉得已经与他相识了很久很久；世界突然变得美好起来，未来也希望无限。"⑧ 通过对性欲望的控制，玛莎在两性共生中重新找回了自我，并最终重构了自己新时代女性的身份。

五 结语

文学伦理批评中的伦理身份与心理学上的自我同一性具有一定相似之处，自我同一性的核心是对"我是谁"这一问题的回答，其实是个体对

---

① 多丽丝·莱辛：《玛莎·奎斯特》，郑冉然译，南京大学出版社2008年版，第327页。
② 多丽丝·莱辛：《玛莎·奎斯特》，郑冉然译，南京大学出版社2008年版，第242页。
③ 多丽丝·莱辛：《玛莎·奎斯特》，郑冉然译，南京大学出版社2008年版，第245页。
④ 多丽丝·莱辛：《玛莎·奎斯特》，郑冉然译，南京大学出版社2008年版，第327页。
⑤ 多丽丝·莱辛：《玛莎·奎斯特》，郑冉然译，南京大学出版社2008年版，第242页。
⑥ 多丽丝·莱辛：《玛莎·奎斯特》，郑冉然译，南京大学出版社2008年版，第334页。
⑦ 多丽丝·莱辛：《玛莎·奎斯特》，郑冉然译，南京大学出版社2008年版，第336页。
⑧ 多丽丝·莱辛：《玛莎·奎斯特》，郑冉然译，南京大学出版社2008年版，第336页。

自身伦理身份的认识。自我同一性建立的标志是个体"在自我体验和自己对别人的现实性两方面，保持着自己作为一个具有一致性和连续性的一贯人格"①，而伦理身份认同也要求个体"身份同道德行为相符合，即身份与行为在道德规范上相一致"②。因此，自我同一性与伦理身份具有内在逻辑的一致性。故事中，玛莎面临的主要是"内外冲突，即内心感受和外部行为之间的差异"③的矛盾，但通过不断理性的自我选择，她最终建立了自我同一性。埃里克森（Erik Homburger Erikson）指出，"虽然同一性危机在青春期表现最为明显，但是对个体自我同一性的重新定义也可能发生在生命的其他阶段，例如当个体离家、成婚、为人父母、离婚、改变职业时。一个人是否能够从容应对以后出现的同一性危机，在一定程度上是由他们首次在青春期是否成功解决同一性危机所决定的"④。从《暴力的孩子》五部曲来看，玛莎的人生经历了多次变故，而她却从未停止前进的脚步，一直不断追求着自我，这与她青少年时期身份的认同与重构息息相关。另外，对于青少年的反抗，埃里克森虽持积极态度，认为"积极探索自我同一性的青少年更有可能呈现出一种自我怀疑、困惑、冲动以及与父母和其他权威人物更冲突的人格模式"⑤，但并未强调反抗背后的理性选择和道德考量。由玛莎的身份求索历程来看，反抗的对象具有内部与外部的二元特征，青少年不仅要反抗外部不利因素，还要反抗自身的非理性意志以及自由意志和自然意志等兽性因子的不同变化形式。因此，只有为反抗筑起理性的"堤坝"，才能在此过程中不断完善道德观念，最终实现伦理身份认同。莱辛将反抗作为其成长小说的鲜明主线，又突出反抗中的理性和道德因素，既是对青少年原初生命力的尊重与张扬，又彰显了深刻的伦理道德关怀，对当下青少年成长，乃至整个人类的发展都具有重要的现实意义。

---

① 埃里克·埃里克森：《同一性：青少年认同机制》，孙名之译，中央编译出版社 2018 年版，第 48 页。

② 聂珍钊：《文学伦理学批评导论》，北京大学出版社 2014 年版，第 264 页。

③ Claire Sprague, "Dialectic and Counter-Dialectic in the Martha Quest Novels", *Journal of Commonwealth Literature*, 1979, Vol. 1, p. 40.

④ 盖儿·多金、菲利普·赖斯：《青春期心理学：青少年的成长、发展和面临的问题》，王晓丽、王俊译，机械工业出版社 2016 年版，第 31 页。

⑤ 盖儿·多金、菲利普·赖斯：《青春期心理学：青少年的成长、发展和面临的问题》，王晓丽、王俊译，机械工业出版社 2016 年版，第 31 页。

吊诡的"儿童":《天真之歌》的童年建构

何卫青[*]

摘要:18世纪以来,英国文学所建构的"童年"开始象征化地呈现为对过去天真的渴望和对未来的希望。到了18世纪末,浪漫主义诗歌持续地把童年建构为一种与成年相距甚遥,为成年人所渴望的状态:一个失落的、理想化的、圣洁的、本能的、与自然和谐的、清澈的、富于想象力的生命状态。儿童,是精神上纯洁的,亲近自然的"他者"。这种浪漫主义的儿童观深深影响了英语童诗的历史。不过,将布莱克的《天真之歌》放在那个时代的童诗语境中,它显示出的是"反常"而非正常。《天真之歌》是理性儿童观与浪漫主义儿童观之间张力的产物,在它建构的"童年"中,"儿童"是吊诡的:既是自然的,又是超自然的;既是表演性的,又是讽喻的;既是有吸引力的,又是成年人无法追溯模仿的客体。

关键词:天真之歌 他者 浪漫儿童 理性儿童观 表演性 讽喻

一

在概念的层面上,童年是成年人的一种建构,它关乎社会福利、教育、市场、媒介、政治、法律、文化、父母、文学兴趣等因素;在现实的层面上,童年是所有成年人都曾经历过的一个生命阶段,为记忆所知,为记忆所保留,但又奇怪地不为成年人所了解,它是一种"他者的

---

[*] 何卫青,文学博士,中国海洋大学文学与新闻传播学院副教授,硕士生导师,主要研究方向为儿童文学。

形式"①。

　　作为童年生活主体的儿童，自然是建构的焦点。对于成年人而言，儿童既可能是需要保护以免受虐待和忽视的"受害者"，也可能是使街头巷尾不安全的因素，是社会衰败的"施害者"。我们确切地认为，儿童是不同于成人的、小小的"他者"，但对儿童的"他性"却一无所知，只在欲望和恐惧中建构他：或本着自我的童年记忆，或出于对童年想当然的理解，同情地将儿童刻画成：天真的、受害者、"白板"一块（洛克）、生而有罪（基督教）、小暴君以及怀旧、希望、绝望、失落的"视觉化"或者说"能指"。

　　粗略地追溯一下西方17世纪以来建构的"儿童"，大概可以分为这样几种：清教徒儿童（詹姆斯·简威）；与理性相连的启蒙儿童（约翰·洛克）；与世界相连的自然儿童（让·雅克·卢梭）以及由18世纪末布莱克、华兹华斯等第一代浪漫主义诗人所"孕育"的、代表着想象力和天真的"浪漫儿童"。

　　实际上，进入18世纪以来，英国文学所建构的"童年"就开始象征化地呈现为对过去天真的渴望和对未来的希望。童年成为这样一个场所：在其中，转折期的文化试图依靠童年的"未来性"和与过去的关系抚慰焦虑。② 这种怀旧感反映出那个时代日益增长的成人与儿童之间的距离。到了18世纪末，浪漫主义诗歌持续地把童年建构为一种具有吸引力的状态，一种与成年相距甚遥，为成年人所渴望的状态：一个失落的、理想化的、圣洁的、本能的、与自然和谐的、清澈的、富于想象力的生命状态。

　　"浪漫儿童"，迄今仍是各种童年建构中，最活跃、最为人所熟知，最被人所接受的一类儿童。正如一些批评家指出的：18世纪以后的成年人对儿童有一个共同的"心结"：儿童，是精神上纯洁的，亲近自然的"他者"③。这种浪漫主义的儿童观深深影响了英语童诗的历史。不过，将

---

① Tim Morris, *You Are Only Young Twice*: *Children's Literature and Film*, Urbana and Chicago, IL: University of Illionis Press, 2000, p. 9.

② Andrew O'Mally, "Crusoe's Children: Robinso Crusoe and the Culture of Childhood in the Eighteenth Century", *The Child in British Literature*, Ed Adrienne E. Gavin, London: Palygrave Macmillan, 2012, p. 91.

③ Donelle Ruwe, *British Children's Poetry in the Romantic Era*: *Verse, Riddle and Rhyme*, London: Palgrave Macmillam, 2014, p. 9.

布莱克的《天真之歌》(1789年)放在那个时代的童诗语境中,它显示出的是"反常"而非正常。尽管在《天真之歌》的《序诗》中,吹笛人——抒情主人公声称其歌是为儿童的:"写下这些快乐的歌/让每个孩子听得欢喜"①;尽管《天真之歌》的抒情模式源自儿童赞美诗和寓言诗;也尽管布莱克为他的诗所画的插画受惠于当时的儿童寓意图画书(Emblems),但给《天真之歌》贴上"儿童诗"的标签,大多是出于出版商的市场策略。"布莱克的童年之歌是抽象的,而儿童并不关心抽象的童年。"②《天真之歌》中的观念和意象比那些直接针对幼小孩子的童诗中的观念和意象更抽象、更哲理化,也更具话题性。布莱克的童年之歌与其说是"为儿童的",不如说是"关于儿童的"。《天真之歌》是理性儿童观与浪漫主义儿童观之间张力的产物,在它建构的"童年"中,"儿童"是吊诡的。

二

《天真之歌》的《序诗》中,吹笛人宣称他吹的是"欢快的曲调"(songs of pleasant glee),会让"每个孩子听得欢喜"。这个吹笛人是个自然之子,"吹着笛子从荒谷下来"。他用他的笛子制造着无词的音乐,一种不包含智识和理性内容的情感艺术。当他吹奏着这些曲调的时候,遇见了一个"云端的孩子",这个孩子要他吹"一只羔羊的歌",并把歌儿写下来,写成一本所有人都可以阅读的书,说完,这个云端的孩子"就从我的眼前消逝"了,而"我"——吹笛人则"拿起一根空心的芦草","用它做成土气的笔一支/把它蘸在清清的水里/写下我的快乐之歌"。无词的曲调被填上了词,最终写下来,保存以作为将来这种天真不再时的一个记忆。那个"云端的孩子"似乎是天真的体现,他在天真之歌就要被记下来留给后世的时候,从吹笛人眼前的消逝也许暗示着:当你开始回顾天真和快乐,试图将它们保存成记忆的时刻,也是你意识到你将要失去它们的时刻。

这个"云端的孩子"是很有吸引力的,但又是成年人渴望却无法模

---

① 诗句译文参考了袁可嘉所译的《天真之歌》,下同。
② Donelle Ruwe, *British Children's Poetry in the Romantic Era: Verse, Riddle and Rhyme*, London: Palgrave Macmillam, 2014, p.10.

仿的客体。

如果说《序诗》中,这个不可捉摸的"儿童"尚在云端,那么,在《歌声荡漾的青草地》和《保姆之歌》中,他就落到了地上。这两首诗,前一首是儿童视角,后一首是成人视角,但都呈现了一幅老人和游戏着的孩子和谐相处的场景。《歌声荡漾的青草地》中,"白头发的老约翰"和老橡树下的老人们一道,满心羡慕地看着在"歌声荡漾的青草地"上游戏、歌唱、打闹的孩子们,全都陷入了回忆:"我们少年时期/不管男男女女/也有这般乐趣/在这歌声荡漾的青草地。"这"异口同声"的感叹充满时光不能倒流的惆怅,"我们"这群在歌声荡漾的青草地嬉戏的孩子成为老人们怀旧的对象。然而,这首诗的最后两句似乎又是一种预兆,所有这些孩子都将长大到"青草地上再无游戏"的时期:"暗下来的青草地/再也看不见谁在游戏。"

《保姆之歌》中的儿童也在游戏,这首诗运用了很多与快乐和乐观相联的词语:欢笑(laughing)、休憩(rest)、宁静(still)、家(home)、太阳(sun)、玩耍、游戏(play)、早晨(morning)、羔羊(sheep)、光(light)、床(bed),传递了一种希望之情。这希望的场景如此具有感染力,以至于看见"太阳已经西下/夜晚的露也已出现",便劝孩子们回家的保姆也经不住孩子们的恳求,同意他们"玩到阳光消逝"。这位保姆,就像《歌声荡漾的青草地》里的老约翰们一样,想起自己的童年让她感到快乐:"我的心在我的胸腔休憩/别的一切也都宁静。"

在这首诗中,游戏(play)一词用了三次,整首诗四个诗节实际上都是围绕"游戏"建构起来的。对布莱克而言,儿童的天真游戏似乎非常重要,他在为《歌声荡漾的青草地》《花朵》《扫烟囱的小孩》《欢笑的歌》《神圣的形象》等诗所画的插图也强化了这种印象,在这些画中,总有一群儿童或在跳舞,或在野宴,或在嬉戏。

也许,布莱克强调的是儿童的游戏权。对于今天的读者来说,这些儿童的天真游戏很难激起大的心灵震颤,但在布莱克的时代,现实生活中的儿童却往往是田间、磨坊、工场等地的重要劳动力,正如历史学家汤普生调查研究所言:这一时期"对幼童的利用,范围之大、强度之甚,是我们历史上最可耻的事情之一"[①]。诗的理想与现实的不理想形成鲜明的对

---

① E. P. Thompson, *The Making of English Working Class*, London: Vintage, 1966, p. 384.

照,《天真之歌》的"天真"并不是一件天真的事。诗中儿童的天真游戏,在现实的观照下,成为一种"表演"。玩耍这些游戏的儿童因而是"表演性的儿童",是一个个"演员",当然他们也因此,带上了讽刺性。

三

这种讽刺性在《扫烟囱的小孩》一诗中得到了更为具体的体现。在布莱克的时代,烟囱确实都是有小孩子去扫的,诗中是男孩,但其实男孩女孩都有。这些孩子通常从四五岁开始扫,每天爬进烟囱,用手清扫烟煤灰。这工作一般干上七年,因为到了十一二岁,这些孩子身体就钻不进狭窄的烟囱里去了,留下一副变形的身体和糟糕的健康。在《天真之歌》问世之前的1788年,英国国会曾立法规范扫烟囱者,但迟至1875年,将小孩子送去扫烟囱,才被视为是违法的。诗中,当小男孩说"我妈妈死时我年纪很小/爸爸就把我送去卖掉",他说的是纯粹的事实;当他说"我睡在烟煤灰里"也并不是一个隐喻,扫烟囱的孩子们收集烟煤灰的包也常常是他们储存自己寝具的包;甚至小汤姆梦见的"上万个扫烟囱的小孩/都给锁进了黑漆漆的棺材",对于一个禁锢在没有光亮、缺乏空气、九英尺宽的狭窄烟囱里的孩子来说,也是真实的。在这首"天真之歌"里,一个唯利是图、缺乏关怀的社会的败象,都得到了细节化的完整展示。

如果说一个在"歌声荡漾的青草地"无忧无虑嬉戏的儿童是天真的自然象征的话,那么,被虐待被利用的儿童就是被背叛的或者说反常的天真的自然象征,特别是这种利用是服务于成年人的经济利益时。

这样,布莱克似乎用"儿童"代替"羔羊"成为天真的象征。羔羊在基督教传统中,是"天真"的象征,常常出现在《圣经》,特别是新约中,在其中,基督是上帝也是羔羊,为人类的原罪献祭。《天真之歌》中也多次出现"羔羊"的形象,《保姆之歌》《牧童》《羔羊》《小黑孩》《春》中都有。但布莱克的替代并非只是带着浪漫的感情色彩过分渲染"儿童"。在1799年给约翰·特拉斯勒牧师的一封信中,布莱克写道:"青年和童年,哪一个都不愚蠢或者无能,有些儿童是傻瓜,有些老人也是。"[1] 在《羔羊》

---

[1] William Blake, *The Poetry and Prose of William Blake*, Ed. David V. Erdman, Garden City, NY: Doubleday, 1970, p. 677.

一诗中，儿童在质问羔羊。一个看上去单纯可爱的儿童，他模仿大人一问一答："小羔羊，谁创造了你？/你知道吗，谁创造了你？……小羔羊，我来告诉你，/小羔羊，我来告诉你/他的名字跟你一样，/他管自己叫羔羊。"这种模仿暗示这个儿童并不完全像我们料想的那样天真，在与羔羊交流时，他惬意地采取了成年人的姿态，把自己（当然还有羔羊）跟天父天子联系起来。因为羔羊没有回答，或者说不能回答，这个儿童便提供了答案，并附上了一个慈父般的祝福："小羔羊，上帝保佑你/小羔羊，上帝保佑你。"这个儿童可能是温顺的，但也正变得更有控制力。我们在《羔羊》中听到的似乎是一个儿童的"声音"，但当他称呼羔羊为"小羔羊"的时候，他指的也许是一个比他更小的儿童？或者他根本就不是一个儿童？

　　布莱克建构的，是一个吊诡的、带有讽喻色彩的童年。这其实也体现在前面提到的《扫烟囱的小孩》中，这首诗，不仅包含了对现实社会的讽刺，其呈现，或者说建构"儿童"的方式也是具有讽喻性的。布莱克了解儿童的智慧，也深知他们轻信。容易上当受骗。尽管他用儿童替代羔羊成为天真的象征，但天真，也意味着无知、孱弱。扫烟囱的小孩非常小的时候就被父亲（有经验的大人）卖掉，他不仅被动地接受了他在生活中的位置，还劝小汤姆·达克不必介意失掉头发，因为，一旦他剃成光头，"煤屑就不会再把你的头发弄脏"，接下来的诗节，就描写汤姆梦见自己和其他扫烟囱的孩子死后升入一个"绿原"，在"阳光闪耀"的河里洗澡。在梦中，一个"天使告诉汤姆，要是他乖乖听话/他就会医生快活，上帝做他爸爸"，这似乎是在说汤姆再也不会缺少快乐，但可能也意味着他将不再寻找快乐，而是接受自己的命运，接受一个没有快乐的世界："大家都尽本分就不怕灾祸。"

　　在这首诗中，儿童不假思索地就接受了被成人世界强加在他们身上的逻辑。"天真"因此也可以看成是一种表达无助、孱弱、被动的方式。

四

　　布莱克将基督教意象从它们与正统的联系中解放出来，加以重新阐释、重新编排，使它们成为自己的意象，创造了一种个人神话。他的"天真神话"颠覆了基督教所认为的"儿童生而有罪，具有一种堕落的本性、邪恶的品质"的儿童观,也许在布莱克看来,有经验的成年才是从本能、自然、违背文明玷污的生命状态(童年)的堕落。实际上,在1794年出版的《天真和经验之歌》中,这种观点得到了更为明晰的印证。

当然,天真的童年可能反映了一种重返无责任的、自由的、充满想象力的、违背玷污的世界的欲望,但也可能,它又代表着一种幸亏得以逃脱的状态,因为童年中有成年人想要忘记的不快乐,甚至有很多不敢记起来的东西,比如迷路(《小男孩走失了》)、比如被虐待被利用的现实(《扫烟囱的小孩》)。《天真之歌》是布莱克在希望和恐惧的张力拉扯中吟唱的童年之歌。

不过,在这个矛盾重重的吊诡童年中,儿童与自然世界却是亲近和谐的。在《花朵》一诗中,诗人将鸟儿、植物和儿童和谐地联结在一起,抒情者——一朵鲜花——一个小女孩重复地说着"靠近我的胸膛",呼唤雀儿和知更鸟把她的胸膛作为休憩地或者小窝,表现出对这些野生生命的母亲般的慈爱;《欢笑的歌》则展现了快乐、无拘无束的儿童与自然的全然和谐:不仅"玛丽、苏珊和艾米莉",而且植物、昆虫、鸟儿,甚至空气,"全都一起"快乐地大笑着。儿童与自然的和谐几乎显露在每一句诗行中,使得这种众灵欢笑的场景几乎成真。当然,这场景,只是儿童的一种主观想象,但也显示了儿童如何在他们的自然环境中认知自己。

但这自然的儿童同时又是超自然的,正如《序诗》中出场的那个儿童,处在"云端"上。《天真之歌》中的儿童是一种原型儿童,有着强烈的象征价值,但现实功能很弱,他们代表着成年人所渴望的梦,但也象征着成年人所害怕的。布莱克在《天真之歌》中建构的童年,"提供了一种向前看的怀旧"[①],也就是说,一种寻求创造一个强壮的现在和一个强壮的未来的怀旧感。《天真之歌》中的儿童,既是自然的,又是超自然的;既是表演性的,又是讽喻的;既是有吸引力的,有时成年人无法追溯模仿的客体。

---

① Roderick McGillis, "Irony and Performance: The Romantic Child", *The Child in British Literature*, Ed. Adrienne E. Gavin, London: Palygrave Macmillan, 2012, p. 110.

规范理论视角下的宗教词语翻译

——以《圣诞颂歌》为个案

滕 梅 孙 超[*]

摘要：《圣诞颂歌》是查尔斯·狄更斯《圣诞故事集》中的第一部作品，也是他最为著名的作品之一，对西方基督教文化传统，尤其是圣诞文化传统产生了非常大的影响。本文以切斯特曼的翻译规范理论为基础，分析不同译者对作品中宗教词语的不同处理方法，探讨规范对《圣诞颂歌》中宗教词语翻译产生的作用及影响。

关键词：翻译 规范 《圣诞颂歌》 宗教词语

一 引言

宗教是人类文化的一种特殊形态，几乎与人类文化同时产生并发展起来。宗教文化，可以说是"对人类和社会影响最深的一种文化形态。它不仅影响到社会的经济、政治、科学、哲学、文学艺术，而且积淀在人的深层文化心理中，潜在而长久地影响着人的思想和行为"[①]。

宗教与文学的关系也历来十分紧密，许多文学作品都以宗教为题材，反映和表现宗教生活，宣传宗教思想；反过来，文学也可以影响读者对宗教的选择与信仰。近两千年来，作为世界三大宗教之一的基督教一直在西方居于统治地位，并塑造了西方独特的基督教文学与文化传统，比如但丁的《神曲》，弥尔顿的《失乐园》《复乐园》，班扬的《天路历程》，托尔

---

[*] 滕梅，中国海洋大学外国语学院副教授，博士，研究方向为翻译理论、翻译教学；孙超，中国海洋大学外国语学院硕士研究生，研究方向为翻译理论。

[①] 王秉钦：《〈圣经〉·〈复活〉及其它——宗教文化翻译漫笔》，《外语学刊》1994年第3期。

斯泰的《复活》，等等。

《圣诞颂歌》（*A Christmas Carol*）发表于1843年，是查尔斯·狄更斯《圣诞故事集》中的第一部作品，也是他最为著名的作品之一。这部短篇小说讲述了主人公斯克鲁奇在圣诞前夜的奇幻经历：吝啬小气、老奸巨猾的斯克鲁奇，在三位圣诞精灵的指引下，看到了自己的过去、现在和将来，受到启示，终于幡然醒悟，从此成为一位仁慈博爱、乐善好施的慈善家。《圣诞颂歌》以很大篇幅描写了西方人庆祝圣诞节的场景，故事中的一些情节也已经成了现代圣诞节的约定风俗，如家庭团聚、互赠礼物、烤火鸡等，连家喻户晓的圣诞祝福语"Merry Christmas"也是从此兴起的。

《圣诞颂歌》对西方基督教文化传统，尤其是圣诞文化产生了非常大的影响。在法国作家莫洛亚的《狄更斯评传》中，一开头就写道："1870年狄更斯逝世时，在所有英国、美国、加拿大和澳大利亚家庭中，人们就象家里死了人那样将这个消息告诉孩子们。有人说当时有一个小男孩问道：'狄更斯先生死了，圣诞老人也会死吗？'"[1]，由此可见《圣诞颂歌》在西方国家的受欢迎程度。

本文试图从《圣诞颂歌》三个不同译本出发，运用切斯特曼的翻译规范理论，描述不同译者对基督教文化因素的翻译实践，观察他们使用的翻译方法，最终得出处理文学作品中宗教词语的翻译原则。

二 翻译规范研究

对翻译规范的研究始于20世纪60年代，在90年代达到高潮。最早把"规范"一词引入翻译领域的是列维（Levy）。早在20世纪60年代他就提出"翻译是一个决策过程"（2000：148）。译者在翻译过程中不管是在译本的选择上，还是翻译方法的使用等方面都面临着众多选择。译者需要对翻译文本、技巧等进行权衡。随着研究的深入，涌现出一批对"翻译规范"进行深入研究的学者，代表人物有图里（Toury）、赫曼斯（Hermans）和切斯特曼（Chesterman）等。

---

[1] 安德烈·莫洛亚：《狄更斯评传》，朱延生译，山西人民出版社1984年版，第1页。

最早对翻译规范进行系统研究的是图里。图里[1]把翻译规范分成三类：预备规范（preliminary norms）、起始规范（initial norms）和操作规范（operational norms）。预备规范决定着译本的选择以及是直接翻译还是间接翻译（从某个译本转译）的问题，这一选择在很大程度上受目标语文化的翻译政策、历史背景等因素的规范。起始规范从宏观上决定译者的翻译方法，如果译者把源语文化规范作为翻译标准，则译本充分性（adequacy）强；如果译者把目标语文化规范作为翻译标准，则译本可接受性（acceptability）强。操作规范关系到翻译过程中具体的翻译策略，它又可以分为母体规范（matricial norms）和文本语言学规范（textual-linguistic norms）。前者从宏观上决定着翻译原则，如段落的划分、文章内容的删减、增加等；后者从微观上决定着翻译原则，如语言风格、句子结构、语法、修辞等。

赫曼斯[2]（Hermans, 1996: 25—30）认为"翻译是一种交际行为"，在交际过程中必然会涉及不同的社会个体和群体。译者在翻译过程中面对不同的权力关系，不得不在各种权力中进行权衡和选择（decision-making）。规范是一种社会和文化实体，它指导着交际过程的决策。赫曼斯没有把所有控制或影响翻译过程的动因都归类于"规范"，在这一点上他比图里的研究更进了一步，他按照对翻译活动影响程度从小到大的顺序，列出了一系列因素：

惯例—规范—规则—法令[3]

与习俗（convention）一样，规范源于人与人之间共有的知识、期待和对事物的接受程度等，但是规范的约束力和规范性要比习俗强。规范也有强弱之分，如果某一规范慢慢变强，它就会成为规则（赫曼斯认为这里的规则实质上是一种强度较大的规范），而当规则慢慢变强，强大到它成为做某事的唯一标准，那么规则就变成了法令（decreed）。规范有积极

---

[1] Toury, G., *Descriptive Translation Studies and Beyond*, Amsterdam: John Benjamins Publishing Company, 1995.

[2] Hermans, T., "Norms and the Determination of Translation: A Theoretical Framework", In: Román Alvarez and M. Carmen-Africa Vidal (eds.), *Translation, Power, Subversion*, Clevedon: Multilingual Matters Ltd., 1996, pp. 25–30.

[3] Hermans, T., "Norms and the Determination of Translation: A Theoretical Framework", In: Román Alvarez and M. Carmen-Africa Vidal (eds.), *Translation, Power, Subversion*, Clevedon: Multilingual Matters Ltd., 1996, p. 32.

和消极之分,即鼓励某种现象或者否定某种现象。规范并非一成不变,它随着社会环境的变化而不断变化。

切斯特曼的规范理论是由他著名的"模因理论"转化而来。切斯特曼借鉴生物学中的基因(genes)提出了模因(memes)的概念。① 他认为模因像其他基因一样拥有复制、分裂和传播的功能。人类社会中的各种观念(模因)通过人与人的交流进行传播。如果模因要在不同的文化中传播,翻译就是不可缺少的途径。因此,"翻译是模因赖以生存的途径"②。模因之间相互竞争,如果一个模因在与其他模因竞争中占据主导地位并使与之竞争的模因逐渐消亡,那么这个模因就成为规范。

切斯特曼③把翻译规范分为两类:期待规范(expectancy norms)和专业规范(professional norms)。期待规范由读者对译本的期待组成,这实际是一种产品规范(product norms),也就是说读者认为什么样的文本是自己需要的,译本应是什么风格,应采取何种翻译方法等。但是,切斯特曼把规范放入一定的社会背景进行研究,读者的期待并不完全由自己决定。不同时期的历史背景、国家的翻译政策、社会、经济、文化等因素也会影响到读者的期待。专业规范调控具体的翻译过程,由社会中的专业人士制定,这本质上是一种过程规范(process norm)。专业规范又分为义务规范(accountability norm)、交际规范(communication norm)和关系规范(relation norm)。义务规范是一种道德规范(ethic norm),它要求译者在翻译时应按照原文作者、翻译委托人、译者本身及潜在读者等其他当事人的要求④;交际规范要求译者处理好不同文化之间的交流,使传意各方的交流达到最佳状态;关系规范本质上是一种语言规范(linguistic norm),它要求译者的翻译必须使源语文本与目标语文本建立一种恰当的关联相似性

---

① Chesterman, A., *Memes of Translation: The Spread of Ideas in Translation Theory*, Amsterdam: John Benjamins Publishing Company, 1997, pp. 5 – 6.
② Chesterman, A., *Memes of Translation: The Spread of Ideas in Translation Theory*, Amsterdam: John Benjamins Publishing Company, 1997, p. 51.
③ Chesterman, A., *Memes of Translation: The Spread of Ideas in Translation Theory*, Amsterdam: John Benjamins Publishing Company, 1997, pp. 64 – 69.
④ Chesterman, A., *Memes of Translation: The Spread of Ideas in Translation Theory*, Amsterdam: John Benjamins Publishing Company, 1997, p. 68.

关系①。

通过上述，我们可以发现：图里的翻译规范重点在于翻译规范的分类，他从宏观和微观讨论了从翻译选材到翻译过程的各种规范。赫曼斯则主要从宏观讨论翻译和规范的性质，他关注的是意识形态、社会、文化等宏观方面的因素。相比而言，切斯特曼的翻译规范理论最为全面：第一，切斯特曼在借鉴图里理论的基础上，对翻译规范进行了更为全面的划分，他从社会、道德等方面重新审视了翻译规范；第二，切斯特曼详细、系统地讨论了规范的来源，为翻译规范研究提供了新的视角；第三，切斯特曼更为关注的是译者接受翻译任务后对译者工作进行指导的规范，操作性和对实践的指导性更强。

因此，本文尝试从切斯特曼的规范理论角度，以《圣诞颂歌》在中国的译介为例，审视规范对文学作品中宗教词语翻译的规约和影响。

三　规范对宗教词语翻译的规约和影响

国内对《圣诞颂歌》的研究则主要集中在对作品的解读②、对人物的分析③以及对作者狄更斯的研究④，对其翻译的研究则很少涉及，更少有人关注作品中宗教词语的译介处理。

（一）期待规范

切斯特曼⑤认为："目标读者对译本的类型、风格、修辞等方面都有自己的期待。"这就要求译者根据读者的期待进行翻译，而读者的期待又受当时政治、经济、文化等因素的影响。也就是说，译者要先对不同社会背景中的读者需求进行分析，再进行具体的翻译工作。

---

① Chesterman, A., *Memes of Translation: The Spread of Ideas in Translation Theory*, Amsterdam: John Benjamins Publishing Company, 1997, p. 69.
② 谢茹：《〈圣诞颂歌〉中多变时间的不变魅力》，《时代文学》2010 年第 2 期。
③ 郭珊宝：《圣诞节的史克罗奇的两重性——读狄更斯〈圣诞欢歌〉札记》，《求是学刊》1982 年第 5 期。
④ 杨芳：《〈圣诞欢歌〉一书中狄更斯的情感世界——以主人公 Scrooge 圣诞夜的梦幻为探讨中心》，《湖南工业职业技术学院学报》2005 年第 2 期。
⑤ Chesterman, A., *Memes of Translation: The Spread of Ideas in Translation Theory*, Amsterdam: John Benjamins Publishing Company, 1997, p. 64.

作为一部典型的基督教文学作品,《圣诞颂歌》宣扬了一种仁爱,慈善的圣诞精神。从故事情节来讲,这是一个以救赎为中心的故事,吝啬小气,不可能进入天堂的斯克鲁奇(Scrooge),在三位圣诞精灵的指引下,看到自己的过去、现在和将来之后,幡然醒悟,虔诚祈祷,最终得到救赎,成为最会过圣诞节的人。基督教文化是《圣诞颂歌》中极为重要的部分,如何翻译基督教文化,使中国读者感受到和原语读者相同的阅读感觉,是译者在翻译时需要认真考虑的问题之一。

从对书名 *A Christmas Carol* 的翻译上,可以鲜明地表现出不同历史时期的中国目标读者对翻译的期待。1914年,竞生首次把此书译成中文,书名取为《悭人梦》,发表在《小说时报》上。自此之后,*A Christmas Carol* 被多次重译或编译,开始了在中国的译介传播之旅,不同译者对书名的处理也各不相同,比如《耶稣诞日赋》(孙毓修,1915)、《鬼史》(闻野鹤,1919)、《三灵》(谢颂羔,1928)、《圣诞欢歌》(方敬,1945;汪倜然,1955;苗时区,2003;易静秋,2008)、《小气财神》(辛一立,2002)、《圣诞赞歌》(刘凯芳,2004)、《圣诞颂歌》(吴钧陶、郭少波,2001;丁妍,2005;刘晓青,2006;杨柳、赵华,2009;王悦,2012)等。

20世纪初,中国读者对基督教文化尚不十分了解,对西方的圣诞节及其习俗更不甚了了,所以译者在翻译书名时大多会采取归化的翻译策略,删减圣诞节、颂歌等概念,转而用更为中国读者了解的形象来替代,如悭人、鬼、灵等。随着东西方人民交往的日益增加,中国读者对基督教及圣诞文化有了更多的了解,因此译者在翻译的时候则采取了更为忠实的翻译策略,选择在书名中出现"圣诞"字眼,尤其是进入21世纪以来,绝大多数的译者选择将 *Carol* 一词译为宗教色彩更浓的"颂歌",而非"欢歌",这更加体现出读者的期待规范对译者翻译活动的影响。

(二) 专业规范

切斯特曼[①]认为,期待规范关注的是最终的翻译译本,而专业规范关注的是翻译过程,即译者在具体翻译时应采取何种翻译策略,如何组织句

---

① Chesterman, A., *Memes of Translation: The Spread of Ideas in Translation Theory*, Amsterdam: John Benjamins Publishing Company, 1997, p. 69.

子结构等方面。专业规范分为义务规范、交际规范和关系规范三种。

1. 义务规范

义务规范要求译者必须对原作、读者及委托人等其他因素负责。[①] 译者处理原文中的宗教词语时,应该在充分理解原作的基础上尽量忠实翻译,保证译文的质量。例1描写了主人公斯克鲁奇在得知第一个精灵就要来拜访时,无法入眠的场景。

例1:He resolved to lie awake until the hour was passed; and, considering that he could no more go to sleep than *go to Heaven*, this was perhaps the wisest resolution in his power. (P. 23)

辛一立:他决心清醒地躺着,等待时间过去。况且,现在要他入睡简直比登天还难,所以这或许是最明智之举了。(P. 34)

苗时区:他决定睁开眼睛躺着,直到那个时刻过去;而且,他就像无法进入天堂那样无法进入睡眠,这或许是他能力范围之内最明智的决定了。(P. 33)

吴钧陶:他决定睁着眼睛躺着,直到那个时刻过去;而且,有鉴于他正象不能进入天堂那样不能进入睡乡,这或许是他能力范围内最聪明的决定了。(P. 32)

在《圣经》中天国/天堂(Kingdom of Heaven)指上帝的国家,是耶和华上帝居住的地方,也是基督教徒及世人最终得救而永生的地方。在约旦河边的旷野中,施洗约翰对众人串讲基督教义时预言:"天国近了,你们应当悔改。"耶稣在传道中也用此语,并在为孩子们祝福时表示天国正是在为他们而开。在抨击财主们的贪婪时,耶稣指出"财主进天堂是难的"。

对"go to heaven"这样具有基督教宗教色彩的词组,不同的译者采用不同的翻译方法,辛一立采用了意译的翻译方法,将其译为"登天",相比于"进入天堂",中国读者更熟悉,但却遗失了原文中的宗教文化信息。苗时区和吴钧陶都采用了直译的翻译手法,译为"进入天堂",完整地保留了原文中的宗教文化信息。

[①] Chesterman, A., *Memes of Translation: The Spread of Ideas in Translation Theory*, Amsterdam: John Benjamins Publishing Company, 1997, p. 69.

2. 交际规范

切斯特曼指出交际规范要求译者扮演好桥梁角色，使交际各方的沟通达到最佳状态。[①] 通过上文的讨论，我们知道在原文涉及宗教词语时，译者在翻译时不能随意进行增减或修改。但是，有时由于译文读者对原文中所涉宗教内容不熟悉，若译者严格按照原作形式内容照样翻译过来，很容易使引起读者的困惑或误解。为了更有效地清除译文读者与原作宗教内容之间的障碍，文内解释或撰写注释不失为最常用的两种翻译方法。

例 2：Why did I walk through crowds of fellow-beings with my eyes turned down, and never raise them to *that blessed Star which led the Wise Men to a poor abode*? Were there no poor homes to which its light would have conducted me! (P. 19)

> 苗时区：为什么我从前要把眼睛朝下看着路过我的同胞们，却从来不抬起眼睛来看看引导那几位博士去卑微处所的神圣之星呢？难道那星光不会指引我到穷人的家里去吗？(P. 28)
>
> 辛一立：为什么以前我走在人群里总是垂着双眼，不曾抬起头，瞧瞧那引领三位智者前往圣人诞生的简陋住所的星星？就好像我周遭没有任何贫困的人家，是值得星星指引我前往的！(P. 29)
>
> 吴钧陶：为什么我从前要把眼睛朝下看着走过我的同胞们，却从来不抬起来看看引导那几位博士到卑微的处所去的神圣的星呢？难道那星光不也会引导我到穷人的家里去吗？(P. 28)

这一句是马利的鬼魂发出的忏悔，后悔自己在生前没有向穷人们施以援手，此处应用到了博士朝圣的圣经典故。比较三个译本对 *that blessed Star which led the Wise Men to a poor abode* 的处理，我们可以发现：苗时区采用了完全直译的翻译方法，将其译为"引导那几位博士去卑微处所的神圣之星"，辛一立采取了文内解释的方法，译为"引领三位智者前往圣人诞生的简陋住所的星星"，吴钧陶则在译出原文内容的基础上，添加上了注释："据《圣经·新约全书·马太福音》第二章记载，耶稣降生以

[①] Chesterman, A., *Memes of Translation: The Spread of Ideas in Translation Theory*, Amsterdam: John Benjamins Publishing Company, 1997, p. 69.

后，有几个东方的博士（Wise Men）依照一颗星的指引，找到耶稣降生的贫穷的家庭。'神圣的星'（Blessed Star）亦称'伯利恒的星'（the star of Bethlehem）。"帮助中国读者更加全面地理解原文，了解西方基督教文化。

（三）关系规范

切斯特曼认为关系规范要求译者要协调好文本之间的关系。[1] 有的翻译需要优先考虑译文内容与原文内容的高度一致，如法律合同的翻译；有的翻译需要突出风格的相似性，如诗歌翻译。[2] 在文学翻译中，原文与译文内容之间的关系可以相对灵活，但是在对渗透于文学作品之中的宗教文化内容进行翻译时，尤其是如果目标语读者对这部分内容不甚了解时，因此对于文学作品中的宗教文化应尽量保留，力争为读者提供一部原汁原味的作品。

但是，必须指出的一点是，某些文学作品中虽然饱含宗教文化内容，但毕竟不是宗教著作，而是文学创作，宗教内容的描写在很多情况下都是为了烘托人物或推动情节发展服务，翻译时应以此为宗旨。

例5：Think of that! Bob had but fifteen "*Bob*" a week himself; he pocketed on Saturdays but fifteen copies of *his Christian name*; （P. 43）

    辛一立：想想看！鲍勃一个礼拜不过赚十五先令，每个礼拜六口袋里也只会有十五个铜板（P. 74）
    苗时区：想想看吧！鲍伯自己每星期只挣到十五个"鲍伯"；每个星期六，他口袋里藏着十五个他的教名复制品；（P. 64）
    吴钧陶：想想看吧！鲍伯自己每星期只挣到十五个"鲍伯"；每个星期六，他口袋里藏着十五个他的教名复制品；（P. 68）

这一部分描写了斯克鲁奇的职员鲍伯的微薄收入。Bob 是教名，但同时又有伦教方言先令（值十二个便士）的意思，来源于苏格兰詹姆士六

---

[1] Chesterman, A., *Memes of Translation: The Spread of Ideas in Translation Theory*, Amsterdam: John Benjamins Publishing Company, 1997, p. 69.
[2] 李德超、邓静：《传统翻译观念的逾越：彻斯特曼的翻译规范论》，《外国语》2004 年第 4 期。

世时发行的值英国半便士的苏格兰铜板，叫作 baubee。

比较这三个译本，苗时区采用了完全直译的翻译方法，但是却令中国读者困惑，不了解这句话的真正意思。吴钧陶的译本采用了直译加注释的翻译方法，在文后的注释中说明了 Bob 的双重意义，比较忠实地传递了原文的信息，译文的充分性得到了保证，但是注释也会令译文的可接受性受到影响。辛一立选择忽略原文中对中国读者比较陌生的"Bob"和"copies of his Christian name"，将其改译为"先令"和"铜板"，这样虽然丧失了一部分原文的信息，但避免了中国读者由于不了解西方宗教文化带来的困惑。

四 结语

由以上分析可以看出，宗教在西方文化中地位十分重要，对于《圣诞颂歌》中宗教词语的翻译，不同译者采取的翻译方法各不相同。与其他方法相比，直译使用得更加频繁，但是当直译易引起译入语读者误解或理解困难时，文内解释或文外注释法可以作为补充的两种翻译方法。在各种翻译规范的制约下，译者需要先对不同社会背景中的读者需求进行分析，然后再进行具体的翻译工作。当翻译文学作品中的宗教词语时，应对其信息尽量保留，翻译策略以异化为主，但同时也要关注译入语读者的接受与审美，只有做到这些，译作才有可能既容易被译文读者接受，又忠实地反映原作。

永远的"坏孩子"

——马克·吐温儿童文学作品中的儿童观研究[*]

徐德荣　李冉冉[**]

摘　要： 作为闻名世界的文学大师，马克·吐温在其儿童文学作品中塑造了一批以哈克贝利·费恩和汤姆·索亚为代表的"坏孩子"角色。本文采用文学伦理学批评视角，通过对马克·吐温儿童文学作品中"坏孩子"角色做出的伦理选择进行分析，探索马克·吐温的儿童观及其"坏孩子"角色蕴含的独特教诲意义。本文认为，马克·吐温作品中的"坏孩子"在面临伦理冲突时通过伦理选择实现道德成长，体现出作者超越时代的独特的儿童观，具有前瞻性、革命性和解放性，不仅推动了当时美国甚至世界儿童观的演进，对于当代中国儿童文学的发展也颇具借鉴意义。

关键词： 马克·吐温　文学伦理学批评　伦理冲突　"坏孩子"

一　引言

马克·吐温（Mark Twain，1835—1910）是美国批判现实主义文学奠基人，世界著名小说家。他一生创作了诸多文学作品，其中不乏被奉为经典之作的《汤姆·索亚历险记》（*The Adventures of Tom Sawyer*）、《哈克贝

---

[*] 本文系教育部重大课题攻关项目"中国儿童文学跨学科拓展研究"（19JZD036）和教育部人文社科项目"外国儿童文学汉译史重大问题研究"（17YJC740031）的阶段性成果。

[**] 徐德荣，中国海洋大学外国语学院教授，博士，博士生导师，研究方向：儿童文学及其翻译。

李冉冉，中国海洋大学外国语学院英语笔译专业硕士研究生，研究方向：儿童文学及其翻译。

利·费恩历险记》（*The Adventures of Huckleberry Finn*）等儿童文学作品。尽管《哈克贝利·费恩历险记》等文学作品颇受研究界关注，但其作为儿童文学所展现的经典特质仍有待深入探究。儿童与成人完全不同，儿童身上具有独自特有的心理、感觉和情感。[①] 因此，以儿童为目标读者的儿童文学也有别于普通的文学作品，是独立于普通文学作品的独特存在。儿童文学作品的质地有别，本质上在于儿童观的不同。儿童观作为一种哲学观念，是成年人对儿童心灵、儿童世界的认识和评价。持有什么样的儿童观，决定着儿童文学作家的创作姿态，是儿童文学的原点。[②] 因此，儿童文学作家儿童观的研究对于揭示其文学作品的特质具有重要意义。基于此，本文将马克·吐温《汤姆·索亚历险记》《哈克贝利·费恩历险记》等作品作为主要研究对象，重点探讨这些作品所体现的儿童观及其意义。

马克·吐温的儿童文学作品多着墨于19世纪美国南部地区儿童与黑奴发展的真实现状。当时的美国社会蓄奴制尚未废除，清教思想影响根深蒂固，儿童活泼自由的天性遭到压抑，被迫服从于教会学校的条条框框；黑奴及其子女生活在鞭笞和压迫之下，人权得不到保证。以哈克贝利·费恩和汤姆·索亚为代表的"坏孩子"们在这样的社会背景之下，经历着人性与社会道德的伦理冲突，在伦理冲突中挑战道德枷锁，在伦理选择中最终实现个人成长。他们离经叛道、不守规矩，但却善良勇敢、正义真实，被不少少年儿童视为榜样。这些"坏孩子"们的伦理选择体现了作者怎样的儿童观？其儿童观有何意义？它对于中国当代儿童观与儿童文学观的建设有何借鉴？基于此，本文以文学伦理学批评为视角，试图通过对马克·吐温儿童文学作品中"坏孩子"角色在伦理冲突中做出的伦理选择进行分析，进一步探索马克·吐温的儿童观及其"坏孩子"角色所承担的独特教诲意义。

二 马克·吐温儿童文学作品中的"坏孩子"

首先，在分析吐温儿童文学作品中"坏孩子"所做的伦理选择之前，有必要对"坏"进行清晰的界定。毋庸讳言，好、坏的界定是一个主观

[①] 朱自强：《儿童文学与儿童观》，《中国教师》2009年第11期。
[②] 朱自强：《儿童文学与儿童观》，《中国教师》2009年第11期。

性极强的判断。文学伦理学批评认为"文学是特定历史阶段伦理观念和道德生活的独特表达形式,文学在本质上是伦理的艺术……不同历史时期的文学有其固定的属于特定历史的伦理环境和伦理语境,对文学的理解必须让文学回归属于它的伦理环境和伦理语境"①。因此,为了尽量规避判断的主观随意性,对特定文学文本中"坏"这一特质的界定应当回到作品创作的时代背景下进行探讨。

马克·吐温经典的儿童小说《汤姆·索亚历险记》以及《哈克贝利·费恩历险记》均创作于19世纪后期,以美国南部密西西比河沿岸的真实社会情况作为创作背景。在《汤姆·索亚历险记》的自序中,马克·吐温说道:"书中的很多冒险故事是真实发生过的。"② 19世纪,保守落后的思想仍残留在美利坚大地。在这个国家200多年的历史中,儿童观的发展亦历经曲折,困难重重,其中最大、最持久的负面影响来自四个方面:清教传统、奴隶制、种族歧视和性别歧视。③ 受清教徒原罪思想以及奴隶制、种族隔离制度的影响,19世纪美国的主流儿童观中仍存在着对儿童认知上的巨大偏见:儿童被认为是不够完美的半成品,是需要被道德化和规范化的"小大人"。尽管18世纪以后,"儿童是与成人完全不同的人"这一认识已渐渐成为现代社会的共识……但是,不少儿童研究仍存在着将儿童当作走在成人"发展"途中的"未成熟"生命形态的倾向。④ 因此,在这种儿童观指导下的儿童文学作品更多地强调以成人世界为规范的道德标准,而忽视儿童自身的内在诉求。19世纪,美国流行着一种严肃的、道德化的小说,这些小说中通常有两种孩子,他们分别被贴上了"好"和"坏"的标签。"好孩子"总是有好的结局,他们的创造者极力劝读者按照他们的样子去思考和做事;他们的陪衬者都是些"坏孩子",这些"坏孩子"无一例外地没有好下场,被用来警告读者不要陷入类似的困境⑤。在这些高度道德化的儿童文学作品中,儿童被要求遵守

---

① 聂珍钊:《文学伦理学批评导论》,北京大学出版社2014年版,第13—14页。
② Mark Twain, *The Adventures of Tom Sawyer*, 天津人民出版社2016年版,第1页。
③ 徐德荣、江建利:《论美国儿童观的历史困窘与现代演进》,《译林》(学术版)2012年第4期。
④ 朱自强:《朱自强学术文集(3):儿童文学概论》,二十一世纪出版社2015年版,第25页。
⑤ 王迪生:《〈汤姆·索亚历险记〉简论》,《外国文学研究》1987年第1期。

成人世界中的道德规则，作为模范榜样的"好孩子"是成人社会道德规范的化身，成为成人世界的附庸。

在这样的社会背景下，马克·吐温笔下那些生动、自然的孩子的确与当时价值观所颂扬的"好孩子"形象背道而驰，然而他们的"坏"却绝非道德的败坏。在《汤姆·索亚历险记》中，汤姆·索亚（Tom Sawyer）调皮捣蛋、逃学贪玩，令抚养他的姨妈伤透了脑筋，也令管教他的老师束手无策。而在《哈克贝利·费恩历险记》中，哈克贝利·费恩（Huckleberry Finn）常常做出被时人视为离经叛道的事情：抽烟、离家出走、与黑人做朋友……尽管这些"坏孩子"角色在小说中往往以叛逆的形象出现，但他们展现出的行为实则是对小说背景下成人社会加诸儿童的规则的颠覆，他们的"坏"反而衬托出他们真实的自我和善良的天性。在小说中，汤姆·索亚把甲壳虫带到教堂，看似毁掉了礼拜庄严肃穆的氛围，却给枯燥压抑的礼拜带去了欢乐和轻松；哈克贝利·费恩则在自己的冒险中逐渐认清自我，选择与主流的社会规则相抗衡，解救黑人朋友人吉姆（Jim），帮助他获得自由。

由此可见，在马克·吐温的儿童文学作品中，"坏"具有独特的道德教诲价值，它作为一种对主流道德价值观的对抗，具有一种激进的特性。儿童是独特文化的拥有者[①]，是具有独特精神品质的独立存在。汤姆·索亚和哈克贝利·费恩对规则和约束的蔑视正是儿童自然状态下本性的流露，而当这种独特精神特质的外在表现与当时社会环境所遵守的道德评判标准格格不入时，这些孩子便被冠上了"坏"的标签。由此可见，"坏"在小说中只是一个具有时代特性的道德评判标准，它的定义和特质随着时代的发展而不断改变。马克·吐温就是推动这个道德评判标准改变的"操控师"。通过这些"坏孩子"的"坏"，作者也在实现其打破旧道德、创造新道德的目的。汤姆的调皮捣蛋是对教会权威、陈腐规则的挑战，而哈克则是用"坏"对种族歧视发起了冲击。在《激进的儿童文学》（*Radical Children's Literature*）一书中，作者雷诺兹将（Kimberley Reynolds）儿童文学中鼓励读者从新的角度来看待思想、问题和对象的倾向定义为"激进性"。由此可见，"坏孩子"的"坏"也具有"激进"的特性。

[①] 朱自强：《朱自强学术文集（3）：儿童文学概论》，二十一世纪出版社 2015 年版，第 28 页。

基于以上讨论，本文所探讨的"坏孩子"之"坏"实则是一种在当时社会背景下激进的道德行为，是与当时社会所推崇的儿童道德约束的对立，而"坏孩子"则是遵守此类道德约束的"好孩子"的对立。接下来，本文将以马克·吐温儿童文学作品中汤姆·索亚、哈克贝利·费恩等儿童形象为代表，深入探讨其背后的儿童观与道德教诲的实质。

三 马克·吐温儿童文学作品中的伦理冲突与选择

在儿童文学作品中，伦理冲突是儿童最常面对的考验，而这其中，善恶之间的伦理较量是最为鲜明的存在，是揭示儿童人性价值判断最有力的证据。文学伦理学批评认为"伦理选择是文学作品的核心构成，文学作品中只要有人物存在，就必然面临伦理选择的问题。在文学作品中，只要是选择，必然是两个或者两个以上的选择……而伦理问题是伦理冲突的诱因，也是伦理选择的前提"[①]。在马克·吐温的儿童文学世界中，善恶之间的伦理冲突是"坏"孩子们成长过程中必经的一环。善恶是人类伦理学的基础，[②] 在伦理道德中具有重要的作用。在《汤姆·索亚历险记》的第十一章中，汤姆和哈克晚上偷偷溜出去玩，不想却目睹了一场凶杀案，亲眼看到了杀人过程的两人最先流露出的是害怕和恐惧，他们默默回家，相互约定什么也不说。面对凶杀案，两人本能地想要逃避自己所见。逃避是人面对恐惧最本能、最自然的反应。在文学伦理学批评中，人的身上同时具有兽性因子与人性因子。兽性因子是先天的，是人与生俱来的，因此兽性因子也是人的本能。人性因子即人的伦理意识，其表现形式为理志意识。[③] 在这里，兽性因子即人的本能支配着这两个"坏孩子"的行为，他们最初在恐惧的支配下选择什么都不说，但随着凶杀案的曝光，当无辜的人被冤枉成凶手时，知道真凶是谁的汤姆和哈克渐渐开始感到良心不安。此时，两个"坏孩子"身上的理性意识逐渐凸显。说出实话还是保守秘密以求自保？理性的思维与恐惧的本能开始在他们心中产生冲突，小说对

[①] 聂珍钊：《文学伦理学批评导论》，北京大学出版社2014年版，第266—267页。
[②] 聂珍钊：《文学伦理学批评导论》，北京大学出版社2014年版，第36页。
[③] 聂珍钊：《文学伦理学批评导论》，北京大学出版社2014年版，第274—275页。

这种心理挣扎描写得精妙生动。面临伦理困境的汤姆不仅晚上睡不好觉，而且白天也常常惴惴不安，表现反常。在这些痛苦的日子里，汤姆每一两天都会看准机会，跑到装了铁格栅的牢房小窗前，偷偷塞给"杀人犯"一些力所能及的小小"慰问品"[1]。但这些都无法缓解汤姆的焦虑与不安——直到汤姆和哈克在法庭审判前去看望"凶手"，"凶手"向他们的真诚剖白与感激使得汤姆真正意识到了自己的怯懦。此刻人性因子战胜了兽性因子，在挽救他人与自私自保的冲突之中，汤姆选择了前者。于是，在庭审当天汤姆鼓起勇气站了出来，指认了真正的凶手。

而在小说《哈克贝利·费恩历险记》中，作者也设置了诸多善恶之间的伦理冲突来考验"坏孩子"的人性，其中最鲜明的体现便是哈克内心数次对于是否揭发吉姆的纠结。在冒险前期，哈克一方面受到当时蓄奴制背景下人们对黑奴普遍认知的影响，认为吉姆对自由的向往是错误的，他应当告发吉姆；而另一方面，面对吉姆对他充分的信任，哈克出于良心即人性的不安又不忍告发吉姆。告发还是不告发？哈克陷入了伦理两难的困境之中。小说对哈克的心理冲突有着生动的刻画，在善与恶的道德冲突之下，尽管哈克前期选择顺从社会道德打算告发吉姆，但在与逮捕黑奴人的攀谈过程中，哈克对告发吉姆，进而吉姆将失去自由的结果感到恐慌和不安，此刻人性因子主导的良知逐渐占据上风，最终哈克选择了放弃告发吉姆。如果哈克前期面临的伦理选择还只是告发与不告发吉姆这样的小困境，后期哈克面临的则是是否用实际行动对抗整个社会道德规范的大难题。随着困境的不断升级，在人性因子与兽性因子的不断冲突下，哈克在伦理困境中不断认清自我，并对当时社会中的固有制度提出质疑与挑战，最终在人性因子的支配下选择对抗黑奴制度，营救吉姆，还给他真正的自由。而这个伦理选择也被称作是"哈克内心世界中进步力量与反动影响之间的一场'滑铁卢大战'"[2]，体现了哈克思想上的进步与成长。

伦理选择揭示了人物道德成长的过程，向读者揭示，并非人人生来皆良善，但却可以选择正义善良。在善与恶、人性因子与兽性因子构筑的伦理冲突之中，马克·吐温的"坏孩子"们最先展露出来的总是他们作为

---

[1] 马克·吐温：《汤姆·索亚历险记》，姚锦镕译，商务印书馆 2015 年版，第 78 页。
[2] 李肇星：《马克·吐温刻划儿童心理的技巧——读〈哈克贝利·费恩历险记〉》，《外国文学研究》1979 年第 4 期。

人的本能特质，他们并非一开始就是正义的"模范"儿童，而是心中充满怯懦、逃避现实的"坏孩子"，这也是"坏孩子"们在善恶伦理冲突中最鲜明的特质。在冲突之中，"坏孩子"们经历心理上的纠结、挣扎，最终在人性因子的引领下选择对固有的思维与制度发起挑战。这在少年儿童成长的过程中具有深刻的意义。一方面，人们可以意识到儿童身上兽性因子的存在，儿童并非天生完美，自然状态下儿童各种情绪的流露是真实且正常的。另一方面，人们可以看到，儿童的成长并非一蹴而就，也并非教条机械的教育可以实现。在冒险中主动地探索，在思想冲突中自主地进行选择，儿童可以在观察和体验中逐步认识社会，逐渐认清自我，实现人性意识的觉醒和自我的成长。马克·吐温儿童文学作品中的伦理冲突极具现实意义，它不仅为儿童提供了心理上的认同与安慰，也进一步帮助人们加深了对儿童的了解与认知。

马克·吐温儿童文学作品中另一鲜明的伦理冲突是基于伦理身份下儿童与成人权威的冲突。人的身份是一个人在社会中存在的标识，人需要承担身份所赋予的责任与义务……伦理选择是从伦理上解决人的身份问题，不仅要从本质上把人同兽区别开来，而且还需要从责任、义务和道德等价值方面对人的身份进行确认。① 在美国19世纪的社会伦理环境中，儿童与成人的伦理身份要求儿童必须遵守、接受来自成人社会的道德约束与管教，也因此儿童的自由发展需求与成人的管教约束之间产生了不可避免的冲突。在《汤姆·索亚历险记》中，主日学校的校长在演讲中要求孩子们："坐得端正，姿态优美，在一两分钟内，集中注意力，好生听着……"② 而在马克·吐温的儿童文学作品中，面对成人世界的压迫与束缚，"坏孩子"们总是能在伦理身份的冲突中依靠自己"坏"的天性进行反抗。在《哈克贝利·费恩历险记》中，哈克的父亲为了证明与哈克的抚养关系以索要哈克的财产，强行将哈克锁在小屋中。哈克的父亲动不动打骂他，将他打得浑身是伤。在当时的伦理环境中，伦理身份中父与子的角色身份要求儿子无条件顺从父亲，而父亲则天然地对儿子有管教的权利，哈克的父亲甚至对哈克说："我要给你点儿更好的——我要赏你一顿

---

① 聂珍钊：《文学伦理学批评导论》，北京大学出版社2014年版，第263页。
② 马克·吐温：《汤姆·索亚历险记》，姚锦镕译，商务印书馆2015年版，第28页。

牛皮鞭子。"① 此处的伦理冲突缘于建立在不平等权力之上的伦理道德要求，听从父亲，哈克会遍体鳞伤，不听从父亲，他可能就要过上不稳定的流浪生活。当哈克意识到自己无法再忍受父亲的打骂时，他本能地决定反抗这种束缚：他表面上顺应着父亲，背地里悄悄谋划，巧妙地设计了自己被杀的现场，逃脱了父亲的掌控，开启了自己自由的冒险生活。

面对成人权威与儿童伦理身份的冲突，"坏孩子"对反抗的选择是自然的，而这种自然的选择是基于儿童呼唤自由的天性。马克·吐温在其儿童文学作品中为以汤姆·索亚、哈克贝利·费恩为代表的"坏孩子"设置了特定的伦理环境，使他们能够释放自己作为儿童渴求自由的天性，自然地展示自己"坏"的特质，选择反抗道德的约束。当然，马克·吐温的"坏孩子"绝不是没有原则地对成人世界的一切进行反抗，小说当中不乏汤姆·索亚与波莉姨妈（Aunt Polly）的温馨时刻、哈克与华森小姐（Miss Watson）的和平时间，哈克认可华森小姐对自己的关心，汤姆则深切地敬爱着自己的姨妈。汤姆与哈克反抗的是教会学校教条的约束，是成人对儿童的虐待暴打，是阻碍儿童身心成长发展的元素。这体现了吐温对当时约束儿童天性发展的伦理道德的思考，而在这类冲突中赋予儿童反抗的勇气、智慧与力量则体现了吐温希望解放与发展那个时代儿童群体的美好希冀。

四 马克·吐温的独特儿童观及其意义

在马克·吐温的儿童文学作品中，以汤姆·索亚、哈克贝利·费恩为代表的"坏孩子"们在冒险中经历着不同的伦理冲突，在伦理冲突中进行不同的选择，在伦理选择中体现出与众不同的特质，这一切都体现了马克·吐温源于其所处时代又超越时代的独特儿童观。

首先，马克·吐温表现出对儿童真实成长状态与心理的深刻理解与尊重。在马克·吐温的笔下，儿童绝非生来就具备完美的道德意识，他们是真实但不完美的个体，其正义善良是在一次次冲突与成长中自我选择的结果。"坏孩子"们在伦理冲突中暴露出来的首先是他们作为人的本能反

---

① 马克·吐温：《哈克贝利·费恩历险记》，张友松译，人民文学出版社2017年版，第25页。

应：恐惧、害怕、担忧……这种天然的情绪流露自然而真实，体现出吐温对儿童深刻的了解，对儿童真实状态的尊重。吐温非常重视对儿童真实心理的刻画与描写，有学者曾评论道："吐温先生自己正是用心去了解儿童的，因而十分熟悉儿童的心灵，深刻地理解儿童的心理，能够准确地把握儿童心理的基本形态。"① 在吐温生动的心理描写之下，"坏孩子"展现出作为儿童最真实的一面，也展现出作为人最真实的一面。但在伦理冲突之中，在理性意志的考量下，在面对和了解人性的成长过程中，这些"坏孩子"最终选择站在善良与理性的一面。人性是伦理选择的结果；人性不是人的生物性特征，而是人的伦理特征，因此人性不是与生俱来的，而是后天形成的，是教诲的结果。② 由此可见，害怕等真实情绪是伦理冲突中必要的思考过程，只有在这些情绪中进一步探索，在真实的状态与道德的碰撞中找寻人性，儿童才能实现真正的成长。尊重儿童真实的成长状态是马克·吐温儿童观的一大显著特质，体现出马克·吐温是时刻以儿童为本位的。实际上，马克·吐温从来都是站在儿童的角度去思考的，在他的自传中，他记录了自己童年的记忆，童年的游戏，以及他自始至终保持的儿童的本真："我一直觉得很奇怪妈妈为什么那么的不喜欢蜘蛛。"③ 也正是由于吐温时刻站在儿童的角度去观察、描摹真实的儿童状态，其儿童文学作品才能让许多儿童读者产生强烈的认同感，其创作出的"坏孩子"角色才能够如此深入人心。

此外，马克·吐温表现出对儿童能力与力量的信任与推崇。在马克·吐温的儿童文学作品中，作者除了展示出儿童面对成人权威、道德规范所展现的真实状态，也赋予了儿童反抗成人权威的勇气与能力。吐温认为儿童具备自我解救的能力与力量，在他的儿童文学作品中，儿童是挑战规则、改变规则的主体。汤姆·索亚挑战主日学校的规则，带着小伙伴离家去冒险；哈克贝利·费恩则伪造自己的死亡以逃脱父亲的束缚，帮助黑人吉姆对抗奴隶制度，争取自由……这些无不展示着"坏孩子"身上蕴藏的巨大正义力量。他们在一个个伦理选择中展现出真实的斗争状态，用"坏"的特质自然地选择抗争。马克·吐温用自己的笔触向人们展示了这

---

① 克冰：《马克·吐温——深谙儿童心理的艺术大师》，《外国文学研究》1991 年第 1 期。
② 聂珍钊：《文学伦理学批评导论》，北京大学出版社 2014 年版，第 272 页。
③ 马克·吐温：《马克·吐温传》，谢森译，长江文艺出版社 2007 年版，第 12 页。

种被成人社会道德规范所认定的"坏",其实是儿童真实自然的状态。而通过这种激进的"坏",儿童在伦理冲突中逐渐认清自我,并坚定地站在旧道德的对立面,争取新道德,"坏"也演化为儿童自我觉醒、反抗社会道德标准的标志,成为儿童追求自我的力量。儿童从来不是柔弱的,不是成人阴影下无所作为的弱小存在,而是站在阳光下勇于追求自我、打破束缚的"坏孩子"。这是马克·吐温儿童观的另一鲜明特质,也体现了马克·吐温以儿童为本位的人文关怀。

如上所述,对儿童成长状态与心理的深刻理解和对儿童能力与力量的信任与推崇体现出马克·吐温尊重儿童、解放儿童的儿童观,其儿童观具有鲜明的儿童本位特质,这在当时的美国社会环境中具有超越时代的前瞻性、革命性和解放性。正如前文所述,19世纪后期的美国,社会贫富差距不断加大,尽管南北战争已经结束,但蓄奴制问题依然存在,社会矛盾日趋尖锐。伦理环境又称伦理语境,它是文学作品存在的历史空间……文学伦理学批评要求在特定的伦理环境中分析和批评文学作品,对文学作品本身进行客观的伦理阐释,而不是进行抽象或者主观的道德评价。① 在当时的伦理环境中,儿童始终没有被人们正确认识。人们普遍将儿童视为"不完全的有机体",成年是生命的重要阶段,而童年只是准备期。这种将儿童看成"未完成品"的观点,是以成人状态为最高状态,以成人为本位的"童年"概念。② 在这样的伦理环境下,吐温的儿童观以及在这种儿童观指导下所创作的儿童文学作品是对成人本位儿童观的强烈冲击,开辟了儿童文学发展的新方向和新天地。吐温将自己的儿童观渗透到儿童角色的生动刻画以及儿童心理的深入描写之中,通过"坏孩子"在伦理冲突中的选择凸显成长,向19世纪的人们展示了真实的儿童心理和儿童应有的发展现状。这挑战了当时的伦理环境下人们对儿童的认知,使得成人重新审视儿童,重新定义对儿童的判断标准:儿童不是成人的附庸,是具有独立思维的自由个体。正如朱自强所说:马克·吐温笔下的哈克,这个在蓄奴制时代里,只听凭自然、健康的本能而行动的少年,正是人类真正道德的化身。③ 他们不是天真软弱的,而是颇具变革社会的力量。他们可

---

① 聂珍钊:《文学伦理学批评导论》,北京大学出版社2014年版,第256页。
② 朱自强:《朱自强学术文集(3):儿童文学概论》,二十一世纪出版社2015年版,第26页。
③ 朱自强:《新世纪中国儿童文学的困境和出路》,《文艺争鸣》2006年第2期。

以反抗权威,甚至打破成人无法打破的道德枷锁,具备比成人更强大的精神力量。

马克·吐温的儿童观历经了百年的时间考验,在这种儿童观指导下塑造的儿童角色至今依然是少年儿童的榜样。道德榜样是文学作品中供效仿的道德形象……在伦理选择中不断进行道德完善,因而能够给人以启示。① 马克·吐温的"坏孩子"们是在不同的伦理冲突与伦理选择中成长起来的。面对成长过程中的伦理选择,马克·吐温的"坏孩子"们不断发展自我,通过一次次刺激的冒险完成对自我的道德教诲,发现人性、定义人性,最终做出正确的选择。在阅读中,少年儿童可以通过吐温的"坏孩子"重新审视自己的行为,在"坏孩子"们的身上寻找认同与启迪。在"坏孩子"们的引领下,读者可以在一次次伦理冲突与选择中与他们共同经历成长,探寻人性的真谛,找寻独立的、真实的自我,实现自我的发展。

有什么样的"儿童观"就有什么样的儿童命运、地位、待遇,也就有什么样的儿童文学艺术精神与美学品性。② 对于当前的中国儿童文学来说,马克·吐温儿童本位的儿童观颇具借鉴意义。20世纪八九十年代以来的改革开放、与时俱进的时代精神,东西文化的八面来风,深刻影响着我们的儿童观与儿童文学观。人文精神在儿童文学中日渐彰显,以儿童为本位,尊重儿童的价值,维护儿童的权利,提升儿童的素质,实现儿童健康成长的人生目的,正在成为我们这个时代儿童文学的价值尺度与美学旗帜。③ 然而陈晖指出,进入21世纪"教育"主题仍然牢固地植入中国儿童文学的各个领域,儿童文学创作对"童年消逝"与"童年异化"等主题的刻画欠缺,儿童文学创作的立场、角度与方式依然需要革新。④ 在这样的现实下,马克·吐温儿童文学作品中展露出的以儿童为本位、尊重儿童、理解儿童的儿童观为当代中国儿童观与儿童文学的发展需求、发展趋势提供了灵感来源,对于儿童文学创作者、批评者来说,依然具有借鉴价值。

---

① 聂珍钊:《文学伦理学批评导论》,北京大学出版社2014年版,第248页。
② 王泉根:《儿童文学的真善美》,青岛出版社2017年版,第59页。
③ 王泉根:《儿童观的转变与20世纪中国儿童文学的三次转型》,《湖南人文科技学院学报》2003年第1期。
④ 陈晖:《中国当代儿童观与儿童文学观》,《文艺争鸣》2013年第2期。

五　结语

　　马克·吐温所塑造的"坏孩子"已经成为儿童文学中的经典形象，他们健康、自然、真实，在伦理冲突中勇敢地反抗成人权威，在伦理选择中实现道德的成长，代表了人类进步与发展的力量。"坏孩子"形象体现了马克·吐温儿童本位的儿童观，这种超越时代的儿童观颇具前瞻性与解放性，不仅推动了当时美国甚至世界儿童观的不断前进与发展，时至今日依然启发着世界各地的儿童文学创作者，在发现儿童和解放儿童的路上不断前行。

被解构的文本

——文化性别视角的川端康成少女小说解析

张小玲[*]

摘要： 本文在细读川端康成少女小说文本的基础上，梳理当时的社会文化背景，结合川端的《少年》《浅草红团》等其他相关文本，指出其少女小说具有很强的掩饰性和隐蔽性。其直接原因是作者出于对刊登少女小说的杂志的读者层以及杂志风格的考虑，有意重视作品的教育功能；而深层原因是川端的"男性视线"导致其对"少女""姐妹情谊"等问题的认识有所偏颇。

关键词： 川端康成　少女小说　文化性别　男性视线

川端康成是中国人非常熟悉的日本作家，也是中国的日本文学研究者很喜欢研究的对象之一。根据中国知网的记录，以"篇名"作为关键词搜索到的有关川端康成论文达到了 747 篇，超过了有关夏目漱石（308 篇）和村上春树（526 篇）的论文[①]。这其中一个很大的原因恐怕在于：川端康成作为获得过诺贝尔文学奖的日本作家，其大部分作品都已经被不止一次地翻译为中文[②]。近期有学者对新中国 60 年以来川端康成的研究做了系统总结和分析[③]，不过，就笔者看来，虽然近年来无论是论文数量还是研究内容，中国的研究界都取得了很大的进步，但和其

---

[*] 张小玲，中国海洋大学外语学院日语系。
[①] 截至 2013 年 7 月 16 日，中国知网。
[②] 具体可参照周阅《川端康成文学的文化学研究——以东方文化为中心》附录四，中国大陆川端康成作品主要译本目录，北京大学出版社 2008 年版。
[③] 周阅：《新中国 60 年川端康成小说研究考察及分析》，《日语学习与研究》2013 年第 1 期。

他日本作家作品研究一样,暴露出的问题也是显而易见的。其中一个突出现象便是:研究内容集中在川端文学的美意识、东方情趣、意识流特征等单调的几方面,内容雷同并且挖掘远谈不上深入。其实,川端文学可供研究的视角是很多的,而有关其少女小说的解析就是其中很有意思的一个内容。对川端康成少女小说的研究在日本文学研究界早已经展开,而中国的研究界还几乎无人提及。事实上,早在1985年,浙江少年儿童出版社就翻译出版过《弟弟的秘密》一书(朱慧安译),在1999年,中国文联出版公司也以"川端康成少男少女小说集 两卷书"为题,翻译出版了《少女的港湾》(杨伟译)和《美好的旅行》(李正伦等译)。但笔者疑惑的是,通过这些译本,中国读者,尤其是不懂日语,对川端文学没有较全面和深入了解的读者,究竟能得到什么样的启迪呢?比如,在中国知网上查到的唯一一篇有关川端少女小说的论文中,就用这样的语句总结道:"从以上分析得知,川端康成的少女小说有其固定的模式类型。并且从此类型可以得知,川端康成的创作旨在鼓励读者们从'遭受人生的挫折'到'克服挫折'。其少女小说不仅能够迎合读者的喜好,更能发掘出少女心中最纯粹美好的部分。作品积极健康向上,有很好的教育意义。"[①] 这个总结的最后一句具有鲜明的中国特色。这恐怕也是早在1985年浙江少年儿童出版社就能够出版川端译本的原因所在。但是,如果我们对川端文学以及当时的文学文化背景有较为全面的了解,我们会恍然发现:川端的少女小说(也包括他的其他儿童小说)产生是有特定原因的,从读者反映理论来说,特定的读者层决定了川端少女小说的创作特征。而如果从互文性的角度来看,川端的其他作品对他的少女小说有强烈的解构意味,这一点极大地拓展了川端少女小说的内涵。也就是说,川端少女小说中的内容具有很强的隐蔽性和掩饰性。本论文就结合文化背景以及川端的《少年》《浅草红团》等文本,从文化性别(gender)的角度对川端的少女小说,尤其是在中国出版的三部译作中的少女小说,做一解构性分析,以期对中国的读者,特别是川端康成研究者有所帮助。

[①] 柳珂:《浅析川端康成战前少女小说——以〈少女的港湾〉〈花的日记〉〈美好的旅行〉为中心》,《语文学刊》2013年第1期。

一　川端少女小说的文化背景及读者层

所谓"少女小说",自然首先要厘清"少女"的含义。据日本昭和二十二年(1947)所颁布的儿童福祉法的第四条第三款,所谓"少男少女",指"从小学就学开始,到满十八岁为止的人";据昭和二十三年(1948)所颁布的少年法,指的是"未满二十岁的人";但据日本古代的律例,"少女"指的是从十七岁到二十岁的女性[①]。也就是说,"少女"这个概念在古代和现代是不一样的。而近代意义上特指从孩子到成人这段时间的女性,也即所谓"少女"概念是在明治时期(1868—1912),随着都市中间阶层的兴起才开始诞生的。在明治二三十年代,随着近代市场社会以及都市型小家庭的形成,具有脱秩序性、非生产性的特征的"少女文化"达到了繁盛时期。以少女为主人公的"少女小说",以及少女杂志纷纷问世。在明治三十五年(1902)第一本少女杂志《少女界》诞生。到了大正时期(1902—1926),靠固定工资生活的人们,如政府官吏、军人、公司社员等构成的都市中间阶层扩大,这部分家庭的父母具有鲜明地让孩子接受教育的意愿,这些家庭中生活的女孩子便成为少女杂志的主要读者层。在大正时期,吉屋信子等少女小说就拥有一大批忠实的读者。这些少女小说、少女杂志的诞生又反过来促进了"少女"阶层的发展。今田绘里香在《"少女"的社会史》一书中,概括了四个阶段的少男少女杂志封面的人物形象:从1895—1910年,多为被母亲守护的少女以及在学习和运动的少年形象;1910—1920年,多为不再是幼女的少女形象以及在学习和运动的少年形象;1920—1930年,多为在运动的少女和军国主义少年形象;1930—1945年,多为军国少女和军国少年的形象。在梳理了这样的脉络的基础上,今田指出"少女"阶层的形成既是对近代家父长制以及女子教育制度的抵抗,一方面又是对这些制度的补充和加强。[②]概括以上,我们可以得知,对于当时的女性,"少女"作为幼女和人妻之间的一个人生阶段,既是需要为将来成为"贤妻良母"做好准备的缓冲时期,又是一个还可以拥有梦想、保留一些自我的特性和情趣的时期。而

[①] 根据因特网网ウィキペディア　フリー百科事典"少女"条目。
[②] 以上内容参考今田绘里香『「少女」の社会史』,劲草书房2007年版。

众多少女杂志的诞生则和这种需求相辅相成、互相促进。

有论者曾将川端康成的少女小说创作划分为三个阶段：第一期为开始阶段，从其于昭和二年（1927）在《少女世界》的杂志上发表首部少女小说《蔷薇的幽灵》，到昭和六年（1931）为止，这个阶段除了《少女世界》以外，川端还在《若草》《令女界》的杂志发表过少女小说；第二阶段为昭和七年（1932）到昭和十一年（1936）的《少女俱乐部》时期，主要在《少女俱乐部》杂志发表了《爱犬爱丽》《开校纪念日》《弟弟的爱犬》等七部作品；第三阶段为昭和十二年（1937）到昭和十六年（1941）的《少女之友》时期，主要在《少女之友》杂志发表了《少女的港湾》《花日记》《美丽的旅行》等五部作品。[①] 我们知道，川端康成成名很早，二十岁左右就在文坛崭露头角，在发表《蔷薇的幽灵》的前一年，即大正十五年（1926），二十七岁的川端康成就已经发表了代表作之一的《伊豆的舞女》，跃身知名作家的行列。他之所以执笔当时还被轻视的少女小说，恐怕并非为了博取文名。作为《少女之友》的忠实读者之一，川端不仅亲自执笔，而且还担任评论员，评价杂志所刊文章的文字优劣。他曾经明确说过杂志的读者都是"未成熟的少女"，言外之意即应该注意文章的教育功能。如果我们细细分析一下川端康成在不同少女杂志上发表的作品，就会明显发现，他是在清楚意识到杂志的读者层面特征的前提下，相应地写出有所针对性的作品的。

例如，《少女俱乐部》和《少女之友》是川端发表少女小说最多的两份杂志，但是这两份杂志的倾向是有所不同的。前者由讲谈社于1923年创办，确定的读者层面是"从小学高年级到中学低年级"[②]的女学生。如同有论者所指出的，[③]《少女俱乐部》注重的是"教育性"，经常刊登教科书上的内容，每到考试季节，还会大量刊登考试心得等类的文章。其封面也不像《少女之友》《少女画报》一样刊登电影明星的照片，而是介绍一些贤妻良母类的人物。与此相对，创刊于1908年的《少女之友》的风格则有显著不同，它的读者层面是中学高年级以上的女学生，在形式上不

[①] 佐藤真衣：川端康成と少女小説—『小公女』の翻訳からみる川端の目指した少女小説—，『富大比較文学』，2011年第4期。
[②] 根据因特网ウィキペディア　フリー百科事典"少女グラブ"条目。
[③] 中嶋展子：川端康成の少女小説—『少女倶楽部』揭載作品の素材を中心に—，『岡大国文論稿』三十七，2009年3月。

仅有文字，还加上竹久梦二、中原淳一等的插画；在内容上，不仅频繁刊登宝塚和外国的电影明星照片，在发表的作品以及读者来信中还经常出现"きみ、ぼく"这样的人称代词，显示了对大众文化的亲近姿态。所以，在当时，有些地方的女校甚至将向《少女之友》投稿看作行为不端的表现[1]。而与这两份杂志的不同风格相对应，川端发表的作品风格也是各不相同。在《少女俱乐部》发表的如《开校纪念日》《弟弟的爱犬》《暑假作业》等的主人公多为小学生，而且多是品行端正的好学生形象；但在《少女之友》发表的《少女的港湾》《花的日记》《美丽的旅行》等作品，明显地具有迎合高年级女学生生活、娱乐习惯的倾向，比如对"S"（sister）关系的描写、对前往避暑地度假的描写。

有论者曾经尖锐地指出：川端的少女小说"在成功地表现了少女们的个性的另一方面，压抑式地塑造了顺应体制的、适合男性的朴素而纯粹的'少女'形象"[2]。笔者认为，川端少女小说对体制的"顺应"，集中体现在作者对登载其作品的杂志风格的适应上。而这种"顺应"却并非作者的真实心声。那么，川端少女小说的光鲜外表下，究竟隐藏着怎样的"男性视线"呢？通过和川端其他作品的对照研究，我们也许可以发现其中的究竟。

二 纯洁的"姐妹"关系与同性恋描写

川端发表的少女小说中有很多关于"姐妹"即"S"（sister）关系的描写，比如《少女的港湾》《花的日记》《学校之花》《翼的抒情歌》《信鸽》《夏季的友谊》《波斯菊的朋友》等，有些作品虽然主题并非"S"，但也涉及相关内容，如《美好的旅行》等。[3] 前文所提及的中国翻译出版的川端儿童文学的三本书，几乎有一半以上的作品都涉及这个题材。所谓

---

[1] 根据因特网ウィキペディア　フリー百科事典"少女の友"条目以及《日本近代文学大事典》第5卷《新闻·雑誌》，日本近代文学馆编1978年版。

[2] 久遠理：少女小説・綴方・植民地—美しい旅と川端康成の戦時下—『川端文学への視野　川端文学研究2006』，2006年6月。

[3] 在这些作品中，《少女的港湾》《花的日记》已有明确证据表明并非川端亲自撰写，而是中里恒子的"代作"。不过这两部作品也是在川端指导下完成，其主题和写作风格没有显著变化。故本论也不将这两部作品排除在外。

"S"，日语直接音译为"エス"，是英语 sister 的首字母缩写。它指的是没有血缘关系的少女之间或者是少女对比自己年长的女教师等同性产生的热烈的情感。[①] 在明治时期出现，在 20 世纪 30 年代风行一时，一直到二战时期为止，这种"S 文化"一直在日本广泛存在。当时的少女杂志也大量刊登描写这种"S"关系的作品。比如被尊为日本少女小说先驱的吉屋信子就有《花物语》等大量作品问世。不仅如此，在杂志的读者来信专栏中，也经常有少女倾诉对学校里的同性产生热烈感情的例子。川端的类似内容的少女小说正是在这样的文化背景下产生的。

从现代的眼光来看，很难界定这种"S"情感是属于"友情"还是"同性恋"。如同《少女的港湾》《花的日记》《夏季的友谊》等文本中表现的，这种情感具有排他性，主人公往往会为在两个都喜爱自己的同性之间选择谁做"姐姐"而苦恼，如果是纯粹的同性友情，自然不需要考虑这一点。事实上，像吉屋信子这样的作者自身就是同性恋者，她一直和自己的同性伴侣生活在一起直到过世。而之所以当时的少女小说大量存在这样的描写"S"情感的小说，其中一个原因是日本战前不允许有描写异性恋爱的小说登载于少女杂志上，而且当时女性上的学校基本都是女校，处于青春期的少女们的情感自然就宣泄到了同性身上。战后随着杂志内容的扩展以及女校的解体"S"文化就渐渐消退了。但是，在当时的时代，"同性恋"也远不是被社会认可的一种文化现象，所以，即使是描写"S"情感的少女小说大量问世，当时的杂志审查机构，如内务省图书课，对真正的"同性恋"描写是严加控制的，其中一个体现就是对小说中少女之间的肉体接触描写有严格限制。[②] 而我们如果细细阅读川端的文本，就会发现：川端在描写"S"关系时，虽然并不涉及少女间的肉体接触，但是对少女身体的"肉体描写"是有的，甚至是随处可见。比如，在《学校之花》中，对千华子的嘴唇的描写："每当千华子开口说话时，总是像婴儿一般，涎水差一点就要从嘴巴里流出来，那模样显得可爱极了。即使在已经成为女子学校学生的今天，她的嘴唇依旧是那么娇嫩水灵，仿佛刚刚吮吸过母亲的乳汁一般。与千华子的嘴唇相比，那些用口红涂抹过的嘴

[①] 赤枝香奈子：『近代日本における女同士の親密な関係』，角川学芸出版 2011 年版。
[②] 大森郁之助：『考証 少女伝説——小説の中の愛し合う乙女たち』，有朋堂 1994 年版。

唇，只不过是矫揉造作的人工花朵。"① 这样的描写具有很强的肉欲性，如果不避"诠释过度"之嫌的话，我们会自然联想到弗洛伊德关于嘴唇和生殖器相关联的论述。而且，贬低人工化妆品——口红，而强调女性的自然唇色，这符合川端康成对于女性美的一贯看法。所以，笔者认为，这段对少女嘴唇的描写有着明显的"男性视线"倾向。在《美好的旅行》等文本中，还有不少对少女白皙的手、美丽的脚等身体某一部分的描写，如果联想到川端晚年的《睡美人》等作品，就会让我们意识到，这样的描写其中颇有内涵。

川端康成在日记以及以自己的亲身经历为基础写作的《少年》《汤岛的回忆》等文本中，对男性同性恋的身体接触有直白的描写。例如，《少年》中他这样写道："大正五年1916十一月二十六日，星期日，雨。没有室友的温暖的胸脯、手臂和嘴唇的接触，睡觉就太寂寞了。（中略）清野就是这样的孩子，执着，诚实。'我的身体都给你了，爱怎么样就怎么样。要死要活都随你的便。是吃了还是养着，全部随你。'昨天晚上他竟坦然地说了出来。'就这样搂着，直到睡醒才分开。'他说着，使劲地抱住我的双臂。我的心中不仅充满了爱怜。夜间醒来，清野倔强的脸庞浮现在我的眼前。接着，对他肉体之美的渴望不由自主地进入我的思绪。"② 从这样的坦白描写中我们可以看到两个问题：第一，当川端不再顾虑对少女读者的教育意义的时候，他对同性恋的肉体描写是相当开放的。也就是说，川端少女小说的掩饰度很高；第二，川端对于男性同性恋和女性同性恋的不同描写，相当程度地反映出日本近代以来对女性性欲和男性性欲的不同认识。笔者曾从村上春树《1Q84》的文本出发，对日本女性同性恋问题做过阐释③，概括来说，从整个人类社会的发展历史及日本的文化环境来看，与男性性欲相比，女性的性欲是被极端轻视的，在同性恋领域内更是如此。日本精神医学会直到1995年才将同性恋从精神疾病的名录上

---

① 本文所选择川端康成原文均参考新潮社1999年版本，（全35卷，补卷2卷），以下不再一一加注。此段中译文参考川端康成《少女的港湾》，李正伦译，中国文联出版社1999年版，第331页。笔者有所改动。

② 《少年》，《川端康成全集》第十卷，河北教育出版社2000年版，第141页。

③ 张小玲：《"女性嫌恶"与宗教回归——女性主义角度的〈1Q84〉解读》，复旦大学2011年博士后出站报告《文学与日本的现代及后现代——夏目漱石与村上春树的比较研究》第二章第一节。

删除，而女性同性恋就尤其被视为异端。川端不仅在《少年》《汤岛的回忆》等半纪实性文本中涉及过男性同性恋，而且还在《阵雨》（《しぐれ》）等全虚构文本中细致描写过男性同性恋之间的微妙情感，但真正描写女性同性恋的文本却几乎没有。所以，概括以上，笔者认为，川端的少女小说中所涉及的"S"情谊的描写，虽然有女同性恋之嫌，但是，作者严格将其限制在纯洁的姐妹情谊范围内，原因有二：一是作者考虑到对读者的教育功能；二则是出于作者自身的"男性视角"，比如文本中对女性的肉体描写。如果我们将前文提到的吉屋信子的少女小说文本和川端文本相对照的话，也会深刻领悟这一点。

三 川端少女小说中"姐妹"情谊的实质

关于"S"文化的实质，有不少学者做过论述，比如，赤枝香奈子曾指出，当时的社会，在异性爱的关系中男性占有绝对的优势，贞操一说只对女性有约束力，而"S"关系则不是这样，双方都具有独立的人格和自由，所以，这种姐妹关系事实上是作为对男权社会的反拨而形成的一种契约。[①] 这样的解释接近于当代女性主义文学批评对"姐妹情谊"（sisterhood）的阐释。例如，在吉屋信子的文本中，我们就能明确感受到主人公"对被要求实现性的功能角色的女性形象的反抗"[②]，正是因为对社会文化所要求的"贤妻良母"角色的深切不满，少女们才会在不得不踏入角色之前缔结"S"的关系。那么，川端少女小说的主人公是这样的吗？结论恐怕是否定的。以下就以《翼的抒情歌》为例，对川端文本中"姐妹"情谊的实质做一分析。

《翼的抒情歌》连载于昭和八年（1923）一月号至六月号的《令女界》上，这份杂志由宝文堂发行，1922年创刊，1950年休刊，其面对的读者是女校高年级到二十岁左右的未婚女性，比前文提到的《少女时代》和《少女俱乐部》的读者层要年长。所以，《令女界》的很多内容都描写了男女恋情。据日本儿童文学作家远藤宽子（1931— ）陈述："虽然其

[①] 赤枝香奈子：『近代日本における女同士の親密な関係』，角川学芸出版2011年版。
[②] 毛利優花：同性愛的な精神空間—川端康成「しぐれ」と吉屋信子『花物語』の近似性，金城学院大学大学院文学研究評論集16，2012年3月，第111页。

他的少女杂志是被公认的,但是有很多学校却禁止《令女界》。当然虽然被禁止了,但阅读是个人的自由,不过,在战前有勇气违背校规的少女还是挺少的。"① 而川端在此杂志上发表的作品内容也明显和发表在《少女时代》及《少女俱乐部》的不同,涉及了男女恋情。这也验证了前文所提到的观点:川端的少女小说是根据读者层面的不同来确定内容的。《翼的抒情歌》分为六节,以绫子和照子两位少女的友情开篇,以绫子和姐姐美惠子及美惠子的未婚夫北海的三角恋情为主要发展线索展开。这个文本非常清楚地展示了作者对于"少女"以及"姐妹"关系的认知。

　　主人公绫子和好朋友照子乘渡船去三崎旅行,这趟旅行的目的有两点:一是确认自己和照子的友情,因为照子近来热衷和一个外国人学习舞蹈,绫子认为她其实是受另一少女弓子之约,还和弓子来往书信频繁,对自己的友情有所背叛;二是去找姐姐美惠子的未婚夫北海,因为北海近来音讯全无,美惠子十分挂念。文本的第二节开头叙述了绫子在旅行前做的一个梦:在梦中,绫子因为自觉在别人心目中"还是一个不可能谈恋爱的小孩子"② 而失声痛哭,但有人(绫子确信是姐姐的未婚夫北海)却抓住她的肩膀,说并不是别人佯装不知,而是绫子自己佯装不知有人正爱慕着她,以至于让人觉得爱慕绫子是做了件错事。这个梦其实反映了绫子的潜意识:她已经意识到北海爱的不是姐姐,而是自己,但是却不敢面对,因为她自认为还是没有恋爱资格的"小孩子"。绫子本意是要通过旅行确认和照子的友情,但是对于照子和自己唱起了相同的歌却很生气,而这"或许是因为她把昨夜的梦和信鸽一起带到了城岛的渡船中的缘故吧"③。也就是说,绫子已经开始厌倦少女的"姐妹"关系,转而憧憬异性间的恋爱关系。而照子也意识到了这一点:"'哦,我懂了。'照子湿润的眼睛里突然燃烧起了奇怪的火焰,她说道,'原来绫子已经恋爱了,所以,觉得女孩之间的友情是无聊的东西。肯定是这样。不准瞒着我。你肯定是在恋爱了。'"④ 而在渐渐意识到自己和北海之间恋情的过程中,绫子进一步发觉"那种友情却只能散发出一种如同遥远梦幻一般的微弱力量","女学生之间的友情真是脆弱得不堪一击。据说在女人之间并不存在着真正的

---

① 根据因特网ウィキペディア　フリー百科事典"令女界"条目。
② 川端康成:《少女的港湾》,杨伟译,中国文联出版社 1999 年版,第 405 页。
③ 川端康成:《少女的港湾》,杨伟译,中国文联出版社 1999 年版,第 407 页。
④ 川端康成:《少女的港湾》,杨伟译,中国文联出版社 1999 年版,第 414 页。

友情哪"①。当绫子终于确认并敢于面对自己的恋情之后,她和照子之间的友情又失而复得,但是,却已经发生了"连她们自己也没有察觉的已经改变了的微妙变化"②。我们知道,以弗洛伊德为首的精神分析学派认为,同性恋是性心理发展过程中某个阶段的抑制或停顿③,在一般的性心理发展过程中,异性恋之前的同性吸引是常见的,但是,如果这个过程受到某些因素的影响而无法进行下去的话,就有可能停滞在同性相恋的阶段。如此看来,按照一般的社会文化准则,绫子这种通过异性恋而抛弃以往同性友情的行为是"正常"的。

与绫子相对应的少女形象是照子,与"正常"过渡到异性恋的绫子不同,照子似乎并没有顺利地完成这个蜕变过程。比如,在文本最后一节,绫子能够心平气和地看待雄鸽向雌鸽的求爱过程,但是照子却面红耳赤,不好意思观看。这个场景描写是有象征性的。自从照子跟随一个"常常被观众误以为是女人的男人"——安德烈学习跳舞以来,开始化浓妆,文中这样写道:"对于女性来说,特别是对于从同性友情的年华向异性恋过渡的少女们来说,一旦在自己的脸上涂脂抹粉,那么,天地万物也会随之涂上粉黛,以全新的姿态出现在她们的面前吧。这绝不是一种捕风捉影的说法。"④ 从下文来看,这句话应该是绫子的内心想法,但是,从叙述方式看,很像是叙述者跳出来所发出的评论。这一点值得我们注意。在第四节中,北海作为一名男性,也对照子做出了以下的评论:"她是个有点危险的女人","那种女人一到男人面前,就会莫名其妙地变得格外拘谨和生硬,可很快就和对方搅和在了一起。其身体的某个部位就像触了电似地战栗不止,而为了克制这种感觉,才故意绷紧面孔的","不,那不是针对我而言,而只是说她是那样一个有机可乘的小姐罢了"。⑤ 北海是帝国大学国文学专业的学生,文中还提到他正在写的论文题为《关于平安朝女流文人眼中的女性美》。从一名男性的眼光审视女流文人的女性美,这种间接"凝视"⑥

---

① 川端康成:《少女的港湾》,杨伟译,中国文联出版社 1999 年版,第 427 页。
② 川端康成:《少女的港湾》,杨伟译,中国文联出版社 1999 年版,第 439 页。
③ 李银河:《同性恋亚文化》,今日中国出版社 1998 年版,第 32 页。
④ 川端康成:《少女的港湾》,杨伟译,中国文联出版社 1999 年版,第 411 页。
⑤ 川端康成:《少女的港湾》,杨伟译,中国文联出版社 1999 年版,第 427 页。
⑥ "凝视"(gaze)是指携带着权力运作或者欲望纠结的观看方法。这一概念已成为文化批评主义者用来批判父权中心的武器之一。笔者认为,在《伊豆的舞女》等川端文本中,有着明显的男性"凝视"女性的描写。这种"凝视"的眼光贯穿川端整个文学创作过程。

(gaze) 女性的眼光和上文叙述者的评论实质上是相通的。北海对照子的批评体现了男性优位社会对不符合一般社会文化规范的女性的看法。照子没有像绫子一样正常地从同性友情过渡到异性恋情，她所跟随的导师般的人物是一个文化性别模糊的外国人。这样的少女，被男性认为是"危险"和"有机可乘"是可以理解的。

概括以上，可以说，《翼的抒情歌》这个文本其实描写的就是：从同性友情过渡到异性恋情的"少女"的成长过程。从文本中我们能够清楚地看到作者的观点：所谓"姐妹"情谊不过是女性成为男性恋爱对象之前的过渡性情感，这一感情必然要被异性恋所替代，女性不是从"姐妹"情谊中明确了"自我"，而是从敢于正视自己的异性恋中树立了"主体"。这一点从《翼的抒情歌》的结尾得到了充分体现。绫子拒绝了北海，并且说，"我也一直认为：是因为得到了北海的爱，我才在不知不觉之间脱胎换骨变成了一个全新的绫子。当然我也失去了不少，不仅仅是照子的友情。不过我并不觉得惋惜"[1]。总之，整个文本体现了川端一以贯之的"男性视线"。理解了这一点，再回头重读川端的少女小说，我们会不由感叹，其中有关"姐妹"情谊的描写绝不是表面看来的那么美好和纯洁。

四 《浅草红团》中对少女杂志的彻底解构

从以上的论述，我们已经知晓，川端康成所发表的少女小说文本其表面和实质是有很大差距的，甚至可以说只是川端为了满足教育读者的目的而撰写的。川端对"少女""姐妹情谊"等的真实看法绝不是文本中表现的那样单纯。而如果我们仔细阅读川端的小说《浅草红团》，就会发现，在这个文本中，作者对少女杂志以及"少女"这个概念本身进行了更加无情的解构。

《浅草红团》是川端1930年出版的长篇小说，是一部描写昭和初年的浅草的人物、风情的报告文学式的作品，共分为61节。叙述者为第一人称"我"，文本不是描写一个连贯的故事，而是以"我"的所见所闻构成的一个个断片，主要描写了流浪者、乞丐、妓女、舞者、拉皮条的等等都市下层人的生活。而其中四十八节、四十九节的题目就为《少女俱乐

---

[1] 川端康成：《少女的港湾》，杨伟译，中国文联出版社1999年版，第444页。

部》，指的就是前文提到的川端发表多部少女小说的少女杂志。这部杂志作为一个重要道具，出现在四十六节到五十节的内容中。"左撇子阿彦"是个为了重振白矢家而从新宿来的男子，被人领进了龙泉寺附近一位十四岁的妓女家中。而这位女孩是《少女俱乐部》的忠实读者，"从两三年以前开始就一直订阅"，"每月都读"①，阿彦在等她的时候，就看到了从正月到六月的一期不落的杂志。阿彦顺口说了一句要给她买杂志上登载的浴衣，女孩信以为真，喜出望外，立刻拿着书下楼和妈妈及嫂子商量花样，最后确定要"与谢野晶子先生设计的""南国的黄昏"一款。次日，阿彦便央求我出钱，来到布店，但女孩心仪的布料没有到货，阿彦买了价值相等的两块布料，送到女孩家中。女孩不知是兴奋还是感动"眼睛都湿了"，于是阿彦又领了她和她的嫂子去看了电影，并跑来劝说我做一次女孩嫂子的嫖客，因为女孩嫂子"不忍心看小女孩成天告诉她今天痛了，今天没有痛"②，所以她决定说服婆婆，代替女孩从事妓女的行当。

这篇文本对"少女杂志"的彻底解构突出反映了两个方面：一为对《少女俱乐部》杂志读者层的解构；一为对《少女俱乐部》内容的解构。首先，在前文已经提到，重视"教育性"的《少女俱乐部》的读者层为小学高年级到中学低年级的女学生，而在《浅草红团》中这位女孩是十四岁，刚从小学毕业，在年龄上是相符的，但是，她所从事的却是皮肉生意。在文本中描述的女孩一方面稚气未脱，衣着上"系着淡蓝色的小孩用的腰带，头发垂到肩上，就像个刚才小学回家的调皮孩子"③；和阿彦说话的时候，口气像是"跟小学同学说话"；性格上更是小孩脾性，当阿彦顺口说要送她浴衣的时候，"小女孩的脸一下子灿烂起来。让阿彦吃了一惊。那表情让人觉得她只想到了他真会给她买，没有考虑他是在开玩笑，没有怀疑那会是谎言。没有认为有哪儿不合适，没有意识到他和她是嫖客和妓女的关系"④。当她看到浴衣的时候，"脸上仿佛有什么东西一下

---

① 叶渭渠主编：《川端康成文集 日兮月兮·浅草红团》，陈薇、金海曙、郭伟译，中国社会科学出版社1996年版，第321页。
② 叶渭渠主编：《川端康成文集 日兮月兮·浅草红团》，陈薇、金海曙、郭伟译，中国社会科学出版社1996年版，第331页。
③ 叶渭渠主编：《川端康成文集 日兮月兮·浅草红团》，陈薇、金海曙、郭伟译，中国社会科学出版社1996年版，第319页。
④ 叶渭渠主编：《川端康成文集 日兮月兮·浅草红团》，陈薇、金海曙、郭伟译，中国社会科学出版社1996年版，第321页。

子盛开了一般,阿彦从未见过如此惊喜的表情"①。对于自己从事的皮肉生意,女孩也不知道意味着什么,"只知道痛"。但是,另一方面,女孩却又不自觉地染上了妓女的风气,阿彦离开时,女孩"只将头从下面屋子的拉门后伸出来,问道:'下次什么时候来?明天?还是后天?'这时候不知怎么就显得像个,那行业的人了"②。在文本中,"我"还特意提到了同为十四岁的表侄女,这位女孩"所在的学校,除了参拜观音菩萨以外,是绝对禁止学生去浅草的",而且,"我也希望她是个没见识过浅草公园的纯真小姐"。但是,阿彦"在看饱了那六册《少女俱乐部》封面里'不知浅草的小姐们'"之后,却以一个"嫖客"的眼光,十分尖锐地指出"这些女孩都很漂亮",却"装模作样的摆出撩人的样子","可那根本不是那么回事——到底还是浅草到吉原一带小姑娘早熟着呢"。前文已经提过,《少女俱乐部》重视"教育性",封面刊登的是贤妻良母类的少女形象,然而,杂志的这些自我定位却被一位社会底层男性的眼光彻底解构。其次,文本中对《少女俱乐部》内容的解构也是显而易见的。女孩朗读了杂志中一段关于药剂的广告词:"若患了病而不注意的话,那不仅是本人的不幸,而且会妨碍家庭的圆满幸福,祸及子孙。"③ 这段话从一个十四岁就不得不从事风尘行当的女孩口中读出简直是莫大的讽刺。而女孩想要的浴衣也是杂志六月号所附折叠广告上登载的,她所选的图案是"与谢野晶子先生设计的""很适合小姐们穿的""南国的黄昏"。这一切的信息似乎都在证明这样一个事实:所谓"纯真小姐"和风尘女孩之间并没有根本的区别,她们可以读一样的杂志,看一样的广告,穿一样图案的浴衣。

作为《少女俱乐部》的撰稿人之一,川端一方面迎合杂志需要,撰写貌似纯情的少女小说,一方面却在别的文本中通过"嫖客"的眼光对杂志封面人物评头论足。这看似矛盾的现象背后的真正相通点在于:男性优位社会中的"男性视线"。作为著名作家,川端写少女小说的目的是要

---

① 叶渭渠主编:《川端康成文集 日兮月兮·浅草红团》,陈薇、金海曙、郭伟译,中国社会科学出版社1996年版,第327页。

② 叶渭渠主编:《川端康成文集 日兮月兮·浅草红团》,陈薇、金海曙、郭伟译,中国社会科学出版社1996年版,第325页。

③ 叶渭渠主编:《川端康成文集 日兮月兮·浅草红团》,陈薇、金海曙、郭伟译,中国社会科学出版社1996年版,第322页。

"教育"这些"纯真小姐"们成为贤妻良母,这是社会所需要的;而早熟的、具有真正"撩人"风情的风尘女子也是这个社会的男性们所需要的。阿彦虽然现在潦倒,但既然是为重振白矢家而来,作为一个男性,还有可能提高自己的社会地位;但作为女性,"小姐"们的未来是成为贤妻良母,而这位十四岁从事皮肉生意的小女孩的未来是风尘女子,但无论怎样,都依然是男性的附属物,是"男性视线"下被观赏的对象。从这一点上,两者没有根本的区别。所以,如上段所提,她们读的杂志、看的广告、穿的衣服都可以是一模一样的。

结语

本论文首先总结了川端少女小说产生的社会文化背景,指出其文本受到了杂志的读者层及杂志总体风格的很大影响,这一点决定了其少女小说必然具有掩饰性和遮蔽性;其次,从具体文本分析出发,以文本中大量描写的"S"关系为中心,解析川端文本和吉屋信子等人文本中表现的"姐妹"情谊本质上是不同的。他在《少年》《しぐれ》等其他文本中对男性同性恋的描写,反衬出其在少女小说中对"姐妹"情谊描写的拘谨和克制,因为川端根本上是以"男性视线"凝视女性以及女性间的"姐妹"情谊,他从社会的文化需要出发,认为"姐妹"关系发展的正常前景是被异性恋所代替,这一点在《翼的抒情歌》一文中得到充分体现。如果说,以上都是川端少女小说被解构的原因和具体表现的话,那么,在《浅草红团》中则出现了对少女杂志的读者层和内容的直接的解构。在作者的"男性视线"下,少女杂志所预设的"纯真小姐"读者层,和非预设的风尘女孩读者其实是没有根本区别的。所以,虽然川端的少女小说在其自身的文学创作以及日本的少女小说文学史上都是不可忽略的内容,但是,我们必须看到文本自身的遮蔽性。作者究竟想说的是什么?他究竟如何看待"少女""少女小说"?这需要我们仔细阅读川端的其他文本以及当时的文化背景材料以后,才能给出较为合适的答案,而不是简单的"积极健康,有很好的教育意义"这样大而化之的结论就能概括的。

传承与超越

——法朗士创作童话的现代性研究[*]

蒯 佳 徐德荣[**]

摘要： 诺贝尔文学奖获得者法朗士的儿童文学作品经久不衰、享有盛誉，具有很强的现代性。然而学界一直缺乏相关的深入研究，对其儿童文学创作特质不甚了了。本文以他创作的童话《蜜蜂公主》为例，从思维方式、叙事人物形象、幻想范式等方面研究这部作品所反映的现代性，彰显这位成人文学大家在进行儿童文学创作时，在语言、情感表达、想象力等方面所体现出的独特风格和艺术特质。本文发现，法朗士的儿童观具有儿童本位特质，他善于从民间童话中汲取灵感和养分，结合时代特点进行创新，将儿童性与文学性相融合，对传统的民间童话进行现代性的反思与超越，具有变化、发展的现代性意义。

关键词： 法朗士 《蜜蜂公主》 现代性 创作童话

一 法朗士与童话

纵观法国儿童文学发展史，我们会发现一个突出的现象：许多广为人知的成人文学作家会自觉或不自觉地创作出一些适合儿童阅读的经典作品。法朗士（Anatole France, 1844—1924）便是其中的一位杰出代表。法朗士是法国著名的批判现实主义作家和文学批评家，法兰西学院院士。1921年，他被授予诺贝尔文学奖，以"表彰他辉煌的文学成就，它的特

---

[*] 基金项目：教育部重大课题攻关项目"中国儿童文学跨学科拓展研究"（19JZD036）。
[**] 蒯佳，中国海洋大学法语系讲师；徐德荣，中国海洋大学教授、博士、博士生导师。研究方向：儿童文学及其翻译。

色是高贵的风格、深厚的人类同情和真正高卢人的气质"①。然而让人料想不到的是，这位在世时声名显赫的作家逝世后却成为20世纪超现实主义抨击、批判的对象，认为他是"过去""过时"的代表。② 随着20世纪现代文学的全面展开，法朗士的名字逐渐销声匿迹，被人遗忘。除了少数代表作和儿童文学作品以外，他的大部分作品在法国已经不再出版。尽管有一部分作家和研究法朗士的学者为他正名，认为之前对他作品的评价太过极端、不公正，甚至是傲慢的产物，但整体来说，公众对法朗士印象的改观还需要漫长的时间。

在中国，对法朗士的译介早在新文化运动时期就已经开始了。其间，他的名字也曾一度被遗忘，然而庆幸的是，因为有像吴岳添先生这样的翻译家和评论家的不懈努力，法朗士在中国一直具有影响力，尤以"人道主义斗士"的形象最为深入人心。③ 就儿童文学而言，中国很早就开始关注法朗士为儿童而写的篇章。穆木天译的《蜜蜂》早在1924年就在上海泰东图书局出版，《友人之书》也在1927年发行中译本。在当代，以《蜜蜂公主》为例，目前能找到超过10个版本的中译本，《蜜蜂公主》的名字也屡登童书畅销榜。

法朗士成人文学作品的冷清凋零和他儿童文学作品的炙手可热之间形成了强烈的反差，让人不禁发问：他的儿童文学作品是因为哪些特质而获得了众多大小读者的青睐？鉴于这一领域的相关研究其少，本文拟通过对《蜜蜂公主》一书的文本分析，从思维方式、叙事人物形象、幻想范式等方面研究这部作品所反映的现代性，力求挖掘法朗士这位成人文学大家在进行儿童文学创作时，在语言、情感表达、想象力等方面所体现出的独特风格和艺术特质，体会他如何在传统与现代之间穿行自如，传承过去的精髓又顺应当时的历史发展潮流，从而构建出自己特有的儿童文学世界，直至今日仍具有很高的文学研究价值，对于民间童话的现代性转化和发展也有重要的借鉴意义。

对于"现代性"的概念可谓众说纷纭，内涵极为丰富且多样化。作为文学现代性，从时间尺度来界定，它并不是一个时代性的概念，并非指

---

① 郑克鲁：《法国文学史》，商务印书馆2018年版，第1232页。
② 董强：《插图本法国文学史》，北京大学出版社2009年版。
③ 许钧：《法朗士在中国的翻译接受和形象塑造》，《外国文学研究》2007年第2期。

向当代,而是泛指自西方启蒙运动之后,延续到今天,还在继续下去的时间段。它是一种新的时间意识,指向前进的时间轴,并不断趋向未来。根据法国文学现代性研究教授伊夫·瓦岱(Yves Vadé)的观点,"现代性的含义是一种发展的过程"①。所谓现代性意识,主要强调的是一种发展、变化与进步,强调现在与过去相比发生的变化和出现的差别,强调在线性时间轴上新旧对比和变化发展。

我们尝试将文学现代性的观点应用到创作童话中。创作童话与民间童话相对应,又叫作文学童话、艺术童话、作家童话等。"创作童话是作家怀着为儿童读者写作的意识完成的作品;创作童话在早期阶段与民间童话有着明显的传承关系……"② 可以说,早期的创作童话是对民间童话的现代性转写。《蜜蜂公主》是法朗士很有代表性的一部创作童话小说,发表于1883年,属于法朗士前期的作品,是他写给两岁的女儿苏珊的。这部童话作为儿童读物获得了读者的高度认可。它以民间童话故事为灵感和素材,融合了多个民间故事的情节,是对民间童话的一种传承。从题材上来看,它延续了几个世纪以来王子和公主的悲欢离合,讲述了一段发生在中世纪城堡的故事;从叙事的情节和结构来看,这部作品也延续了民间童话的固有类型:克拉瑞慈城堡的公主蜜蜂和布兰齐兰德城堡的乔治是从小在一起的玩伴,两人被神秘大湖吸引,偷偷溜出城堡去探险,结果乔治王子被湖下的水妖抓走,囚禁起来;蜜蜂公主被困在地下矮人国,矮人国的国王洛克希望她能嫁给自己,永远生活在矮人国。公主和王子历经千辛万苦,最终幸福地生活在一起。

伊夫·瓦岱指出:"在思维方式、情感反应、想象范式以及叙事模式(尤其是童话类型)方面存在着一些恒定不变的,我们可以说属于人类学研究范畴的特性。既然人类的思想要面对未来世界,那么神话中与人类最古老的精神结构相关的部分内容无疑就有其顽强的生命力。遗传下来的神话是一笔宝贵的财富,文学不能割弃它,更不能割弃那些它能够重新加以创造的神话,否则文学就会自己损害自己,变得极为贫乏。"③ 由此可见,从民间童话中汲取灵感和养分,并将其进一步创新,赋予它时代意义和价

---

① 伊夫·瓦岱:《文学与现代性》,田庆生译,北京大学出版社2001年版,第2页。
② 朱自强:《儿童文学概论》,高等教育出版社2009年版,第210页。
③ 伊夫·瓦岱:《文学与现代性》,田庆生译,北京大学出版社2001年版,第7—8页。

值，对于创作童话的发展来说至关重要。

二　思维方式：儿童本位的教育理念

在思想理念上，《蜜蜂公主》流露出作者对传统文化和民间童话中一些价值观念的重视和坚持。我们不妨以贯穿这部童话的"缎子鞋"作为例证。乔治为了维护男子汉的尊严，临时起意带蜜蜂去大湖探险，蜜蜂走得仓促，穿的是一双缎子鞋，结果鞋子里进了一颗小鹅卵石，弄得她脚疼走不动路，最后又累又饿在湖边睡着了。乔治在湖边等她醒来时被水妖抓走，拖入湖底。蜜蜂则被矮人们带到矮人国。当国王洛克问她想要什么的时候，她的回答就是想要一双鞋子，可以穿着回家。被困大湖获救后，乔治也是凭借鞋子这个线索，最终找到了蜜蜂。"缎子鞋"在文中成为两人亲情、感情始终如一的见证。这不禁让我们联想到另一个著名的民间童话《灰姑娘》，水晶鞋是王子寻找灰姑娘的引线，维系着两人的感情姻缘。在文学、艺术作品中，"鞋"常常被附于情感的特殊意象，在不同的历史语境中蕴含着独特的人文价值。在西方文化史上，"鞋"是一种传统的契约见证。在克洛岱尔（Paul Claudel）著名的戏剧《缎子鞋》中，"缎子鞋"是女主人公在圣母马利亚雕像前定下的契约，带着基督教的文化色彩，象征着对爱情的忠贞。法朗士通过"缎子鞋"的意象象征，让蜜蜂和乔治之间定下了一段最纯真、最无瑕的"情感契约"。"缎子鞋"不仅推动了故事情节的发展，还暗含着内在灵魂的寄托，可以说是对传统观念的一种坚守和执着。

对传统观念的坚守并不妨碍作品同时蕴含着伴随时代发展而生成的价值取向。在这部童话小说中，"阳光"被赋予了隐喻的意象。被困地下的蜜蜂公主，对自由有着强烈的渴望和追求，石缝里透进的一束阳光，在她看来异常珍贵。作者通过蜜蜂的叙事视角，细腻描绘出阳光的光彩变幻："小蜜蜂注视着那一缕阳光，心里感到一阵凄凉和孤独。阳光洒满了整个大地，沐浴着大自然的一切，它的光辉拥抱着在地球上生活着的所有人，包括路旁的乞丐。渐渐地，这缕阳光变得苍白，它金色的光辉变成了淡蓝色。夜晚降临在大地上了。透过石缝，可以看见天上的星星在眨眼睛。"[①]

[①] 阿纳托尔·法朗士：《蜜蜂公主》，于维莹译，南京大学出版社2019年版，第60页。

对阳光的渴求代表着寻求自由与光明的意志。这种价值形态并不以物质财富的诱惑而转移。作为对比，法朗士用高度客观、写实的笔触来给读者科普了洛克国王珍藏的一块块宝石的名称："只见保险箱里有紫水晶和三种绿宝石——一种是深绿色，一种是祖母绿，还有一种是蓝绿色，也叫绿玉……"① 同样是对于颜色的描写，在公认的语言大师法朗士的笔下，却给读者营造出不同的视觉感性体验：阳光的绚丽色彩令人感觉扑朔迷离、心向往之；而本应让人移不开眼睛的珍奇异宝却沦为了陈列架上一块块没有生气的石头，只能通过颜色来加以区分名称而已。

19世纪中期以来，资本主义社会中的道德观念和价值观念发生了深刻的变化，金钱成为衡量事物与人的价值的重要标准。面对这种价值观、金钱观的盛行，作家所宣扬的却是在物质、金钱面前不改初心、不变本心、坚守自我的精神。时至今日，这种精神仍然有重要的现代性意义。现代性作为一种价值评判尺度，强调以理性、科学、民主、自由、人道主义等作为评判事物的标准。康德认为思想启蒙的条件是"在一切事情上都有公开运用自己理性的自由"②，从而把现代性确定为理性和主体性的胜利。这一理念对于构建儿童价值观起着重要的引导作用。法朗士并没有采取直接说教的方式来谆谆教导，而是选用了文学性的修辞方式，将文本的深意隐藏在隐喻意象之中，让小读者用联想的方式，感性的认知，自己体会自由意志的重要性，从而加深了故事的韵味和哲理。马克·索里亚诺在《儿童文学史话》中提道："真正的艺术家和聪明的教育者，在攻击这些无聊的读物时逐渐认识到，如果要儿童读物发生作用，而不过分暴露它的教育动机，那就首先需要引起读者的兴趣，使读者爱不释手，简单地说就是需要一个真正的艺术品。"③对于为儿童写作，法朗士自己的总结便是用心来感知儿童的所想所思，将自己设身处地融入其中，语言要生动有趣，给读者以宏伟、壮观的感官体验，彰显并丰富人性中的美好品质，而不是带着成人的态度和预设来刻意说教孩子："当您给孩子写东西的时候，千万不要刻意为之。用心去想，用心去写。在您的故事中，一切都要生动、宏伟、壮观、强烈。这是博得读者芳心的唯一秘诀。"④

---

① 阿纳托尔·法朗士：《蜜蜂公主》，于维莹译，南京大学出版社2019年版，第54页。
② 康德：《历史理性批判文集》，何兆武译，商务印书馆1997年版，第24页。
③ 方卫平：《法国儿童文学史论》，湖南少年儿童出版社2015年版，第111页。
④ 阿纳托尔·法朗士：《小友记》，陈燕萍译，人民文学出版社2019年版，第190页。

法朗士在为儿童创作作品时，语言清晰、灵动、大气，充满童趣，贴近儿童的阅读能力和审美体验。更为可贵的是，他尊重儿童的独立人格，行文遵循儿童的行为方式、思维习惯和成长规律。19世纪以前，法国的童话创作还没有真正把儿童定位在具有独立的人格和精神需求的读者位置上。卢梭的自然教育思想，尽管面向儿童读者，但主要将儿童视为受教育的对象。继卢梭之后的许多作品都带有明显的说教性，却忽略了真正的儿童艺术审美的重要作用。从19世纪开始，儿童文学作家才逐渐认识到儿童世界的独立性和儿童在感觉、价值观、人生态度方面与成人的巨大差异，逐渐领会儿童独特的生命空间的概念，从而建立起儿童本位的儿童观。这种儿童观"从儿童自身的原初生命欲求出发去解放和发展儿童，并且在这解放和发展儿童的过程中，将自身融入其间，以保持和丰富人性中的可贵品质"[1]。法朗士承袭的正是这样一种具有现代性的儿童观，用贴近儿童的笔触，来展现儿童的心理活动和行为方式，使得作品在趣味性、幻想性、成长性等方面都体现出儿童文学的特质，从而将儿童性与文学性很好地结合起来，既给读者愉悦的阅读体验，又将人生观、价值观、爱与美的教育理念潜移默化地融入作品中，使作品获得更丰富的艺术表现力。

三　叙事人物形象：心理的多元化

　　在艺术特质方面，除了语言和修辞方式贴近儿童的审美特点之外，法朗士对于人物形象的塑造也独具匠心。在叙事学的相关理论中，"功能性"的人物观将人物视为从属于情节或活动的"行动者"。情节是首要的，人物是次要的，人物的作用主要是推动情节的发展。这其中的典型代表是俄国民间文艺理论家普罗普。他认为所有神奇故事按其构成都是同一类型。[2] 他分析了一百个俄罗斯民间故事，认为故事中的人物尽管名字和特征变化无常，其已知的功能项却是有限的，行为功能只有31种，人物的角色功能只有7种。而与之相对的"心理性"的人物观则认为人物具有心理可信性，是具有鲜明性格特征和形象的角色。作为代表人物的福斯

---

[1]　朱自强：《经典这样告诉我们》，明天出版社2010年版，第41页。
[2]　普罗普：《故事形态学》，贾放译，中华书局2006年版，第20页。

特在《小说面面观》中提到，传统童话中经常塑造千篇一律的"扁形人物"，即"基于某种单一的观念或品质塑造而成的人物"①，这样的人物设计，使得童话形成了一个二元对立的固定模式：人物形象善恶分明，辨识度很高，但个性单一。而"圆形人物"则更为立体、复杂，更注重人物性格形成的过程。与传统民间童话相比，法朗士对于人物形象的塑造，对于人物性格、情感、心理的描写更加丰满生动，摆脱了"扁形人物"的束缚，开始设计塑造起更为丰满的"圆形人物"。人物形象走向多元化，更加真实、深入地揭示了人性的复杂。显示出作者从更深层面对于儿童本位的儿童观的理解与认知。

普罗普在《故事形态学》中认为主人公的特殊身份预示他在推动故事叙述发展时的主要功能。主人公的行动构成了叙事的主线。然而，在《蜜蜂公主》这本书中，拥有男主人公光环的乔治王子却仅仅出现在这部童话故事的开头和结尾，没有太多的存在感。中间故事情节的发展、推进和高潮的核心角色是矮人国的洛克国王。法朗士塑造的洛克国王其貌不扬，外表不够帅气闪亮，然而勇敢、睿智、富有、尊贵，拥有知识、财富和权力，对蜜蜂公主的爱也真挚感人。然而带着"野兽"这个童话人物标签的洛克，并没有因为这些优点而收获"美女"的真爱，最终，蜜蜂还是义无反顾地选择了乔治。"美女与野兽"的预设结局在这部创作童话中并没有再现。

值得关注的是，作者不仅细腻地塑造了洛克的外貌、性格特征，更是着重描写了洛克一连串的内心独白，来体现他的心理变化：在对爱的期待、忧伤、痛苦、嫉妒、挣扎中最终学会放手和成全，实现自我的蜕变和成长，这也是一种伟大的爱。成长性是儿童本位的儿童观的一个重要特点，对于儿童情感与心理成长等方面的人文关怀，是儿童文学关注的焦点之一。洛克在向蜜蜂表达爱意被拒后是很痛苦的，他被嫉妒心咬噬，内心极不平衡，所以当他得知乔治被水妖关押在水晶宫时，他最初的反应是放声大笑："他在那儿吗？"国王叫道，"就让他在那儿待一辈子吧！"说着他搓了搓手，"希望他过得开心！"② 这样的描写是真实人性的体现：哪怕尊贵如国王，也有自私的阴暗面，也有善与恶的共存与冲突。只不过，洛

---

① E. M. 福斯特：《小说面面观》，冯涛译，人民文学出版社2009年版，第57页。
② 阿纳托尔·法朗士：《蜜蜂公主》，于维莹译，南京大学出版社2019年版，第70页。

克并没有就此沉沦，背负良心上的不安与自责，在经历了一番痛苦挣扎之后，他最终选择了勇往直前去湖底拯救乔治。见到乔治之后，他的评价只有一句："不过是个小屁孩罢了！"① 也许就是这一定位让他最终释怀了。出乎所有传统童话故事的套路，洛克并不是一个非善即恶的人，他有自己的私心，也有柔软的善意。为爱放手让他变为一个更为宽容、更有爱心的人。洛克心理的一系列转变会让儿童读者感同身受，让他们为这个亲切可爱的矮人打抱不平，为他感到惋惜，也由此理解善与恶并存，"人性因子"和"兽性因子"共同存在的人才是一个完整、真实的个体。洛克从而变成了全书的灵魂人物。值得一提的是，《蜜蜂公主》被英国著名的文学家安格鲁·朗格（Andrew Lang）改编入《朗格橄榄色童话》（1997），改名为《矮人国国王洛克》（Story of Little King Loc），这一次，洛克国王终于升级做了男主角，只不过故事的结局并没有改变，他依然是那个为爱牺牲的人。这种方式的爱加深了作品情感表现的深度，赋予了作品现代生活的价值观和爱情观。

洛克与乔治的对抗也代表着作者对于传统与现代观念的反思。中世纪的法国是骑士制度的中心，骑士文学在法国文学中一直占有重要地位。乔治单纯善良、英勇无畏，极其看重尊严和荣誉，不过也缺乏智慧和谋略，是典型的中世纪骑士形象的代表。洛克国王则象征着现代的理性、科学、智慧，也不乏勇气和善良。这场较量，可以视为感性与理性的较量，传统的骑士精神与现代的科学观的较量。尽管洛克代表的理性和科学思维预示着人类发展的未来，乔治所体现的人类传统的精神气质也具有不可忽视的力量和作用。法朗士所做的创新探索是基于人类传统精神的宝藏，从中提取出永恒持久的东西去坚守、发扬，并赋予作品时代的价值、批判的意义，从而超越了传统与现代之间那条不确定的界限。

四 幻想范式：依托科学的想象

与民间童话相比，创作童话更能彰显作家的个性和艺术特质。因为"创作童话是作家自主创作、独立思考和感悟的结果，具有作者个人的

---

① 阿纳托尔·法朗士：《蜜蜂公主》，于维莹译，南京大学出版社2019年版，第81页。

特点"①。而与成人文学相比,创作童话的特殊性还表现在儿童文学的特性上。除了语言的趣味性、心理关怀的成长性以外,注重幻想性也是儿童文学的一个重要特点,是儿童独特的审美情趣。儿童具有强烈的好奇心和求知欲,无论作品中描述的幻想世界多么新奇和不可思议,儿童读者都愿意欣然体验。关于想象力这一点,法朗士跟 18 世纪的卢梭的态度截然不同。卢梭把想象力视为危险的思想,强调作品的知识性,否定神怪和幻想的正面作用。而法朗士则宣扬想象力对于儿童成长必不可少,他极力推崇想象的力量。《蜜蜂公主》整部作品充满奇思妙想,带着梦幻的色彩。例如,法朗士塑造的矮人国世界处于很深的地下,然而这里却并非一片黑暗:"只有少数几个地方和洞穴朦朦胧胧的,看不清楚,其他地方都被照得亮堂堂的。照亮这些地方的不是油灯或火炬,而是星星和流星发出的奇异而梦幻的光"②。矮人国里最有学问的人获取知识的途径并不是靠书本,而是靠各种各样的望远镜。通过它甚至连过去发生的事情也能了解到:

>因为这些住在洞穴深处的小矮人拥有一种法力,可以从浩瀚无垠的苍穹召唤远古时期的光,还能召唤有关过去一切事物的形状和颜色的光。这些光曾经照射过人类、动物、植物和岩石,并记录了它们的形状和颜色。千百年来,这些光在苍茫的宇宙间飞闪而过。通过重新整理这些光的碎片,小矮人们可以重现过去的影像。③

我们看到法朗士的想象力是非常超前的,他并没有停留在传统的童话世界的城堡里,他对于未知的世界敢于探索发现、大胆想象,甚至可以说带着科幻的色彩。然而从另一方面看,这些想象又并非完全的天马行空、不着边际、任意驰骋。法朗士总在刻意为它们加入现实的因素,加入一定的自然科学解释。这种创作理念,跟 19 世纪以奇思异想、天马行空为特质的英国儿童文学(例如《爱丽丝梦游仙境》)有很大的差别。民间童话、幻想故事的确充满奇思妙想,给了儿童充分的幻想空间,贴近儿童的

---

① 徐德荣、张丽娜:《创作童话的文学性及其在翻译中的再现》,《翻译论坛》2017 年第 4 期。
② 阿纳托尔·法朗士:《蜜蜂公主》,于维莹译,南京大学出版社 2019 年版,第 47 页。
③ 阿纳托尔·法朗士:《蜜蜂公主》,于维莹译,南京大学出版社 2019 年版,第 70 页。

艺术心理，这也是它们能一直拥有生命力和活力的原因之一。但是这样的文学样态也普遍远离儿童的实际生活。魔法世界无论多么诱人，在现实生活中遇到困难时，孩子们不可能期待仙女教母挥着魔法棒来解救。因此，"贴近儿童的现实生活情境，贴近儿童的现实情感体验，是儿童文学发展进程中迟早要面临的一个艺术课题"①。幻想与现实是儿童文学的两翼。法朗士正是遵循这条原则，用他的文学手笔解开了这一艺术课题。他的想象力可以说是"写实的想象力""依托科学的想象力"。他调和了儿童在了解现实和需要幻想这两方面彼此抵触的要求。上文举例中小矮人能窥探过去的法力并不是招之即来的，并不是依靠水晶球之类的，而是依靠自然科学界用于观察物体所必不可少的望远镜。而且法朗士还非常详细地解释了远古时期的光的强大作用，在浩瀚的宇宙间的运行轨迹，试图给这种穿越过去的行为一种科学可行的假定。

现代性的信念由科学促成，相信知识无限进步，社会和改良无限发展。法朗士继承了18世纪百科全书派的科学思想，在他看来，"人是绝对想象不出他不曾见过、听过、感觉过和品尝过的东西的"，"没有一个超自然界的原子不是存在于自然世界中的"。② 这种相信科学发展的世界观跟19世纪整个法国的大环境息息相关。在19世纪，自然科学取得了巨大的发展进步。如果我们聚焦在这部童话创作出版的80年代，经历了普法战争失败的法国开始推行科学教育政策，整个国家笼罩在"客观性""科学性"的氛围中。然而，不仅在自然科学领域，甚至在哲学和文学领域，也盛行自然主义文学观。对于这种在文学中也追求客观性和科学精神的观点，法朗士却是持反对和讽刺态度的，他曾不止一次公开嘲笑以左拉为代表的自然主义文学潮流。在法朗士看来，如果都用科普作品、理性思维来取代诗歌和童话，那就"再也没有美丽的形式、高贵的思想，再也没有艺术、品味，没有一点人性的东西，只剩下化学反应和生理状态"③。在法朗士看来，诗歌和童话代表了人性灵魂某种永恒的需求，是科学无法取代的。反映在作品中，《蜜蜂公主》虽然依托现实，但是对于只重视自然科学，忽略想象力，忽略文学主观性的现象却给予讽刺，可以说是对于

---

① 方卫平：《法国儿童文学史论》，湖南少年儿童出版社2015年版，第93页。
② 阿纳托尔·法朗士：《小友记》，陈燕萍译，人民文学出版社2019年版，第198—199页。
③ 阿纳托尔·法朗士：《小友记》，陈燕萍译，人民文学出版社2019年版，第191页。

理性异化的一种反思与批判。从探求本质的角度而言,"讽刺"也是现代性的一个重要组成部分。① 在书中,作者全力打造的小矮人拥有超凡的智慧和卓越的文明,代表着人类对于未来的憧憬。然而让人吃惊的是,这些矮人并不是拥有魔法、悠然自得的仙人,而是一群终日生活在地下、酷爱工作的工匠:

> 整个宫殿里都回响着锤子的敲敲打打声。嘈杂的机器声甚至都冲到了洞穴的拱门口啦!你可以看到一群群矿工、铁匠、金箔匠、珠宝匠、钻石匠手拿镐头、锤子和钳子,不停地敲敲打打,忙忙碌碌地,动作敏捷得像一群猴子,好一派令人惊叹的景象!②

作者用丰富的想象力勾画出一幅人类生活的未来景象:高度科学文明的结果不过让人类重复一些机械的劳作,敲敲打打的锤子、轰轰隆隆的机器噪声笼罩着生活,人类甚至退化的像猴子一样,不得不说作者对于未来的科学幻想是极度悲观的。作为强调发展、变化、进步的现代性,除了具有感性和理性两个维度之外,还有第三维度,即反思和超越性。"文学的独立性追求,乃文学现代性意识之根本,追求文学的独立性,实际上构成了文学现代性的反思维度。"③ 法朗士对于儿童文学创作中"充分发挥想象力"与"依托科学现实"之间的辩证思考体现了他对追求文学独立性的执着,使得作品的深层意义上升到批判——超越的哲思层面。

结语

综上所述,我们看到对于法朗士"过时""陈腐"的批判对于他儿童文学的创作来说并不成立。如果说具有政治倾向的艺术形式从美学角度来说可能会给人刻板、墨守成规的印象,法朗士的儿童文学创作则摆脱了这种倾向。"在现代,思想敏锐、目光远大的作家、学者却对民间文学情有独钟,在其身上挖掘着思想和艺术的资源。"④ 毫无疑问,法朗士归于此

---

① 伊夫·瓦岱:《文学与现代性》,田庆生译,北京大学出版社 2001 年版,第 131 页。
② 阿纳托尔·法朗士:《蜜蜂公主》,于维莹译,南京大学出版社 2019 年版,第 48 页。
③ 胡艳琳:《文学现代性中的生态处境》,中国社会科学出版社 2014 年版,第 18 页。
④ 朱自强:《民间文学:儿童文学的源流》,《东北师大学报》2013 年第 5 期。

列作家之中。作为古典主义的杰出捍卫者和奉行者，他擅于从民间童话、文学中汲取精华，与此同时，基于儿童本位的儿童观，将富有趣味性、成长性、幻想性等儿童性与作品的文学性很好地融合，赋予了这些民间童话故事新的血液，新的诠释，更多的活力和现代性。作为一部创作童话、文学性很高的作品，《蜜蜂公主》彰显了作者有意识、有目的地为儿童所进行的文学创作，表现出作者作为创作主体的思想、情感、语言风格和审美倾向，在思想理念、叙事人物观和幻想模式等方面都注入了时代特色和作者的个性色彩，是对传统的民间童话的现代性反思与超越，具有变化、发展的现代性意义。

《小法岱特》：田园小说或儿童文学？*

房立维　邵　娟**

摘要：乔治·桑，著名的法国作家，一生著作颇丰，尤以田园小说见长。她的《小法岱特》是田园三部曲之一，也是田园小说的代表作。除了其标志性的"田园风"之外，其实这部小说还具有很多儿童文学的特性，并且其中的伦理观很符合中国传统道德观念。本文简单剖析了这部作品所具备的儿童文学特征与其先进性。

关键词：《小法岱特》　儿童文学　教育性　先进性

从1848年《小法岱特》在法国 Le Crédit 出版开始，就被列为田园小说一类，与1846年的《魔沼》和1847年的《弃儿佛朗索瓦》并称为"田园三部曲"，其作者乔治·桑也因此被打上了"以田园小说见长的法国多产女作家"的标签。在2004年面世的最新版《小法岱特》前言中，法国凡尔赛大学教授、乔治·桑研究专家 Martine Reid 依然系统地分析了这部作品在田园小说史上的意义，对农民语言艺术性的处理，以及融合了现实主义和浪漫主义的风景描写。似乎，《小法岱特》作为田园小说的代表，在中法文学评论界，已经是板上钉钉的事实了。

不过，Martine Reid 序言中的一句话引起了我们的注意，她说，《小法岱特》已被很多出版社出版过，几乎被世界所有图书馆收藏，被转拍成戏剧和电影，也不断以插图版和简易版的形式，被出版为儿童读物。[①] 这样的字眼引起了我们的注意，也许，除了田园文学，《小法岱特》也属于

---

* 本文为中央高校基本科研业务费专项（批准号：201313030）"论法国女诗人让娜·拜德－薇尔（Jeanne Perdriel-Vaissière）的布列塔尼情结"的阶段性研究成果，并得到此项目资助。

** 房立维，中国海洋大学外国语学院讲师；邵娟，中国海洋大学外国语学院讲师。

① Martine Reid：《小法岱特》序言，巴黎 Gallimard 出版社2004年版，第8页。

儿童文学的范畴？除了爱情小说、空想社会主义小说、田园小说和传奇小说，乔治·桑也应在儿童文学史上有一席之地？梅子涵教授在为朱自强教授的《论儿童文学》一书作序时，曾明确说过："儿童文学也好，别的什么领域也好，很多的话题其实都是别人接触过的，论述过的。没有接触过、论述过的，未必让人家喜欢听；接触过、论述过的，也未必就没有吸引力。"① 那么，我们就本着梅老师这种"在已发现的世界中再发掘儿童文学"的精神，从儿童文学的角度，再探讨一下乔治·桑和她的《小法岱特》，看这部为很多大家"接触过、论述过"的作品，是否能在新领域中，继续散发它的"吸引力"……

一 《小法岱特》符合儿童文学的基本特征

根据朱自强教授提出的"儿童本位"文学论，儿童文学是由成人创作的儿童的文学，其存在以儿童观为根基。儿童有其独特的审美形态、空间感、时间感和价值观，儿童文学作家对儿童的生活世界和心灵状态的体验、理解和认识程度，决定了他作品的优劣程度。因此，一部作品能够被定义为儿童文学作品，首先取决于它是否符合儿童生命本质和特点，能否满足儿童的情感需要。

（一）故事性

儿童具有活泼好动的天性，对周遭的世界充满了好奇和求知欲，注意力极易被吸引，因此，儿童精力集中的时间相对较短。这一点，我们可以参照幼儿园、小学、中学和大学的学习时间：幼儿园的孩子，一节课一般30—35分钟；小学生已经能适应一节课40—45分钟；中学生一节课的时常虽然与小学生相同，但已经能连续两节课学习同一科目；大学一节课的时间，从45分钟到1小时不等，同一科目一般连续学习2学时，有时可以一连4学时学习相近的科目。因此，儿童文学作品必须具备相当的故事性，像一根线一样，牵引着孩子们去阅读。另外，儿童读者缺乏对文学体裁的认识，对一部作品是小说、戏剧还是诗歌、散文一般漠不关心，他们

---

① 梅子涵：《朱自强教授（序）》，见朱自强《儿童文学论》，中国海洋大学出版社2005年版，第3页。

对文学作品的反应一般是:"这故事好看","给我讲讲你看的故事","最近有什么新故事么"……朱自强教授曾很好地总结出:"各种叙事型儿童文学体裁到了儿童读者面前,大多成了'故事'。"①

由此可见,故事性是儿童文学主要特征之一,而《小法岱特》的大量情节均符合故事性的特点。

双生子降生之初,作者便借产婆的嘴,引入当地民间对双生子的不利传说,"他们老是相克相害,几乎总得一个死了,另一个才能安生"②,交代双生子不适合一起养育的背景,借此埋下伏笔。双生子相克的偏见,在很多国家都曾有过,特别是在北欧神话中。在一些封建制国家中,因为双生子外貌十分相似,且出生时间相差不多,会导致皇位和世袭爵位继承的混乱;在一些乡野传说中,人们认为双生子本来是一个,被妖精附体才成了两个。在《小法岱特》的第一章,产婆在西尔维内胳膊上画了个小十字,免得老大"丢了继承权"③;而小法岱特在第九章第一次叫朗德烈时,脱口而出的"半个小子"④显示出乔治·桑对封建制度和民间传说是兼顾的。即便没有这样的传说的国家,在引入《小法岱特》之前,基本都引入过有类似桥段的文艺或者影视作品。⑤ 乔治·桑这样的描写,基本会被孩子们自然接受,同时为作品添上一笔神秘色彩。

而小说中与之相对的是,双生子的父母,出于对孩子的疼爱,违反了产婆的劝告,没有将两个孩子分开养育,反而处处给予相同对待。正如文中描述的"就这样,一家人在阳光下成长着,蠕动着。小叔子和小姑子们,小侄子和小侄女们,谁也不让谁心烦,或者说,他们一个比一个懂事"⑥。

---

① 朱自强:《"故事"的价值》,见朱自强《儿童文学论》,中国海洋大学出版社 2005 年版,第 80 页。

② 乔治·桑:《小法岱特》,陈风译,见世界文学名著文库《田园三部曲》,人民文学出版社 2000 年版,第 236 页。

③ 乔治·桑:《小法岱特》,陈风译,见世界文学名著文库《田园三部曲》,人民文学出版社 2000 年版,第 235 页。

④ 乔治·桑:《小法岱特》,陈风译,见世界文学名著文库《田园三部曲》,人民文学出版社 2000 年版,第 265 页。

⑤ 比如我国虽没有相关的传说,但 80 年代末引入的日本动画片《圣斗士》曾风靡一时,至今仍是很多"80 后"的怀旧基准点,其中神斗士部分就提到因双生子相克,要在出生时就抛弃一个的传统。

⑥ 乔治·桑:《小法岱特》,陈风译,见世界文学名著文库《田园三部曲》,人民文学出版社 2000 年版,第 239 页。

这种现实与传说的矛盾碰撞，自然会激起儿童读者的好奇心，引发读者对两兄弟命运发展的猜测。大家想知道预言被反诬的结果，猜测文章走向悲剧还是喜剧，就像潘多拉的魔盒，禁忌被打破了，究竟会出现什么？这时候，不论是儿童还是成人读者的胃口，都会被调起来。

再者，文章男主角朗德烈和女主角法岱特两家的背景也截然不同，这一点也创造了矛盾冲突，增强了故事性。也可以说，如果没有这一矛盾，男女主角可以顺利结合，那么小说的主线故事也就没有存在的必要了。

该书主角小法岱特，是一个乡人们眼中的"巫女"（这也是她名字的部分由来）、举止失当、不漂亮、不温柔：

> 谁看见她都觉得看到了一个小疯鬼，因为她这么瘦小，又蓬头散发，天不怕地不怕，她是个爱聊天又爱嘲弄人的孩子，像蝴蝶那么活泼，像红喉雀那么好奇，黑得像只蛐蛐。[1]

一个女孩子，不修边幅，居然被大家称为"蛐蛐儿"，这样的女主角在法国文学史上是罕见的。她还有一个在乡邻们心中吝啬的"巫婆"奶奶，和一个身有残疾的弟弟。这样的一家人，大家是耻与为伍的。

而反观朗德烈一家，父亲是镇议会议员、家有良田，牧产丰富[2]，与乡邻素来和睦，口碑甚好。在中世纪名作《寻找圣杯》中，一位老隐士曾把亚瑟王的侄子，圆桌骑士中的主要人物高文比作一棵"无花无果的老树"，因为他代表着只忠于国王的旧骑士精神，势必被为上帝而战的、受基督教强烈影响的新骑士精神所取代。乔治·桑在19世纪再次运用了这种以树寓人的写法，在小说的第一章便提到朗德烈家果园旁边的核桃树也是"方圆几里最老、最粗壮的"[3]，相反的是，这里的"老"不是"无花无果"，而是为了凸显"粗壮"，借以预示这一家在村里的家族盛誉由来已久。

---

[1] 乔治·桑：《小法岱特》，陈风译，见世界文学名著文库《田园三部曲》，人民文学出版社2000年版，第263页。

[2] "大瓦房盖得挺体面，气派地坐落在山坡上，还有一个相当漂亮的花园和一片需要花六个工才能管理过来的葡萄园。"乔治·桑：《小法岱特》，陈风译，见世界文学名著文库《田园三部曲》，人民文学出版社2000年版，第235页。

[3] 乔治·桑：《小法岱特》，陈风译，见世界文学名著文库《田园三部曲》，人民文学出版社2000年版，第235页。

男女主人公虽不似罗密欧与朱丽叶一样，家族有着世仇，但出身于两个声望截然相反的家庭，也构成了小说的主要矛盾。法国文学史上，不乏种种为大是大非，大情大义分离的情侣，比如民间文学中的屈服于政治婚姻的伊瑟和另娶她人的特里斯丹，比如《罗兰之歌》中为保护查理曼帝国而勇赴战场的罗兰和他的未婚妻奥德。小法岱特和朗德烈虽然经过种种波折，相互理解并产生爱慕之情，但家庭背景的巨大反差，是否会造成两人最终的分手，还是能破除一切障碍走到一起？这一切的矛盾营造，无疑会激起儿童巨大的好奇心。

再者，小说采取第三人称叙事，对故事环境、人物关系和事件进程都交代得十分清楚，很符合儿童读者对"讲故事"的要求。虽然有情节上的波折，但文中出现的主要人物既不复杂，也不乏味：如巴伯尔老爹一家，也就是朗德烈的家庭，虽然人口众多，但除了情节发展需要的必要人物双生子、巴伯尔夫妇，其他人物并没有过多提及，甚至充当两兄弟姓名起源的教父们，也是一笔带过；同样作为主角家庭的小法岱特一家，人物关系简单，还各有各的"外号"，十分符合儿童调皮、活泼的心理；此外，朗德烈为之工作的卡约老爹一家，除了必要的卡约老爹，其子小卡约，还有在小法岱特和朗德烈的感情中间充当障碍，同时也具有转折意义的玛德隆，其他人物都没做过多渲染。全书的主要情节完全在这些人物之间展开，没有副线情节。只在必要的时候有配角出场，借他们的口，或者借他们的观点，甚至仅仅借他们的存在，来推动下一步情节的发展。这种主次分明的描写手法既不给儿童造成负担，又不单调，吸引了儿童有限的注意力，没有次要人物来分散视线，营造了一个相对专注的环境。使得每一个出场的人物，他们的特点，甚至他们的音容笑貌，都能在儿童心中留下印象。

（二）趣味性

法国启蒙思想家卢梭在其教育小说《爱弥儿》中，明确提出用理性教育儿童是本末倒置，俄国哲学家、文学评论家别林斯基更进一步说明了："儿童读物的正面的、直接的影响都应当集中于儿童的感性，而不应集中于他的理性。感觉先于认识；谁没有感觉到真实的东西，他就不能理解也不能认识它。"[①] 这种思想在20世纪被法国意识流作家纪德发挥到极

[①] 别林斯基：《新年礼物：霍夫曼的两篇童话和伊利涅爷爷的童话》，见朱自强《儿童文学论》，中国海洋大学出版社2005年版，第535页。

致，他主张感觉胜于一切：当你看一样东西的时候，"最重要的不是你看的东西，而是你看了（Que l'importance soit dans ton regard, non dans la chose regardée）"①。那么，儿童文学中的什么成分能刺激感官，让儿童产生认识、了解这个世界的欲望，从而打开感性之门呢？那就是儿童文学的趣味性。有意思的东西，孩子们才会去看、去读，继而去体会、去学习。朱自强教授在论儿童文学与小学教育时也说："趣味性恰恰是儿童文学的重要特征之一。"②

在《小法岱特》中，这吸引儿童读者的趣味性首先来自笼罩通篇的那淡淡的魔幻气息。开篇对双生子的预言，是童话故事中常见的铺垫手段，交代了全文的主要发展方向。而后，男女主人公在读者面前的第一次交流过程中，第二个预言出现了。他们见面源于朗德烈对双胞胎哥哥西尔维内的寻找，作者让小法岱特以预言的形式，提示朗德烈哥哥所在的位置：

从这儿往回走，走到河边，一直往下走，直到你听见羊叫，你会看见一只棕色的羊羔，你哥哥就在那儿。③

随着朗德烈的寻找，预言一个个被证实，包括羊羔的颜色。因乔治·桑在前一章交代过法岱大妈会用巫术给人治病，但当预言印证在眼前时，读者便和朗德烈一起，对小法岱特这个所谓的"巫婆的女儿"是否真的具有魔法产生了极大的好奇。

接下来的第十一章和第十二章里，朗德烈不惜夜间涉水渡河回家看望哥哥，途中遭遇"鬼火"的片段，让男女主人公的关系得到了质的发展。传说中"鬼火"的出现让本来比哥哥显得早熟、有担当的小伙子暗生恐惧，乱了心神：

---

① 纪德：《人间食粮》，见《纪德全集——小说和记叙文》，Gallimard 出版社 1958 年版，第 352 页。
② 朱自强：《儿童文学与小学语文教育》，见朱自强《儿童文学论》，中国海洋大学出版社 2005 年版，第 536 页。
③ 乔治·桑：《小法岱特》，陈风译，见世界文学名著文库《田园三部曲》，人民文学出版社 2000 年版，第 268 页。

这回朗德烈害怕了，差点昏了头，他听说这种火光最消耗人精力，最险恶了，它玩一种把戏，使得看它的人迷失方向，把人带到水最深的地方［……］①

在他又怕又冷，浑身哆嗦，进退两难的时候，小法岱特的出现，使朗德烈有了走出困境的希望。但作者并没有使情节那样理所当然地走下去，朗德烈"怕小法岱特不亚于怕那鬼火。他听见了她的歌声，认为她一定和鬼火串通一气"②。误解的加深，更凸显今后情感反转的可贵与坚实。朗德烈最终在小法岱特的引导下，摆脱了"鬼火"的纠缠，也为今后两人的互相理解，以致互相爱慕埋下了伏笔。

执教于美国波特兰州立大学的艾里克·基梅尔在其《儿童文学理论初探》一文中归纳了儿童文学的四种基本倾向，第一种就是"神话倾向"，儿童文学家班马也谈到儿童文学"拿手的就是梦、幻、魔"③。乔治·桑对双生子的预言和小法岱特一家的巫女色彩描写，就像讲故事一般自然，从不加以证实或否定的态度。她只是在朗德烈寻找哥哥的事件中，似无意地加了一笔，说法岱特可能在之前遇到过西尔维内，在"鬼火"事件之后，她并没有科普似的分析这火到底为何物，而是借小法岱特的嘴，说出一种加入了宗教色彩的鬼神观点：

如果真的有鬼，我敢肯定它没有权利跑到世上来坑骗咱们，从上帝那要走咱们的灵魂。它不可能那么放肆，因为世界属于上帝的。只有上帝能主宰世间的一切。［……］人们相信那些假装能随时召唤来魔鬼的巫师，不亚于相信撒旦，其实巫师们很明白他们从来没见过魔鬼，也从来没得到过魔鬼的任何帮助。那些轻信的人相信魔鬼，呼唤魔鬼，可是从来没能让它露面。④

---

① 乔治·桑：《小法岱特》，陈风译，见世界文学名著文库《田园三部曲》，人民文学出版社2000年版，第280页。
② 乔治·桑：《小法岱特》，陈风译，见世界文学名著文库《田园三部曲》，人民文学出版社2000年版，第281页。
③ 方卫平：《童年：儿童文学理论的逻辑起点》，见朱自强主编《儿童文学新视野》，中国海洋大学出版社2004年版，第114—116页。
④ 乔治·桑：《小法岱特》，陈风译，见世界文学名著文库《田园三部曲》，人民文学出版社2000年版，第232—233页。

这种解释，似乎让读者在鬼神之间更加摇摆不定。但总体来讲，乔治·桑的描写远没有到超越儿童的心理承受能力，让孩子们感到害怕的地步。似有似无的魔幻元素，增添了全书的趣味性，激起他们的注意力和好奇心。

另外，作者还用以精灵为主角的儿歌，渲染一种和谐、平静、神秘的魔幻气氛，如小法岱特口中的：

> 精灵，精灵，小精灵，
> 带上你的蜡烛和犄角；
> 我拿了斗篷和风帽，
> 精灵精灵两相好。①

（三）教育性

法国19世纪末20世纪初知名女诗人、谢阁兰好友让娜·拜德－薇尔曾在她1893年的获奖诗篇《小河》中，描写了溪流曲曲折折流过山野，却依然清澈如初，喻示着人性发展势必遵循童年本性。1923年，又在她的小说《黄杨林》中提出，"人的心灵总是会把人带回到犹如走不出的迷宫般的童年（Leur enfance est ce labyrinthe où leur coeur les ramène toujours）"②，种种描述，都说明了童年对个人成长发展的重要影响。而让娜本人就是因为童年多迁徙，为了排遣陌生环境带来的孤独感，从10岁就开始写诗，13岁到15岁间的诗作就写满了一本108页的本子。这种童年的生活习惯一直持续到她生命的最后，让她成为当时社会影响力广泛的诗人。她继而把自己忠实于童年的特点运用到写作中去，发展成为一种忠实于最初情感和最初印象的诗风，在法国作家中独成一派。让娜的经历印证了弗洛伊德的分析研究：童年能影响人的一生。而法国文学史上，不乏像让娜一样的文人，比如长河小说《善意的人们》的作者于勒·罗曼，11岁就自己编写地图册和密码词典；超现实主义诗人路易·阿拉贡小学就写

---

① 乔治·桑：《小法岱特》，陈风译，见世界文学名著文库《田园三部曲》，人民文学出版社2000年版，第281页。
② 让娜·拜德－薇尔：《黄杨林》，巴黎 Librairie Bloud et Gay 出版社1923年版，第116页。

了60多篇文章。所以儿童是理性成人的前身，他们精力充沛，求知欲强，思想未定型，有很强的可塑性，童年教育随即成为一种刚性需求。我们必须摒弃"小孩子不懂事""不跟小孩一般见识"的老观点，从小就把孩子向健康正确的价值观人生观引导，这就是为什么与成人文学相比，儿童文学更注重教育性的强调。当代著名儿童文学家林文宝先生在其1999年发表的《儿童文学是什么？》一文中，已经把教育性作为了儿童文学的定义之一。朱自强教授也说过："儿童文学产生的重要原因之一是儿童教育的需要，而儿童文学一经产生，更是一直与儿童教育发生着天然而紧密的联系。"①朱教授在《"解放的儿童文学"——新世纪的儿童文学观》中又进一步提出，儿童文学中的教育性同样适用于成人，儿童文学确实是为儿童而创作，但并不排斥成人阅读。成人不是完人，在阅读中，同样可以审视自身，学习其中的道德、生活真理。《小法岱特》一书对儿童的教育性，主要基于以下几个方面展开：

1. 人与人之间的真诚交流

通观全书，无论双方之前有着怎样的偏见和芥蒂、遭遇过什么样的尴尬，在其中一方做出真诚辩解之后，都可以被对方顺利的接纳，从此误会烟消云散，两人心意相通。

小法岱特和朗德烈在全书的前半部分，一直处于儿童般对立又互有往来的状态。互相斗嘴，找茬，是他们相处的主要方式。朗德烈由于固有的成见，和家庭观念的影响，对小法岱特持相当不认可的态度。而小法岱特，虽然喜欢朗德烈，但是由于身份相差悬殊，交往不多，并不相信朗德烈能够有超出他自身生活环境的认知，认为朗德烈肯定也像其他人一样对她存有偏见。这样的误解之下，受到小法岱特帮助的朗德烈觉得是被巫女施了魔法，而因此感到"害臊"，而小法岱特则觉得他忘恩负义，没说一句感激和友好的话。他们之间的矛盾，在"鬼火"事件后，被推到了制高点，在帮助过朗德烈以后，小法岱特要求："您不能对我说句对不起，希望我们成为朋友吗？"而朗德烈则毫不客气地回答："对不起，这要求太过分了。"②

---

① 朱自强：《儿童文学与小学语文教育》，见朱自强《儿童文学论》，中国海洋大学出版社2005年版，第533页。

② 乔治·桑：《小法岱特》，陈风译，见世界文学名著文库《田园三部曲》，人民文学出版社2000年版，第285页。

这种互不理解，并互相捉弄的状态，在圣安多希节舞会后的一次深入交谈中得到了本质上的改善。舞会后，朗德烈在采石场遇到了痛哭的法岱特，朗德烈的同情和法岱特受到欺负急需宣泄的情绪碰到一起，乔治·桑用了整整三章描写他们的大段交流，这段文字在2004年Gallimard版的原著中，占了将近20页。朗德烈说出了普通村民对法岱特的看法，告诉她应该如何改变自己以得到大家的认可，法岱特讲述了自己的家世，和为什么被大家误解和讨厌。通过这一次的交流，两位主人公彼此消解了之前的厌恶与愤恨。朗德烈拉起法岱特的手说：

> 我知道了得到你的友谊是件好事，甚至爱情比起你的友谊都算不了什么。你心眼好，我现在知道了①

和朗德烈对过去无礼表现的道歉相比，小法岱特的自责也同样真诚：

> 可是我不轻佻也不漂亮，那我就跟你说，咱们握握手，表示真诚的友谊，我会非常高兴得到你的友谊，因为我从来没得到过，我别无所求了②

2. 人性的高尚

人性本善，还是人性本恶？这恐怕是中外哲学界一直争论不休的问题，儿童文学的创作和评论，也不免要受其影响。而《小法岱特》一书，是明明白白的偏向性善论的。

两位主人公虽然摩擦不断，但在本质上都是正直的人。朗德烈虽然不满小法岱特的古怪脾气，还是看不过不公平的事，在法岱特被同村坏小孩欺负扭打时挺身而出去保护她；小法岱特虽然不满朗德烈一家的骄傲、看不起自己，却仍会在他遇到困难时施以援手，追着告诉他西尔维内的行踪，拉着他的胳膊走出浅滩。最能体现小法岱特人性之美的桥段出现在她和西尔维内的"对手戏"中。西尔维内可算是朗德烈家族中，对小法岱

---

① 乔治·桑：《小法岱特》，陈风译，见世界文学名著文库《田园三部曲》，人民文学出版社2000年版，第307页。

② 乔治·桑：《小法岱特》，陈风译，见世界文学名著文库《田园三部曲》，人民文学出版社2000年版，第308页。

特的出现表现最为反感的一个,因为她取代了自己在双生兄弟身边的地位:

> 西尔维内把她看成和他争夺朗德烈情感的对头。①

这种恨意和妒忌并存的情感,以一种极端的抵触表现出来。西尔维内在弟弟面前贬斥法岱特"一钱不值"②,而且也毫无顾忌地指责法岱特离间他们兄弟的感情。在这样抵触的情绪下,医好西尔维内心病的,还是小法岱特。在他高烧昏迷期间,面对一个极度讨厌并终日诋毁自己的人,法岱特居然虔诚地做出自我牺牲式的祈祷:

> 我的上帝,把我的健康从我的体内传给这痛苦的身体,就像温情的耶稣为了拯救人类的灵魂,把生命贡献给您。如果您希望把我的生命献给这个病人,您就拿去吧;我甘心情愿把我的生命换给您,换来他的痊愈,这就是我向您要求的。③

在西尔维内退烧后,法岱特又软硬兼施,先是痛骂他一顿,把西尔维内的内心世界一下子曝光,故意加上夸张的成分,让他产生分辩和交流的愿望。在西尔维内不再排斥自己的情况下,小法岱特又通过温和亲切的话语帮他打开心结。最终这位纯真的姑娘不仅解决了困扰巴伯尔一家长达几年的大难题,而且还俘获了西尔维内的真心。

巴伯尔老爹同样是一位公正、可靠的人。

刚得知朗德烈和小法岱特之间的感情时,巴伯尔老爹十分伤心,在全家人面前批评自己引以为傲的小儿子:"人家说你和小法岱特满世界跑,我真怕你被她拉进糟糕的爱情里去,你这辈子都会后悔的。"④ 在这样的

---

① 乔治·桑:《小法岱特》,陈风译,见世界文学名著文库《田园三部曲》,人民文学出版社 2000 年版,第 352 页。
② 乔治·桑:《小法岱特》,陈风译,见世界文学名著文库《田园三部曲》,人民文学出版社 2000 年版,第 272 页。
③ 乔治·桑:《小法岱特》,陈风译,见世界文学名著文库《田园三部曲》,人民文学出版社 2000 年版,第 355 页。
④ 乔治·桑:《小法岱特》,陈风译,见世界文学名著文库《田园三部曲》,人民文学出版社 2000 年版,第 332 页。

前提下，当小法岱特带着奶奶的遗产来到朗德烈家，向巴伯尔老爹寻求帮助时，这位父亲并没有冷嘲热讽加以拒绝，反而站在小法岱特的立场，设身处地地向其提供建议：

> 这钱难免让人眼花缭乱，有人甚至会为了这钱想要娶您，对您却没有一个女人想从丈夫那里得到的尊重。①

很难想象这样推心置腹为小法岱特一生着想的建议，是从一个反对儿子和其交往的父亲口中说出的。

除了主线人物，乔治·桑几乎点出了每一位小说人物的好品质：巴伯尔大妈勤劳能干，卡约老爹通情达理，小卡约是非分明，娜奈特温柔可爱。村民们也不是墨守成规的，法岱特的穿着和举止改变后不久，"人们跟她说话时的腔调和对她的方式都变了"②……不过，作者并没有把每个人都写成天使，她向读者揭示了这个世界有"恶"的一面。比如舞会接近尾声时，孩子们拿小法岱特开心，继而一群人围攻一个女孩子；比如由于嫉妒法岱特获得了英俊又能干的朗德烈的爱，玛德隆开始重伤她，继而所有女孩子都掺和进来了，居然有人一直扯到小法岱特可能怀孕了，在19世纪的乡下，这是对一个女孩子名誉的何等侮辱……

不过，通读全书，"恶"的势力是很难与"善"的影响相抗衡的，乔治·桑也用玛德隆的例子说明了这一切。玛德隆外表漂亮，起初获得了包括朗德烈和小卡约在内的几乎全村小伙子的追求。但她骄傲、轻浮、花心、嫉妒、不守承诺、恶意中伤他人，很快就失去了朗德烈的心，并且在谣言事件以后，小卡约也看透了这个虚伪的女人。可见，作者虽然点出了"恶"的存在，却从未让它占主导地位，并且安排"恶"者得到相应的惩罚。《小法岱特》既能让儿童读者了解社会中的一些丑恶现象，让他们有一定的心理承受力，又告诉他们人性本善，让他们寄希望于未来，信任这个世界，从小发挥向"善"的能动性，对儿童人性观的塑造，有着很深刻的教育意义。

---

① 乔治·桑：《小法岱特》，陈风译，见世界文学名著文库《田园三部曲》，人民文学出版社2000年版，第350页。

② 乔治·桑：《小法岱特》，陈风译，见世界文学名著文库《田园三部曲》，人民文学出版社2000年版，第320页。

3. 家庭伦理的说教

很多儿童文学作品都会向读者传递"家"的概念，那么，就少不了家庭关系的梳理和家庭伦理的展示。《小法岱特》一书，在家庭伦理道德观念上非常富有教育性。并且，如果我们细细品味，会发现书中呈现的伦理观和中国传统道德观惊人的相似。

书中的伦理观念，首先体现在家长对子女的榜样作用上。

朗德烈在河边寻找兄弟时，误以为兄弟可能已经掉进河里，内心慌乱。这时，他学着按照父亲的方式思考，在孩子眼里，像父亲母亲一样思考、做事，就代表着找到了解决问题的办法：

> 朗德烈独自思考了一会儿，想象他父亲在这种情况下会怎么办。他爸爸的理智和谨慎够四个人用的。[1]

在朗德烈劝说法岱特应该学着修饰打扮时，法岱特的一句话也侧面证明了父母的榜样作用："若说我不会利用可怜的妈妈留给我的旧衣服，这是我的错吗？从来没人教过我。"[2] 父母是孩子的一面镜子，是他们成长中的"参照物"，孩子的为人处世、衣着打扮都受父母的影响。

《小法岱特》中，还很巧合地体现了类似中国伦理中"长兄如父"的观点。

比如第三十章中，在朗德烈和小卡约都识破了玛德隆的为人后，他们成了好朋友，朗德烈积极地把自己的妹妹娜奈特介绍给他，并鼓励他常到家里来，十分希望他能当自己的妹夫。另外，给人印象最深的恐怕是法岱特向朗德烈解释自己为什么不能离开奶奶那一大段催人泪下的对话。她的父亲早逝，母亲消失不见，唯一的弟弟体弱又跛脚，一直被奶奶打骂。此时，能照顾他的只有比她大不了多少的法岱特：

> 我才十岁，我妈妈就把一个可怜的臭孩子，一个像我这么丑的孩子扔在了我的怀里。[……]我不能总让这可怜的小家伙破破烂烂。

---

[1] 乔治·桑：《小法岱特》，陈风译，见世界文学名著文库《田园三部曲》，人民文学出版社2000年版，第270页。

[2] 乔治·桑：《小法岱特》，陈风译，见世界文学名著文库《田园三部曲》，人民文学出版社2000年版，第302页。

只要有几块布,我就设法给他做衣服穿。他病了,我给他医治……①

虽然朗德烈不是巴伯尔一家的"长兄",但他对妹妹终身大事的牵挂,为妹妹物色好夫家的心思,绝对称得上是"长兄如父"了。而小法岱特对弟弟的保护和照顾,绝对是一种"长姐如母"的想法,她自己都说:"好像我是蝈蝈的妈妈。"②

孩子是父母的未来和希望,小说中养育之情也表现得淋漓尽致。

乔治·桑描写巴伯尔老爹和大妈为双胞胎兄弟担心牵挂的篇章不在少数,不过最让人吃惊的,还是在村民眼中古怪的巫师法岱大妈,表面十分吝啬,用小法岱特的话说:"我奶奶除了给我够维持生计的钱,给我饭吃,还给我什么?"③ 谁能想到,这样一位奶奶也悄悄地节衣缩食,为小法岱特姐弟存了一笔大钱,并且叮嘱他们小心被"懂法律"的人吞掉财产。连巴伯尔老爹都不得不说,小法岱特是"乡里最有钱的人了",他的跛脚弟弟可以"坐着小篷车去看他的产业"④。

长辈含辛茹苦的养育之情表述得如此充分,文章对孝义的反映也便十分的明显。

最明显的就是两位主角了。在第三章,因为家庭经济遇到了困难,朗德烈就坚定地选择了听从父母的话到卡约老爹的农场去帮忙,即使要忍受撕心裂肺的与双胞胎哥哥的分离之痛。该作品中一个可谓"孝感动天"的人物就非法岱特莫属了。虽然自己在十岁的时候就被妈妈遗弃,法岱特对母亲没有任何的恨意,并且面对村里的流言蜚语一直都为妈妈辩护:

我妈妈永远是我妈妈,甭管她怎么样,甭管我是不是能找到她,

---

① 乔治·桑:《小法岱特》,陈风译,见世界文学名著文库《田园三部曲》,人民文学出版社2000年版,第302页。

② 乔治·桑:《小法岱特》,陈风译,见世界文学名著文库《田园三部曲》,人民文学出版社2000年版,第303页。

③ 乔治·桑:《小法岱特》,陈风译,见世界文学名著文库《田园三部曲》,人民文学出版社2000年版,第302页。

④ 乔治·桑:《小法岱特》,陈风译,见世界文学名著文库《田园三部曲》,人民文学出版社2000年版,第350页。

也甭管我是不是再听人提起她,我都真心爱她。①

她对奶奶的感情就更让人佩服了。虽然法岱大妈对她一直吝啬苛刻,对外说她懒,对内自私的不让她离开自己,但法岱特自愿选择留在奶奶身边照顾:

> 她的眼神和腿脚比不上她十五岁的时候了,不能再去找做药汤、药粉的草。她需要人到很远、很难走的地方找这些草[……]我还是爱我奶奶,虽然她老骂我,剥夺了我不少东西。②

法岱特不只自己奉行"孝为先"的价值观,还积极游说西尔维内做一个让父母放心的孩子。她尖刻地指出这位任性的大哥"不应该老是娇生惯养的",让巴伯尔大妈操心。西尔维内作为农民的儿子,家里的长子,居然只吃素食,以致身体羸弱,对于这一点,法岱特直言:

> 我知道您吃肉恶心,只靠些破草叶子活着。可是没关系,您强迫自己吃,就是恶心,也别让人看出来。您母亲见您吃有营养的东西可高兴了。③

这些伦理道德,是中国传统价值观中最基本的道理,对中国儿童读者的教育性是显而易见的。孩子们从小接触这样的人物、这样的责任感和家庭观,对他们将来走入社会,正确处理家庭关系,都有积极的作用。而这些中国读者司空见惯的,在文学作品和影视作品中也不乏表现的情结,在法国文学作品中,还属罕见。

法国的价值观中,父母对子女无私奉献和子女孝顺双亲的观念并不是主流。从 16 世纪文艺复兴和宗教改革开始,法国就在宣扬"人"自身的价

---

① 乔治·桑:《小法岱特》,陈风译,见世界文学名著文库《田园三部曲》,人民文学出版社 2000 年版,第 299 页。
② 乔治·桑:《小法岱特》,陈风译,见世界文学名著文库《田园三部曲》,人民文学出版社 2000 年版,第 302 页。
③ 乔治·桑:《小法岱特》,陈风译,见世界文学名著文库《田园三部曲》,人民文学出版社 2000 年版,第 365 页。

值。在《巨人传》中，拉伯雷提出了"依愿行事"（Fay ce que voudra），法国的人文主义自此发展起来，强调人的发展一切服从天性，不应加任何束缚，特别是伦理道德方面的。拉伯雷也成为文艺复兴时期法国的主要代表人物，在国际的影响力和伊拉斯谟不相上下。人文主义在18世纪的法国，被启蒙运动推向顶点，从人性论走向了人权论。相比中国的伦理学，法国人更强调个人天性的发展、个人意志的重要性，和对别人思想意志的尊重，涉及父母和子女关系的教育很少出现。甚至当我们统览法国文学史的时候，还会发现一些极端的例子：通灵诗人兰波年轻时最大的愿望就是离家出走，逃离专制的母亲；以其著作《爱弥儿》被誉为教育家的卢梭，居然遗弃了自己的五个孩子！而法国的伦理学界，并未对这些现象引起重视。因此，乔治·桑在19世纪中期，推出家庭关系和谐、父母子女其乐融融的作品，在法国伦理学界和教育界，都是有独创性的，在教育性上对法国儿童读者的震撼，应高于中国儿童读者。

二 小法岱特作为儿童文学，也有一定的先进性

综上分析，《小法岱特》一书符合儿童文学的特征，是一部富于故事性、趣味性，并在中法两国有着不同教育意义的儿童文学作品。对其他国家的儿童读者而言，因国家民族传统不同，也应有不同的影响。但从目前的分析来看，似乎这部作品成了儿童文学中的所谓"Cliché"，毫无新意。但仔细品味，这部小说在19世纪有着超越时代局限的先进性，这种先进性也值得我们研究和探讨。

（一）对"性心理"的启蒙

朱自强教授在1985年《论少年小说与少年性心理》一文中指出，由于我国青少年心理学研究相对落后，根深蒂固的封建思想的影响，致使当时所谓的"正统"思想教育有所偏颇，连成人文学中的爱情描写都不被看好，"儿童文学理论界自己就把'爱情'划为了禁区"[1]。但是，少年性心理是不以此种作茧自缚的理论导向为转移而客观存在的。孩子出现第

---

[1] 朱自强：《儿童文学与小学语文教育》，见朱自强《儿童文学论》，中国海洋大学出版社2005年版，第127页。

一性征后，生理变化必然会带动心理和思想的变化。如果对这种生理现象视而不见，甚至严厉压制，只会造成少年们的逆反心理，使他们对异性的好奇心扭曲性地增强，引起很多社会问题。因此朱教授提出：

> 给少年以正确的性知识，就不仅是自然科学的任务，而且也是文学的任务。因为性知识不仅是关于自己的知识，同时又是关于人际关系的人类的知识。[……] 少年小说与其把有着性方面感情满足欲求的少年推给成人文学，甚至黄色手抄本、录像、照片，不如把他们拉拢到自己身边，对少年的性发动甚至早恋现象，给以正确的引导，使其文明地看待自己的身心变化，把性置于人生的一个合适的位置。不是把少年想要得到异性爱的渴望变为追求爱的行动，而是把这种感情升华为对人生的美妙憧憬 [……]①

《小法岱特》中的爱情故事，恰恰顺应了这一需求。

乔治·桑在前十章中，交代了从双生子落地到成长为英俊少年的种种，而第十一章中，随着漂亮的玛德隆的出现，作者明确地写出朗德烈的变化。虽然朗德烈的生活重心一直落在家里，但是他的注意力已经开始分散到玛德隆身上。当然，这时他还没有认清这位"美女"的本质。他开始在舞会上因为亲吻了这个姑娘而"脸红"，盼望着多和她接触，后来玛德隆也有了同样的变化，两人既想见面又感到害羞。乔治·桑的这些叙述，贴切地反映了青春期男孩子对异性的好感，一般都会先从外貌的角度出发。玛德隆漂亮得几乎能让全村的男孩子围着自己转，能有好几个情人，男主角一开始，也没有逃出这种外在美的诱惑。

继而，很快，女主角出现了。朗德烈和法岱特的感情就像斗气冤家，在矛盾中不断升温，从第十八章开始，在两位主人公诚挚地交谈后，朗德烈对这个姑娘的印象一百八十度大转弯，不自觉地被她吸引，并且急速升温，他冲动地想吻她，被拒绝后又想拥抱她。后来在各种大小矛盾中，朗德烈逐渐看清了玛德隆的为人，也越来越喜欢法岱特。他完成了对内在美和外在美的正确辨识，最终与她喜结良缘。至此，朗德烈对人性和社会的

---

① 朱自强：《儿童文学与小学语文教育》，见朱自强《儿童文学论》，中国海洋大学出版社2005年版，第130页。

认识也成熟了，明白了外在美的肤浅和内在美的重要性，成为一位有判断力、分辨力的出色年轻人。

而对两人谈情说爱细节的描写，乔治·桑严格把关，把这种美妙的感情一直控制在纯洁的范围之内。第二十五章中的一段说明特别表明了作者的立场：

> 可是小法岱特，虽然看上去比同龄的孩子要小，却有着一种超乎她年龄的理智和意志，她的心比朗德烈的心还要炽热，所以她得有值得称道的坚强自制力。她发疯似的爱朗德烈，却表现得十分理智。①

这段文字，既是表明了作者的立场，也借第三人称的叙述，给广大儿童、青少年读者提供了一个很好的榜样。青少年的恋爱是什么样的？就应该是这样纯洁而美好的，同时伴随着理智和坚强的意志力。

除了青年时代美好朦胧的男女之爱，乔治·桑还涉及了一种边缘感情，一种近乎病态，趋于同性恋的兄弟之情——西尔维内对弟弟朗德烈的感情。任何读者在该书前三分之二的内容中，大多觉得西尔维内对朗德烈的感情是扭曲的，不正常的，其中的异常大概可以归纳为四个方面：第一，哥哥时刻不愿与弟弟分离。朗德烈去卡约老爹农场工作，对于西尔维内来说，是一场生离死别，他吃不下饭，集中不起精神，还因为过分思念弟弟，甚至迷迷糊糊走到河边，差点淹死自己。而朗德烈正是在寻找哥哥的过程中，路遇法岱特，两人有了第一次正式交锋。第二，西尔维内的独占欲很强，他时时刻刻都在想着霸占弟弟的所有时间，霸占弟弟的心，让弟弟无暇顾及其他人。他不想朗德烈有朋友："他带着嫉妒心暗自思考，几乎发现了朗德烈远走给他带来的好处。他心想，至少在新地方他不认识任何人，他不可能马上结交新朋友。他会厌烦，那他就会想到我，会因为我不在感到遗憾。等他回来，他会更爱我的。"② 第三，西尔维内把弟弟的女朋友当成自己的敌人，觉得法岱特是和他来争夺朗德烈的，"想到朗德烈结婚，西尔维内总是很伤心，

---

① 乔治·桑：《小法岱特》，陈风译，见世界文学名著文库《田园三部曲》，人民文学出版社 2000 年版，第 322 页。

② 乔治·桑：《小法岱特》，陈风译，见世界文学名著文库《田园三部曲》，人民文学出版社 2000 年版，第 345 页。

好像这意味着他们最终要分离"①。第四，西尔维内身体的健康程度，完全由朗德烈对他的态度决定。弟弟去别的农场干活了，他就吃不下饭，和家人也不交流，生气、难过、猜疑，弟弟回家的时候，他就心花怒放，判若两人。这种境况愈演愈烈，以至于听到弟弟结婚的消息，西尔维内开始发烧，巴伯尔大妈到处求人也治不好。

在 20 世纪法国文学中，纪德的《背德者》也有类似的情节，主人公米歇尔在蜜月途中病重，但一位年轻、漂亮的男孩子燃起了他对生的希望，他心结舒展，积极配合治疗，最后恢复健康。西尔维内的健康取决于弟弟在不在他身边，是不是只关注他一个人，米歇尔的健康取决于另一个男孩的出现，自己的感官享受得到了满足。他们的身体情况都与另一个同性男孩密切相关。但是，《背德者》中的米歇尔是同性恋，而西尔维内是对弟弟的病态关注，最后他对法岱特的动心，虽然只经作者朦胧一笔，也能让读者看出，这位哥哥并不是喜欢同性，只是太在意自己的弟弟。为了不让读者误解，乔治·桑特用了"友谊"一词，来划清界限：

<blockquote>
就这样，可怜的孩子心里充满了忧虑，怀疑从前他是不是朗德烈唯一爱的人，觉得他的<u>友谊</u>没有得到应有的回报。②
</blockquote>

其实，作者是向我们揭示了一种青少年成长中经常出现的现象。青春萌动前期的少男少女渴望同龄人的友谊，急切地寻找能理解自己的人。而此时的少年男女刚刚开始意识到两性区别，对和异性的交往比较腼腆和害羞，又有些排斥，往往转而寻找一位同性的亲密友人，说些老师父母不能设身处地理解的悄悄话，甚至愿意同吃同住。两人就成了俗话说的"闺蜜"，或者"穿一条裤子的好哥们"。这种感情，是青春期特有的同性依恋情结，和同性恋是根本不同的。法国 16 世纪著名人文主义思想家蒙田就在他的《蒙田随笔全集》关于友情的章节里提到过，自己和好友 La Boétie 的友情深厚到能融合两人的灵魂，当人们问起为什么他们能成为朋友时，蒙田已经不能解释，只能说："只因他是他，只因我是我（Parce

---

① 乔治·桑：《小法岱特》，陈风译，见世界文学名著文库《田园三部曲》，人民文学出版社 2000 年版，第 353 页。

② 乔治·桑：《小法岱特》，陈风译，见世界文学名著文库《田园三部曲》，人民文学出版社 2000 年版，第 254 页。

que c'était lui, parce que c'était moi)", 成了千古名句。

总之, 乔治·桑在《小法岱特》一书中, 既揭示了少年男女之情和合理的生理、社会现象, 又适可而止, 明确立场, 把感情控制在纯洁的悸动程度上, 对儿童和青少年读者有很大的启发性, 对他们的性心理卫生和思想健康有着积极的意义, 在儿童文学评论界又是大胆和超前的。

(二) 对两性平等的暗示

乔治·桑是法国女性作家的代表。她年少时期接受了家里安排的婚姻, 但很快鼓起勇气离婚, 从此开始了丰富多彩的感情生活。为了在19世纪的法国男权社会不受歧视, 发挥自己的写作天赋, 她特别给自己取了个男性笔名, 凭着出众的写作天赋和题材广泛的作品一鸣惊人。她常身着男装, 穿梭于法国上流社会, 组织文学文化沙龙, 和众多男性作家、艺术家、政客等一起对政治和社会问题交流探讨。乔治·桑可谓是法国女性解放的先驱, 在价值观、恋爱观、事业观等方面均打破传统道德对女性的束缚。

在这样的作者个人经历基础上, 《小法岱特》里充满了对两性平等的暗示。

虽然小说的大多数主要人物是男性, 作者也在他们身上不吝笔墨: 巴伯尔老爹、双生子、卡约父子……而作为女主角的法岱特在第八章才被介绍, 第九章才姗姗登场, 但纵观全文来看, 不得不说, 这个女孩比众多的男性人物在学识、才能上不差分毫, 甚至比他们还出色。

在乡间工作方面, 朗德烈勤劳肯干、认真负责, 帮卡约老爹把农场打理得井井有条。而法岱特在实践的基础上, 熟知了大量草药的功用和特性, 其实早就成为一名有经验的兽医; 而且, 她长年照顾多病的弟弟, 自己积累总结, 也具备了作为一名初级医生的能力。而村民们因为无知, 觉得法岱特能用些花花草草医治牲畜很神奇, 这种不解随着法岱家的种种传闻被妖魔化, 大家渐渐忽略了法岱特具备了一定的医术这简单的事实, 而是传说她是"巫女"。法岱大妈十分清楚自己孙女的能力, 她明白自己家牲畜养得好是谁的功劳, 知道法岱特的医疗常识早已高于自己, 才不愿让她进城做工, 而是自私地把她留在身边。而朗德烈是第二个得知法岱特真正能力的人。他在她的指导下治好了卡约老爹的牲口, 才真正明白法岱特不是什么巫师, 而只是一位观察力强、经验丰富的"小医生"而已。

在人际关系的处理上，法岱特识破西尔维内的心病：他不肯克服自己的软弱，所以由着性子发疯。法岱特没有像巴伯尔大妈和朗德烈那样，对西尔维内百依百顺，而是直指重点，大骂西尔维内一顿，男人般干脆利落地解决问题，反倒取得了比宠爱西尔维内更好的效果。"昨天晚上您对我可够厉害的，芳舒（法岱特），可不知怎么回事，我一点也不怨您。您这么骂我一通，我还觉得您来看我真好。"① 西尔维内如是说。

在恋爱关系的处理上，虽然法岱特一直暗恋朗德烈，但在两人确立关系以后，法岱特并没有让自己处在附属位置，服从当时男权社会中男人是一家之主的陋习，相反，她在这段关系中居于领导地位。她理智地控制着恋爱关系的进度，让朗德烈在出于对她尊重的基础上不敢忘情，两人才能一直以礼相待，不越雷池半步。而这种尊重不是凭空来的，而是法岱特凭着自己的知识、才能和处世方式得到的。她也很快地洞悉了西尔维内对自己的感情苗头，并及时提出解决方案，赞成西尔维内离家去参军，从而避免了家庭伦理尴尬。而且，法岱特并不是自私地单纯为了让西尔维内离开而离开，她早就发现他的性格和自制力适合这一行，当时恰逢拿破仑征战的年月，西尔维内最终做了军官，还获得了十字勋章。法岱特对双生子的影响侧面证明了为什么在嫁入巴伯尔一家后，法岱特成了"家里最有办法的人"，"最好的顾问"。②

作者通过这三方面向我们展示了，虽然是处于19世纪男权社会的重压之下，女性对自己的家庭不应该盲从，而是应该意识到自己的知识和才干，并将长处发扬光大，凭借自己的能力赢得家族、丈夫和所有人的尊重。两性间的平等观念，对于儿童和青少年读者是积极良好的教育，从小培养一个平等和尊重别人才干、发现别人长处的个性，对任何年龄段的读者都是很好的启发。

综上所述，《小法岱特》不单单是一部田园小说，它还有丰富的故事性，诱人的趣味性和深远的教育性，具备儿童文学所有的基本特征。加上其风趣的语言和细腻的情感，堪称一部儿童文学的佳作。作品中对两性关

---

① 乔治·桑：《小法岱特》，陈风译，见世界文学名著文库《田园三部曲》，人民文学出版社2000年版，第364页。
② 乔治·桑：《小法岱特》，陈风译，见世界文学名著文库《田园三部曲》，人民文学出版社2000年版，第367页。

系和两性平等的写照，又具备一定的先进性。本文仅为抛砖引玉之作，请儿童文学研究和分析界对这部作品敞开大门，将其纳入研究范围。从此以后，人们提到乔治·桑在儿童文学界的贡献，就不仅仅是一部《祖母的故事》而已。

从希梅内斯"非典型"儿童文学作品《小银和我》看儿童审美内涵[*]

孙逸群　徐德荣[**]

摘要： 根据诺贝尔文学奖得主——西班牙诗人希梅内斯在书的序言中所述，《小银和我》并非为孩子们所作，但就是这样一部"非典型"儿童文学作品却受到了全世界儿童读者的接受和欢迎。为究其原因，本文对这部作品进行了分析，发现"艺术的纯真"和"情操的高尚"是其最杰出的闪光点。这两个闪光点不仅是诺奖评审委员会对希梅内斯的评价[①]，也与儿童读者审美内涵的质朴性和敏锐性颇为契合。这正是《小银和我》能够成为儿童文学经典的根本原因，值得儿童文学创作者借鉴。

关键词： 诺贝尔文学奖　希梅内斯　"非典型"儿童文学　《小银和我》　审美内涵

一 "非典型"的儿童文学经典

胡安·拉蒙·希梅内斯（Juan Ramón Jiménez）是 1956 年诺贝尔文学

---

[*] 本文为教育部重大课题攻关项目"中国儿童文学跨学科拓展研究"（项目批准号：19JZD036）的阶段性成果。作品原西班牙语标题为 Platero y yo。《小银和我》为目前流传最广的中译本的书名，被后续多个复译版采用。该版 1984 年由西班牙汉学家菲萨克（T. Fisac）翻译，人民文学出版社出版。本文对 Platero y yo 原文的引用均来自这个版本。其他版本的译名还包括《灰毛驴和我》（王安博版）、《柏拉特罗与我》（傅一石版）、《小毛驴之歌》（孟宪臣版）、《小灰驴与我——安达卢西亚挽歌》（梁祥美版）、《小毛驴与我》（林为正版；王蝶版）、《小银，我可爱的憨驴》（穆紫版）、《我有一只小毛驴》（崔人元版）、《小毛驴银儿》（微雨版）等。

[**] 孙逸群，中国海洋大学外国语学院讲师；徐德荣，中国海洋大学教授，博士，博士生导师。研究方向：儿童文学及其翻译。

[①] 《〈生与死的故事〉：诺奖作家希梅内斯散文集》，人民网［引用日期 2016—11—09］。

奖得主、20 世纪西班牙新抒情诗创始人，曾影响加西亚·洛尔迦（Federico Garcia Lorca）和众多拉美大家。他一生著作颇丰，《小银和我》（*Platero y yo*）就是诗人极为重要的作品。在西班牙国内，自 1937 年起，几乎年年再版。所有西班牙语国家，都把它选作中小学课本，是一本家喻户晓的作品。① 在中国，《小银和我》是除《唐·吉诃德》（*Don Quijote de la Mancha*）之外受到译介最多的西班牙作品，几乎每年都有新版本推出，目标读者多定位为少年儿童，例如北京十月文艺出版社的"大家小书典藏系列"、少年儿童出版社的"外国儿童文学丛书"、北方妇女儿童出版社的"童话故事系列"等。② 由此可见，从实际接受的角度，《小银和我》可谓不折不扣的儿童文学经典作品。

但就是这样一部广受孩子们欢迎的经典著作，似乎并非严格意义上的儿童文学作品。因为我们一般认为，儿童文学是一种整体上由"大人写给小孩看"的文学③，如安徒生的《丑小鸭》《卖火柴的小女孩》，格林兄弟的《灰姑娘》《白雪公主》，郑渊洁的《舒克和贝塔》《皮皮鲁和鲁西西》等。但是《小银和我》却是一本面向成年人的作品，根据希梅内斯本人在作品的序中所写："我从来没有，以后也不会专门为孩子们写故事。因为我相信，除了一些大家都能想到的例外之外，孩子们能像成人一样读懂所有书籍（Yo nunca he escrito ni escribiré nada para niños, porque creo que el niño puede leer los libros que lee el hombre, con determinadas excepciones que a todos se le ocurren）。"④

那么为什么希梅内斯，一位非专职儿童文学作家创作出的"非典型"儿童文学作品《小银和我》能够被孩子们接受，甚至受到孩子们的欢迎呢？

为了找寻这个问题的答案，首先我们必须弄清楚《小银和我》这部"非典型"儿童文学作品之于儿童读者的审美内涵有何独到之处。据悉，

---

① 赵振江：《胡安·拉蒙·希梅内斯：一位用心灵写作的诗人》，《外国文学》1993 年第 5 期。

② Yiqun Sun, "Estudio descriptivo sobre la aceptabilidad de las técnicas de traducción entre los lectores chinos: una investigación empírica de la obra Platero y yo", 2017, no. 5, pp. 292–293.

③ 王泉根：《论儿童文学的基本美学特征》，《北京师范大学学报》（社会科学版）2006 年第 2 期。

④ Jimenez, Juan Ramón, *Platero y yo*, 7aed. Ediciones Cátedra, Grupo Anaya, S. A. Madrid, 1983, p. 260.

希梅内斯当年荣获诺贝尔文学奖时，评审委员会曾评价他的抒情诗具有"艺术的纯真"和"情操的高尚"两个闪光点。[①] 其中，前者为其作品的外延，也可以称为其作品的艺术审美；而后者则为其作品的内核，也可以称为其作品的情感判断。根据18世纪启蒙美学的真正表述者康德的理论，艺术审美和情感判断恰恰是审美的两个重要组成部分。[②] 那么具体到《小银和我》这部"非典型"儿童文学作品中，"艺术的纯真"和"情操的高尚"到底是如何体现的？它们与儿童读者的审美内涵又有着怎样的联系？

二 《小银和我》中"艺术的纯真"与儿童审美内涵的质朴性

所谓"艺术的纯真"，根据对希梅内斯个人经历与外界评价的追溯，我们可以发现这位西班牙人是一位真正的集艺术大成者。他不仅善于调动语言的艺术功能，精通各种修辞手法。而且他酷爱绘画，曾于塞维利亚大学学习过绘画。同时，希梅内斯还十分具有音乐天赋。瑞典学院院士雅马尔·古尔伯格评价他"诉说月亮和愁思，与舒曼和肖邦共鸣"，现代主义大师卢文·达里奥则认为"希梅内斯有动听的舒伯特作为他富有音乐性和感伤情调的诗歌作品的保护神"。西班牙诗人将语言的艺术与音乐和美术紧密结合，让音乐的韵律和美术的色彩赋予抒情诗纯真的艺术美感。

一方面，这种纯真的艺术美感体现于希梅内斯创作的内容：《小银和我》共计130余章，每一章的小故事看起来如此寻常却又如此温情，这些故事仿佛发生在遥远的西班牙乡间，又仿佛近在咫尺。因为这个故事里出场的人物并不是什么呼风唤雨的大人物，而是温驯听话的小毛驴、俊美神气的小马驹、温柔羞涩的小女孩、三王节在街道上跑来跑去的小男孩，甚至是那个讨厌的会罚跪学生的小学老师堂娜多米蒂拉……由此，对于偏好简单具体审美对象的儿童读者来说，他们很容易把抒情诗中的文学形象投射到自己身边触手可及的老师、小伙伴乃至小动物身上，从而消弭阅读

[①] 原句"他那西班牙语的抒情诗为情操的高尚和艺术的纯真树立了典范（For his lyrical poetry, which in the Spanish language constitutes an example of high spirit and artistical purity）"。为与本文论述保持一致，将特点1和特点2顺序略做调整。

[②] 康德：《判断力批判》，邓晓芒译，人民出版社2002年版。

的距离感，获得一种亲切的审美愉悦。故事里的"纯白的，光亮得几乎没有颜色"洛德简直和邻居家的"大白"一模一样，那些"在藤蔓之间钻进钻出，相互啄弄着小嘴，吱吱喳喳地吵闹"的麻雀"我"家楼下每天都能看到，而"用一床被单将自己包裹起来，还往自己的脸上添抹白灰"也是"我"趁爸妈不在家时经常玩的小把戏……

所谓"目见彩虹，我心雀跃"①。与成年读者不同，儿童的审美，来源于孩子们与生俱来的审美天性。因为审美本就是一种直觉能力，是以感性体验而非逻辑思辨为基础的，当这种美的感性体验与儿童的心理需求相契合时，儿童读者的心理磁场就会发生感应，与作品中"艺术的纯真"产生一种无意识的共鸣。由此，儿童往往偏好简单具体的审美对象。真实世界中常见的事物相对于遥远不可企及的东西更能赢得他们的青睐。例如，对于绘画而言，相比于超现实主义的《格尔尼卡》②儿童往往更喜欢写实的油画，因为绘画内容与现实的接近程度是孩子们审美评价的重要标准；而对于音乐，儿童因为难以参透高雅的严肃音乐蕴含的深厚哲理，往往对其敬而远之，但是对于那些模拟大自然声响的音乐却会由衷地感到亲切，因为那是孩子们屋外午后的三两声鸟啼，那是夏夜的呦呦草虫鸣，那是外婆家潺潺的小溪流；对于文学作品来说，也是这样的。未必所有的儿童都喜欢读《三国》《水浒》，读《十日谈》、读《浮士德》，因为其中复杂的人物形象与深刻的社会洞察实在过于晦涩难懂，但是对于那些具体可感的文学形象，例如小动物小朋友，很多孩子们就能理解和接受了。

另一方面，这种纯真的艺术美感也体现于希梅内斯创作的形式：这位诺奖大师着迷于绘画，喜欢描写风景，善于捕捉家乡莫格尔瞬息万变的印象。同时他注重光与色的关系，使用的词汇色彩斑斓。在他笔下，"草地上的小花"是"玫瑰红的、天蓝的、金黄的""山顶落日"带有着"玻璃般透明的光芒""一片转瞬即逝的浮云，用它的金线银丝为绿色的草地

---

① W. Wordsworth, "My heart leaps up when I behold", English Poetry II: From Collins to Fitzgerald. The Harvard Classics. 1909 – 14. http://www.bartleby.com/106/286.html.
② 据王晓锋之《中外名画彩图馆》，《格尔尼卡》是西班牙立体主义画家帕勃洛·毕加索（Pablo Picasso）于20世纪30年代创作的一幅巨型油画，现收藏于马德里国家索菲亚王妃美术馆。该画是以法西斯纳粹轰炸西班牙北部巴斯克的重镇格尔尼卡、杀害无辜的事件创作的一幅画，采用了写实的象征性手法和单纯的黑、白、灰三色营造出低沉悲凉的氛围，渲染了悲剧性色彩，表现了法西斯战争给人类的灾难。

罩上了一层纱幕"。作者对于绘画的喜爱赋予了《小银和我》生动的色彩,激发了儿童视觉的审美愉悦。而希梅内斯的音乐天赋则为这首抒情诗注入了动听的旋律,激发了儿童听觉的审美愉悦。正如诗人为这部作品创作的副标题"安达卢西亚的挽歌(elegía andaluza)"所言,《小银和我》的整体韵律和谐隽永,犹如诗人经常聆听的贝多芬的《田园》第六交响曲和钢琴奏鸣曲。而具体到每一章节却又因为作者表达感情的不同而富于变化,《小银》(Platero)的从容舒缓、《晚祷》(iÁngelus!)的渐入佳境、《催眠的姑娘》(La arrulladora)的低沉悠远、《疯子》(El loco)的抑扬顿挫、《痨病姑娘》(La tisica)的错落起伏等。意大利作曲家泰德斯科甚至基于此创造了同名套曲[1]。除了给予儿童读者视觉和听觉的审美愉悦外,希梅内斯还从嗅觉、味觉、触觉三个方面立体化了这部作品。例如,《归来》(Retorno)中百合花散发的"幽然孤寂的香气"、《石榴》(La granada)中"真好吃!多么有劲,连牙齿都快要消失在这些丰富而愉快的红宝石里了"、《小银》(Platero)中"软得通身像一腔纯净的棉絮,没有一根骨头",眼睛却"坚硬得象两颗精美明净的黑水晶的甲虫"。

　　希梅内斯从形、声、闻、味、触多个角度描绘大自然,最大限度地满足了儿童读者的审美需要。与成年读者不同的是,儿童读者进行阅读的主要目的并不是寻求信息,他们不需要对事物的归纳演绎、辩证统一,不需要抽象事物,他们需要的是色彩是声音,是气息是味道是爱抚,他们需要的是鲜活可感的具体形象,需要的是对美的追求。因为儿童的审美首先来源于人类天生的审美能力,而这种天生的能力得以发挥的根本条件是人的自然感官。根据达尔文,不论是低能动物还是高能动物对于特定的颜色、声音、形态等都会产生愉悦的感受。这就是审美的天性。人类作为生物性的存在,自然也不能例外。正如一些研究表明,3—4个月的婴儿已经能够分辨彩色和非彩色,红色能够引起儿童的兴奋……4—8个月的婴儿喜欢明亮的颜色,不喜欢暗淡的颜色。关于颜色视觉偏爱的研究也表明,3个月左右的婴儿观看彩色圆盘的时间比灰色的圆盘长一倍;[2] 另一些研究则显示,5个月的婴儿能够表现出识别旋律轮廓的能力,同时,也具有了

---

[1] 林幻奇:《意大利作曲家泰德思科作品〈小毛驴与我〉文字与音乐关系研究》,上海音乐学院学位论文,2012年。

[2] 李丹:《儿童发展心理学》,华东师范大学出版社1987年版。

识别简单节奏模式的能力。① 作为生物性的存在，儿童对于对周围物理环境，有其生物性的衡量标准，当某种事物达到儿童的衡量标准，就能使他们产生审美的愉悦。例如，悦目的色彩能够激发儿童视觉的审美愉悦，婉转的旋律能够激发儿童听觉的审美愉悦，芬芳的气息能够激发儿童嗅觉的审美愉悦，可口的食物能够激发儿童味觉的审美愉悦，温柔的抚摸能够激发儿童触觉的审美愉悦。

综上所述，诺贝尔文学奖大师希梅内斯对于作品内容和形式的独到选择赋予了《小银和我》"艺术的纯真"；儿童读者对于简单具体审美对象的偏好和基于自然感官审美方式的追求则使他们的审美内涵具有质朴性。而这种"艺术的纯真"与儿童审美内涵质朴性的完美契合恰恰就是孩子们能够接受和欢迎《小银和我》这部"非典型儿童文学作品"的原因之一。

三 《小银和我》中"情操的高尚"与儿童审美内涵的敏锐性

所谓"情操的高尚"，国外的诺奖评审委员会如此评价希梅内斯，人们常说"英雄所见略同"，国内也曾有学者评论这位西班牙人是一位毕生都在孜孜不倦地用心灵写作的诗人。在希梅内斯看来，非诗歌的语义是可以传递的、外在的、约定俗成的，它符合逻辑；而诗歌的语义则相反，它是不可以传递的、内在的，它符合美学。因此，诗人在诗歌创造方面一直提倡"纯诗论"，主张创作"坦露无饰"的"纯粹的诗歌"。在他看来，诗歌是上帝的"意识与光辉"，是某种"在灵魂中沉浸，在灵魂外闪光的神圣之物"。他幻想、憧憬，力图用自己的整个心灵浇铸起一个完美无缺的美的诗境，不仅使自己能陶醉其中，而且还尽力让人们来共享欢乐。② 对于《小银和我》亦是如此，据记载这部散文诗创造于 1906 年至 1913 年。彼时，西班牙在与美国的殖民地争夺战中落败，国势一落千丈，国内悲观情绪弥漫。而希梅内斯本人因为父亲的突然离世，身心健康受到巨大打击，在辗转多地疗养未见好转后，最后决定回到故乡——西班牙安达卢西亚地区的莫格尔。莫格尔是海滨小镇，两条河流的入海口。那里有茂盛

---

① 艾伦·温诺：《创造的世界——艺术心理学》，陶东风等译，黄河文艺出版社1988年版。
② 陈凯先：《廿世纪西班牙诗坛的两朵奇葩》，《外国文学研究》1988年第3期。

的花园，优美的景色，酿酒业和运输业兴旺发达。但由于连年虫灾使葡萄减产，港口又因内河上游煤矿大量倾倒废物而阻塞，昔日繁荣的市镇失去了赖以生存的支柱，以致市井萧条冷落，居民流离失所。诗人目睹这悲惨的现实却无可奈何。[③]为了排解内心忧伤哀愁的情绪，诗人与小毛驴小银对话。在希梅内斯眼里，小银是他的兄弟、朋友、孩子，也是他倾诉万千思绪的对象。诗人为小银写了一百多首诗，每首都在哭泣。但同时，小银的陪伴也慰藉了诗人的心灵。它陪伴诗人走过美丽的原野、村庄、山冈、教堂、大街、小巷，走过诗人的故乡——美丽的"白色仙境"，走过诗人童年的回忆。诗人注视小银的目光那样柔和、那样深情、那样宁静，所以一百多首诗，每首又都在微笑。诚如希梅内斯自己所说，在这本小小的书中，快乐和痛苦是孪生并存的，就像小银的一对耳朵（La alegría y la pena son gemelas, cual las orejas de Platero）。

一方面，这种孪生并存的快乐和痛苦体现于希梅内斯创作的内容：都是日常生活中触手可及的微小的欢笑与哭泣。以第60章为例，"有一天，那个塞维利亚的银匠阿里亚斯，跟一个卖文具的货郎一起来到了我的家。他有多么迷人的尺子呀，圆规呀，各种颜色的墨水呀，还有印章！各种大小，各种式样的全有！我打破我的小扑满，找到了我积下的一个小银币，委托他做一个有我的名字和村名的印章。那一个星期显得多么地长啊！当邮车到达的时候，我的心跳得多么厉害！当邮差的脚步又在雨声中离去的时候，汗水浸流着我的悲哀！"对于这份雀跃的期待，很多成年人往往难以感知。毕竟人越大，见到的世界越复杂，想要得到的东西越多，一枚小小的印章在纷纷扰扰的大千世界里实在是一件无足轻重的东西，不值得那么久的朝思暮想。但是儿童读者却能实实在在地感受到"我的心跳得多么厉害"，感受到"汗水浸流着我的悲哀"。因为孩子们总是有很多小确幸，书中的"我"所期待的印章就是现实中的"我"两三岁时得到一块小小的橡皮泥，可以让"我"眼中充满惊喜，脸上喜笑颜开；就是"我"五六岁的时候，爸爸说话变一变的声调，可以让"我"笑得前仰后合；就是"我"八九岁的时候，跟邻居家小姐姐一起玩的老鹰捉小鸡，可以让"我"快活地跑来跑去。

从接受美学的角度来看，任何一个读者，作为接受的主体，在阅读任何一部具体的文学作品之前，基于个人的人生经验和审美经验，心理上往往会有既成的思维指向与观念结构,这是审美期待的视域。① 因此当读者带着这种期待进入阅读过程、审视作品,他与作品距离太近时,容易考虑审美的功利目的,实用功利压倒审美享受,不能进行真正的审美活动。而当他与作品距离太远时,容易与审美客体失去联系,无法欣赏到真正的美。只有当这部作品与读者距离适当,恰好能够进入读者审美期待的视域时,读者的审美才会得到满足,获得审美愉悦。同时,作品与读者审美期待的视域契合程度越高,读者的审美越愉悦。而儿童读者相较于成年读者,个人的人生经验和审美经验都十分有限,心理上也不会形成太多既成的思维指向与观念结构,审美期待的视域十分宽广。所以,当他们在进入阅读过程、审视作品的时候,作品很容易进入他们审美期待的视域,且契合程度较高。由此,儿童读者很容易获得期待的满足与审美的愉悦。

另一方面,这种孪生并存的快乐和痛苦体现于希梅内斯创作的形式:诗人采用第一人称叙事,叙事的口吻单纯又清新,赋予了儿童读者一种浸入式的阅读体验。以第132章"去世"为例,当读到"中午,小银就去世了,絮软的小肚子肿胀得像个地球,苍白僵硬的四肢向天伸着,身上的卷毛就像一个被虫蛀坏的破旧娃娃的头发,用手一摸就落下一阵悲哀的灰尘……"很多孩子也许哇的一声就哭了出来,但是成年人往往不会。因为成年人对世界的认知是基于逻辑和理性的,由此成年读者的阅读方式往往是旁观式的。他们清楚地知道小银只是安达卢西亚无数毛驴的缩影,甚至作者未必真的曾有一头叫"小银"的小毛驴,在书中取这么一个名字只是因为安达卢西亚驴毛发多为银灰色。一头乡下的毛驴因为不小心吃错了东西死去是现实世界非常常见的事情。对此,也许应该感到遗憾,但还不至于悲伤。与之相对应的,儿童对世界的认知是感性的,心理学上的同化投射使得越是年幼的儿童越是无法区分自己的感受与他人的感受,越是容易获得强烈的情绪感染。由此儿童读者的阅读方式往往是体验式的。他们会自然地把自己代入到希梅内斯所叙述的"白色的仙境",在那里现实世界的"我"与书中的"我"合二为一,小银是真实存在的,它是"我"的好朋友、好伙伴,当"我轻轻地呼唤:小银呢,它就仿佛带着满意的笑容,轻盈地向我走来,不知为什么会像是一只小小的风铃在娴雅地摇晃……"但是现在它死了,再也不能陪伴"我"了,"我"怎么能不

---

① 姚斯、霍拉勃:《接受美学与接受理论》,周宁、金元浦译,辽宁人民出版社1987年版。

悲伤。

对于作者书中情感传递的感知，儿童读者往往比成年读者更敏锐。因为对于情绪的感知，从进化心理学的角度来看是一种本能，是不需要有认知的基础的。正如 Trevarthen 等人所指出的，婴儿对他人痛苦和其他同类信号（如哭泣，悲伤的表情）的反应远远早于他们对这些状态的认知理解。[1] 因此，儿童读者或许对于作品背后曲折的家国情怀、创作背景理解有限，但却可以感知文学作品中作者情感的传递。这种感知甚至比大多数成年人更为强烈。因为成人阅读文学作品时的感动，常常是保持着一定距离的审美状态，而儿童却虔诚地走进了作品之中。[2] 他们能够张开怀抱拥抱作品中所有微小的快乐和悲伤，而不是漠不关心、不以为意。所以与其说是成年读者读懂了《小银和我》，倒不如说只有孩子们才真正领略了这部诺贝尔文学奖大师作品的内在真谛。孩子们带着天真、毫无挑剔的眼光审视着这个世界，对于那些不可以传递的、内在的，不一定符合逻辑，却真正符合美学的事物，反而能够获得独到的理解。因为真正的儿童文学本就是直击心灵的审美，是最接近人生本质的哲学。

综上所述，诺贝尔文学奖大师希梅内斯对于作品内容和形式的独到选择赋予了《小银和我》"情操的高尚"；儿童读者宽广包容的阅读视域和体验式的阅读方式则使得他们的审美内涵具有敏锐性。而这种"情操的高尚"与儿童审美内涵敏锐性的完美契合恰恰就是孩子们能够接受和欢迎《小银和我》这部"非典型儿童文学作品"的另一大原因。

四　结语

经过上文的论述我们可以发现，"艺术的纯真"和"情操的高尚"不仅是诺贝尔文学奖评审委员会对这位西班牙抒情诗人的评价，也是希梅内斯作品《小银和我》最杰出的两个闪光点。

这两个闪光点得益于这位诺奖大师对儿童读者的尊重和理解：不同于普遍存在的、低估儿童读者的作者，认为儿童是成人的未完成品，希梅内斯认可儿童世界的独立性，相信"孩子们能像成人一样读懂所有书籍"。

---

[1] 刘俊升、周颖：《移情的心理机制及其影响因素概述》，《心理科学》2008 年第 4 期。
[2] 朱自强：《论儿童文学与成人文学的差异》，《东北师大学报》1987 年第 4 期。

不仅如此，他对于儿童读者审美内涵的质朴性和敏锐性——这一儿童期蕴含的不可替代的珍贵生命价值——还有着独到的理解。在这位西班牙抒情诗人眼里，诚如英国浪漫主义诗人华兹华斯所说，儿童乃成人之父，人在出生之前便有灵魂存在，即处于一种圣洁完美的"前存在"状态，而与这一神圣状态最为贴近的人生阶段便是童年。① 希梅内斯相信孩子们能够以大自然赋予的审美天性来感知这个世界，感知这个世界的缤纷和暗淡、律动和寂静、甜蜜和苦涩、快乐与悲伤。他对于儿童读者审美内涵的这种理解或许是无意识的，却反映出作者本人的"儿童本位"思想。这种"儿童本位"思想使得希梅内斯能够从儿童自身的原初生命欲求出发去解放和发展儿童，并且在这解放和发展儿童的过程中，将自身融入其间，以保持和丰富人性中的可贵品质。②

希梅内斯的这种"儿童本位"思想，或者说这位诺奖大师对于儿童读者审美内涵质朴性和敏锐性的独到理解是非常值得儿童文学创作者学习的。因为儿童文学的本质本就在于对儿童读者的尊重和理解，在于对他们审美内涵质朴性和敏锐性的满足。原来大家不把《小银和我》当典型的儿童文学作品来解读是对希梅内斯观点的误解，《小银和我》就是真正的儿童文学经典。因为只有理解了儿童读者审美内涵的质朴性和敏锐性，才能创作出真正兼具"艺术的纯真"与"情操的高尚"的经典儿童文学作品。这也是希梅内斯，一位非专职儿童文学作家创作出的"非典型"儿童文学作品《小银和我》能够被全世界儿童读者接受和欢迎，能够成为儿童文学经典的根本原因。

---

① 刘新民：《华兹华斯儿童理念初探》，《外国文学研究》1999 年第 2 期。
② 朱自强：《儿童文学的本质》，少年儿童出版社 1997 年版，第 16 页。

大师笔下的儿童文学

——儿童文化对于"伟大牧神"的意义

李江华[*]

摘要： 作为生态文学的先驱，儿童作家的身份一直以来被认为是普利什文作品思想意义被低估的原因。本文不对这一评价展开讨论，只试图对普利什文的儿童文学创作进行分析，以生态审美探为进路探讨儿童文化对于普利什文成为"伟大牧神"的意义。

关键词： 生态文学　普利什文　生态审美　儿童文化

一　引言

生态文学是20世纪60年代才出现的概念，"是以生态整体主义为思想基础、以生态系统整体利益为最高价值的，考察和表现自然与人之关系和探寻生态危机之社会根源，并从事和表现独特的生态审美的文学"[①]。

"俄罗斯地广人稀，被誉为森林中走出来的民族，在天性中保留了较其他民族更多的原始的力量。俄罗斯人面对自然的'生态意识'似乎觉醒得更早，在某种意义上甚至可以说，一部俄罗斯文学史，就是俄国人亲近自然、体味自然、再现自然的历史，'人与自然'的母题，像一根红线一样贯穿着俄罗斯文学的历史，每一位著名的俄罗斯作家和诗人，几乎都是俄罗斯大自然的'歌手'和'画家'。"[②] 在俄罗斯众多优秀的大自然"歌手"和"画家"中普利什文又似乎是最独特的一位。这不仅仅是因为

---

[*] 李江华，中国海洋大学外国语学院讲师。
[①] 王诺：《欧美生态文学》，北京大学出版社2011年版，第27页。
[②] 刘文飞：《"道德的"生态文学——序〈俄罗斯生态文学论〉》，《俄罗斯文艺》2006年第3期。

他作品集文学性和科学性与一身,更是因为"他对于大地、人们和人间的看法有一种近乎孩童的清纯"①。所以无论是苏联时期,还是在当代的俄罗斯,其作品无论是为成人创作的,还是为孩子创作的始终是几代青少年必读书目,至今已由19种中、小学生课外阅读书籍收入普利什文的作品。

早在20世纪40年代我国就开始译介普利什文,至2006年普利什文研究专著《普利什文面面观》出版,他的几乎所有作品都被译成汉语。特别是近年来随着生态危机日益严重,生态文学逐渐成为一门显学,对于普利什文思想的研究和发掘也得到进一步的重视。虽然生态批评视角下的普利什文思想研究并非本文讨论的重点,本文只试图通过对普利什文的儿童文学创作进行分析,以生态审美探为进路探讨儿童文化对于普利什文成为"伟大牧神"的意义。

二 普利什文作品中的儿童文学《小萨沙》和《太阳的宝库》

1906年住彼得堡期间,普利什文结识民族学家翁楚科夫,获得前往奥洛涅茨省收集民间文学和民族学素材的机会,此次北方之行后他完成了自己的旅行笔记《鸟儿不惊的地方》(1907),并于1907年再次远行俄国北方,根据北方沿海地区自然风貌和风土人情写成《跟随魔力面包》。这两部特写让他登上"白银时代"天才成群的彼得堡文坛。因此《鸟儿不惊的地方》一直被认为是普利什文的第一部作品。其实普利什文真正的处女作,是1906年发表在《泉水》杂志上的短篇小说《小萨沙》。

《小萨沙》讲述了一位九岁的小男孩在伙伴小萨沙落水后,站在岸边期待他获救的故事。小萨沙并不年轻,人们叫他小萨沙是因为喜欢他。他是一位出色的猎手,带领小男孩一起在林间、草地狩猎,度过了许多美好、欢乐的时光。有一次小萨沙落水了,小男孩焦急地站在岸边,等待人们从水中打捞他。等待的过程中,时间一秒、一秒过去,小男孩一边回忆着往昔小萨沙在捕猎中机智、勇敢的形象,以及他们一起在大自然中自由自在度过的美好时光,一边真诚地为小萨沙祈祷……最终,小萨沙得救

---

① 刘文飞:《普利什文面面观》,中国社会科学出版社2012年版,第191页。

了……《小萨沙》故事简单、语言质朴、心理描写准确、生动。儿时一次有惊无险的意外使生命的宝贵、友谊的纯真在少年的内心留下了深刻的烙印……

此外，1945 年战争临近结束时，苏联儿童文学出版社和俄联邦教育部联合发起一次儿童文学创作竞赛，年逾古稀的普利什文也来参赛，并在短短的一个月中创作出 20 世纪俄罗斯儿童文学的经典之作《太阳宝库》，"它可能是普利什文所有作品中再版次数最多、印数最大、译成语种最多的一部"①。普里什文不止一次在日记中提到，《太阳的宝库》是他自己比较满意的作品，甚至自信满满地预言："一百年后人们还会阅读《太阳的宝库》，就像阅读一部新作品一样。"②

《太阳的宝库》讲述了一对在卫国战中失去双亲的孤儿姐弟。四月的一天他们带好干粮准备到一片被称为"宝地"的沼泽采浆果。走到岔路口的时候两人发生了分歧，姐姐坚持走大路，弟弟则要按照父亲生前教的方法，根据指南针的方向走小路。因为谁也说服不了谁，所以赌气之下各走各的。小路上的弟弟过分自信陷入"瞎洞"（泥沼），险些丧命，多亏及时赶来的猎狗和他自己的机智勇敢才摆脱困境。姐姐经不起满地浆果的诱惑，贪心地采起来没完，差点忘记弟弟，多亏驼鹿的提醒她才清醒，开始担心弟弟，寻找弟弟。其实大路小路最终是交汇到一起的，就这样经历了阴霾、狂风、狼嚎，争执不下的姐弟俩终于重逢，而且把采来的浆果送给保育院的孩子们治病。故事中的自然是有两面性的，她不仅美丽、富饶，是人赖以生存的宝库，同时也有严峻、残忍的一面。在与自然的相处中如何克服盲目自信和贪婪，通过勤劳智慧获得"宝库"是作者希望通过姐弟俩的故事告诉我们的真理：爱才是生命得以延续的保证。这里的爱，既有姐弟间的手足情深，又有猎人与猎狗之间相互依恋；既有大自然给予人的慷慨无私，也有人对自然的敬畏。

"人们先前普遍认为，普利什文只是一位'大自然歌手'和'抒情小品作者，或一位儿童文学作家，虽然读者甚众，但文化和思想层面的意义不算重大。"③

---

① 刘文飞：《普利什文面面观》，中国社会科学出版社 2012 年版，第 191 页。
② 刘文飞：《普利什文面面观》，中国社会科学出版社 2012 年版，第 95 页。
③ 刘文飞：《俄国文学的有机构成》，东方出版社 2015 年版，第 241 页。

"米·普利什文的第二本书，《跟随魔力面包》又面世了。这样一部特色鲜明的艺术作品还几乎无人知晓。但这也没什么好奇怪的：出版者把它归入'青少年读物'（!），在出版此书的同时，也就为他举行了葬礼……"[1]这是伊万诺夫－拉祖姆尼克所写的《伟大的牧神》一文的一段话。

"总之，在大会上讲话的人要让人们明白：战争的胜利就是一堵墙，一堵你不能逾越的墙，你要写就写，但是不能写这堵墙之外的东西。但在革命开始的时候，是狩猎故事把我领出了圈子。如今，引领我出圈的是儿童故事。"这是一段作家在《1945年日记摘抄》上的文字。普利什文研究专家刘文飞根据这段话认为，被视为一位杰出的儿童文学作家"就某种意义而言这也是普利什文的无奈和不幸"[2]。

从以上评论家的文字中不难看出，除了对普利什文作为一个思想家被低估的惋惜，他们也不约而同地认为普利什文被当作儿童文学作家对待是低估的主要原因。换句话说，如果普利什文被当作成人作家，那他在世界文学史上的地位就不可同日而语了。

但事实上1954年，就在普利什文去世那一年，也是《太阳的宝库》的姐妹篇《船木森林》出版之际。他把自己的作品全部定义为"童话"。也许，这是作家在告诉我们，他倾其毕生的创作就是在构筑一个理想的自然王国，而这个王国的永恒的主题就是寻求真理，而真理就蕴含在他的童话里。无论从作家的创作起点，还是终点，甚至是从他大量成人作品的儿童可读性来看，作家本人未必以为"儿童作家"是无奈和不幸的同义词，相反为儿童书写、从儿童文化中汲取创作营养是作家作为大师更胜一筹的主动选择。

三　普利什文的儿童观

作为生态文学的先驱，普利什文作品比公认的现代生态文学经典——蕾切尔·卡森的《寂静的春天》（1962）早出现了几十年。一直以来，探索"自然与人"的真理被认为是普利什文最伟大的贡献，其实这只是这

---

[1] 刘文飞：《普利什文面面观》，中国社会科学出版社2012年版，第163页。
[2] 刘文飞：《普利什文面面观》，中国社会科学出版社2012年版，第47页。

位 20 世纪伟大生态先驱超前意识的一个方面。他对人类思想更可贵的贡献在于提出"人与自然亲密共存"之后,进一步指出自然是人性的源泉,儿童心灵健康与自然息息相关。

1946 年在获知自己入选全俄自然保护协会莫斯科分会组织局时,所写的《保护自然》一文中普利什文提到"儿童心灵的健康在很大程度上取决于孩子们与动物和植物的合理交往","自然保护的首要对象,也该就是儿童的生理和心理健康","孩子们心中存在着杰出、伟大的力量,我们如果把这种力量吸引到自然保护事业上来,定能取得重大成就"。[1]

在普利什文的从创作中,由普利什文本人所提出的两个命题占据着核心的位置,这两个概念就是:"'亲人般的关注'和'艺术是一种行为方式'。"[2] 渗透于作家作品中的这两大命题中所倡导的人类应该对自然所持的态度"亲人般"的和"艺术"的都与人的情感、感性思维、审美能力密切相关。

"儿童具有发达而细腻的感受能力,感知是儿童身上潜在的一种能力,儿童是感性化的人,儿童文学是最富于感性化表现的文学。"[3] 儿童拥有生物的法则,儿童保持着与自然的交感,因此,人是自然的一部分这一真理在成人是出于理性认识之中,而在儿童却出现于他们自然、本真的生活之中。[4] 普利什文必定是意识到了"感性的儿童"对于自然有别于成人的感受力和独特的审美能力,所以才在被称为是自己的"总结之书"的《大地的眼睛》中不止一次地提到"要像孩子一样"。《大地的眼睛》之所以被称为"总结之书"是因为它集结了作家毕生的日记编纂而成,并于作家辞世后的 1956—1957 年作为《普利什文文集》的第 5 卷由苏联国家出版社出版。这本书被认为是作家文学创作的总结和思想探索的结晶,同时也是他贡献给人类的一份珍贵的精神遗嘱。

"小雪花

雪落得似有似无,我们这里的地表温度是零上一度。雪片固然密密沉沉,但一触地,瞬间就化成了水。我想,就本质而言,我们每个人也是雪

---

[1] 刘文飞:《普利什文面面观》,中国社会科学出版社 2012 年版,第 217 页。
[2] 普利什文:《大地的眼睛》,潘安荣、杨怀玉译,长江文艺出版社 2005 年版,第 12 页。
[3] 朱自强:《朱自强学术文集》(第 1 卷),二十一世纪出版社 2016 年版,第 254—256 页。
[4] 朱自强:《朱自强学术文集》(第 3 卷),二十一世纪出版社 2016 年版,第 35 页。

花,但我们在这短促的生命瞬间表现得(把握自己)如同不朽。使瞬间永存——这就是我们的生命,也是所有艺术建立的基础:不要像《浮士德》在瞬间停息,而要永久地延长!

小冰晶刚在云中生成,就同其他的冰晶凝结,不断增大,变沉,坠落,触到温暖的大地,化成了水……雪花的生命比人短暂,然而,它所经历的也许比人更丰富。

……这也是我的艺术'行为',就是要像孩子一样,像不朽的雪花一样生存,用艺术校正自己的软弱。"①

"生活的经验

回想自己年幼时,对生活一无所知,傻得像小狗,然而自以为熟悉线面这种了解生活的自信从何而来?自己陷入爱河时,也是这样,觉得所有是好人——这又从何而来?后来从经历中领教了恶,我总是可以不把解成对生活的无知,而当作在挫折中认识自己,并把这点经验向'生活'传布。

所以到了最后,我们从自己的经验中认知的不是生活,而是自己……

最初了解生活的自信即是对现在生活的认识,从这方面讲,我们被的指示是:'要像孩子一样。'"②

从摘自《大地的眼睛》里的这两段美文中我们可以看出,普利什文"亲人般的关注"和"艺术是一种行为方式"的思想实质就是倡导人们要以一颗赤子之心、"要像孩子一样"去感受自然、热爱自然。他笔下那似乎用儿童稚嫩的小手可以触摸到的自然与当下成人所追捧的生态文学中人类在遭受各种自然灾害的惩罚后所反思自然有着天壤之别。

同时他也意识到"童年是培养和发展感性能力(情感和形象力)的最佳时期,它有如农事节气,是不能错过的。感性需要交由艺术来守护和发展。儿童的感性需要交由属于他们自己的艺术园丁——儿童文学来守护和培养"③。儿童是人类社会的未来和希望,也是解决生态问题的重要力量,儿童与大自然之间本真的交感需要有像《太阳宝库》《船木森林》

---

① 朱自强:《朱自强学术文集》(第3卷),二十一世纪出版社2016年版,第121页。
② 朱自强:《朱自强学术文集》(第3卷),二十一世纪出版社2016年版,第170页。
③ 朱自强:《朱自强学术文集》(第1卷),二十一世纪出版社2016年版,第260页。

《林中水滴》《人参》这样的传世佳作去滋养和发展。

儿童作家的身份也许妨碍了作家在文学史上地位的确立，但是为儿童创作必定是作家更胜一筹的主动选择，并且正是因为他的独具慧眼，先知先觉地发现了"儿童与自然"之间的秘密，才使得他成为那些最独特的作家中的一位。

四 结语

"牧神"是古希腊神话中的森林和畜牧之神，是大自然的化身，同时也是人、神和自然统一的象征，是艺术与自然完美结合的象征。在 19 世纪、20 世纪天才作家灿若星河的俄罗斯文学史上，"伟大的牧神"是对普利什文最崇高的赞誉。之所以获得如此赞誉，其原因不外乎作家的作品所体现的思想为人类文明所做出的伟大且具有前瞻性的贡献。而作家之所能做出如此贡献恰恰在于他从儿童文化所具有的天真、自然、完整的生态性中汲取了无限丰富的创作营养。生态危机日益严重的今天，大师笔下的儿童文学不仅引导儿童健康成长，帮助儿童树立现代生态伦理观念，同时他对"儿童"的哲学思考，也为我们应对、处理这个时代面临的重大、根本问题提供了宝贵的借鉴。

E. T. A. 霍夫曼儿童文学作品中的亲子冲突主题[*]

王 凯[**]

摘要： E. T. A. 霍夫曼的两部儿童文学作品《胡桃夹子和老鼠王》与《异乡孩子》，均在亲子冲突主题的背后反映了启蒙主义与浪漫主义之间儿童观和教育观的对立。相比前者，《异乡孩子》中亲子冲突的程度较为缓和，内涵却更为丰富。前者的亲子冲突逐渐激化到不可调和，民间童话式的美好结局实际上表现了浪漫主义者面对现实特别是儿童和教育现状的无奈和逃避。后者的亲子冲突则走向和解，父母与孩子产生共情，共同在保持童心的基础上面对现实的生活，因而相比前者具有更加积极、乐观的态度。

关键词： 霍夫曼 儿童文学 亲子冲突 儿童观 教育观 启蒙主义 浪漫主义

E. T. A. 霍夫曼（E. T. A. Hoffmann）是德国著名的浪漫主义作家，他曾创作了《胡桃夹子和老鼠王》（*Nußknacker und Mausekönig*）与《异乡孩子》（*Das fremde Kind*）两部儿童文学作品，分别初次发表于 1816 年和 1817 年。

霍夫曼创立了"现实童话"（Wirklichkeitsmärchen）这一文学体裁[①]，

---

[*] 基金项目：山东省高等学校人文社会科学计划项目（J14WD71）阶段性成果。
[**] 王凯，中国海洋大学外国语学院讲师，主要从事儿童文学翻译和德语儿童文学研究。
[①] Thalmann, Marianne. E. T. A., "Hoffmanns Wirklichkeitsmärchen", *The Journal of English and Germanic Philology*, 1952, 51 (4), pp. 473–491.

"被很多文学学者看作现代幻想儿童文学的先驱"①。作者运用高超的叙事技巧,魔幻般地在现实生活的土壤中植入虚幻的情节,现实世界与虚幻世界之间"悄然过度,但也会突然跳转"②,在与读者的游戏中留给读者自己判断:现实与虚幻,哪个才是真实,"哪个层面支配着另一个层面"③。《胡桃夹子和老鼠王》与《异乡孩子》两部作品,均具有"现实童话"的典型特征,较早发表的《胡桃夹子和老鼠王》,更是"儿童和青少年幻想文学的奠基性文本"④。

在两部作品中,均存在对儿童与父母之间冲突的书写。亲子冲突是现实生活中普遍存在的现象,在两部作品的叙事中也处于现实世界的层次;与作品对虚幻世界中非亲子间矛盾冲突的集中书写相比,作品并未将现实世界的亲子冲突摆在最突出的位置;然而,作品中的亲子冲突,却是现实世界联通虚幻世界的桥梁,是作品中蕴含的儿童观、教育观问题的集中体现。本文将通过解读两部作品中儿童与父母的冲突,集中探讨其中所体现的儿童观与教育观问题。

一 《胡桃夹子和老鼠王》中的亲子冲突

在《胡桃夹子和老鼠王》中,虚幻世界中的故事主要包括插叙的《硬胡桃童话》(*Das Märchen von der harten Nuss*)中的故事、胡桃夹子与老鼠王的两次战斗、老鼠王对小主人公玛丽的要挟、第二次战斗前玛丽与胡桃夹子的交流、胡桃夹子杀死老鼠王以后带领玛丽畅游玩偶王国,以及

---

① Kümmerling-Meibauer, Bettina, "(De) Canonisation Process: E. T. A. Hoffmann's 'The Nutcracker and the Mouse King' and the Interfaces between Children's and Adult Literature", In Geerts, Sylvie & Van den Bossche, Sara (eds.), *Never-ending Stories: Adaptation, Canonisation and Ideology in Children's Literature*, Ginkgo. Ghent, Belgium: Academia Press, 2014, p. 149.

② Pietzker, Carl., "Nussknacker und Mausekönig: Gründungstext der Phantastischen Kinder-und Jugendliteratur", In Saße, Günter (ed.), E. T. A. Hoffmann. *Romane und Erzählungen*, Stuttgart: Reclam, 2004, p. 183.

③ Grenz Dagmar. E. T. A. Hoffmann als Autor für Kinder und Erwachsene. Oder: Das Kind und der Erwachsene als Leser der Kinderliteratur. In Grenz, Dagmar (ed.). Kinderliteratur-Literatur auch für Erwachsene. Zum Verhältnis von Kinderliteratur und Erwachsenenliteratur. München: Fink, 1990, p. 66.

④ Pietzker, Carl. Nussknacker und Mausekönig: Gründungstext der Phantastischen Kinder-und Jugendliteratur. In Saße, Günter (ed.), E. T. A. Hoffmann. *Romane und Erzählungen*. Stuttgart: Reclam, 2004, p. 182.

作品最后罗瑟梅耶教父的侄子（玛丽认为其为胡桃夹子的变身）向玛丽求婚成功的情节。

  作品中的虚幻世界，是植入在现实世界的土壤中并与现实世界相互耦合的。体现在两方面：一方面是除了《硬胡桃童话》中的故事和去玩偶王国旅行的经历外，所有故事包括虚幻故事的背景都是"19世纪初城市上等市民阶层环境中的儿童日常生活"①，作品真实地反映了当时上层市民的家庭生活情景，"将读者引入到市民阶层家庭的圈层内"②；另一方面，"叙述者对读者做着令人迷惘的游戏，将读者在梦境、幻想、现实和童话虚构间来回抛掷，使其持久地处在不确定之中"③。虚幻世界中发生的事件，总是能在现实世界中留下痕迹，并得到"理性"的解释，虽然在文本对虚幻世界逼真描绘的衬托下，这些"理性"解释显得无法令人信服。

  理性的解释，来自玛丽的父母；与此相反，玛丽却将虚幻世界的事件当作真实的发生。儿童与父母之间的冲突，即来源于此。

  在虚幻世界中，胡桃夹子在午夜时分率领玻璃柜中的一众玩偶，与七头鼠王率领的鼠军展开了大战。玛丽迫于老鼠的逼近而后退，在后退过程中肘部碰碎了柜子玻璃。胡桃夹子率领的军队节节败退，在胡桃夹子被生擒的紧要关头，玛丽将左脚的鞋砸向鼠群并击中了鼠王，之后便失去了知觉。回到现实世界中，玛丽经过医治苏醒过来。根据母亲的描述，玛丽倒在玻璃柜的旁边，流了很多血，玩偶散落一地，胡桃夹子躺在玛丽流血的胳膊上，不远处是玛丽左脚的鞋。这些都可理解为虚幻世界中的事件在现实世界留下的痕迹，然而当玛丽讲述夜里虚幻事件的经过时，母亲却拒绝相信，并责备玛丽玩得太晚，所以才由于困倦而碰碎了玻璃，导致危险发生。

---

 ① Kümmerling-Meibauer, Bettina, *Kinder-und Jugendliteratur: eine Einführung*, Darmstadt: WBG, 2012, p. 84.
 ② Neumann, Gerhard, "Puppe und Automate: Inszenierte Kindheit in E. T. A. Hoffmanns Sozialisationsmärchen Nußknacker und Mausekönig", In Günter Oesterle (ed.), *Jugend-ein romantisches Konzept?* Würzburg: Königshausen & Neumann, 1997, p. 140.
 ③ Schikorsky, Isa. "Im Labyrinth der Phantasie: Ernst Theodor Amadeus Hoffmanns Wirklichkeitsmärchen, Nußknacker und Mausekönig", In Hurrelmann, Bettina (ed.), *Klassiker der Kinder-und Jugendliteratur*, Frankfurt: Fischer, 1995, p. 526.

在罗瑟梅耶教父向玛丽和哥哥弗里茨讲述了《硬胡桃童话》之后，玛丽声称胡桃夹子就是童话中的小罗瑟梅耶，是罗瑟梅耶教父的侄儿。她质问罗瑟梅耶教父为何未在战斗中帮助胡桃夹子（在战斗发生前的一刻，挂钟上面的猫头鹰，变幻成了罗瑟梅耶教父的模样），并再次讲述了胡桃夹子与老鼠王第一次战斗的经过。玛丽的父亲责怪玛丽胡思乱想，母亲则将这一切解释为玛丽的高烧所导致。

此后的虚幻世界中，老鼠王先后在夜里以胡桃夹子的性命相要挟，要求玛丽交出她的甜食和糖做的玩偶。玛丽依照老鼠王的要求，先后在睡觉前将甜食和玩偶摆在玻璃柜前。第二天天亮后，玻璃柜前是甜食和玩偶遭到老鼠啃噬后的狼藉景象，可理解为虚幻世界的事件在现实世界中的印迹。虽然玛丽的家人能够判断出问题与老鼠作乱有关，小主人公却并未将她在夜里的经历讲述给父母，因为她已经知道父母不会相信她所讲述的故事。

在胡桃夹子与老鼠王发生了第二次战斗并杀死鼠王之后，胡桃夹子带着玛丽进入了伊甸园般的玩偶王国，他是这里的王子。在这段经历的最后，玛丽从空中跌落，睁开眼睛后发现自己躺在家里的床上，回到现实世界中。小主人公将她的经历讲给母亲，母亲认为这只是梦，玛丽却认定这一切都是真实的，引起了全家人的大笑。玛丽为了证明自己，便将胡桃夹子作为战利品赠予她的老鼠王的七顶王冠拿出来。父母却因此逼问玛丽王冠的来源，父亲还发了脾气。在玛丽因此而大哭的时候，罗瑟梅耶教父恰好来访，解释说王冠是他在玛丽两岁生日时赠送的。而玛丽的父母，却想不起教父赠送王冠的事情了。而当小主人公坚决主张其虚幻经历的真实性时，父亲对她严厉训斥并警告她如果继续这样，就将胡桃夹子以及玛丽的所有玩偶一起扔掉。

在这里，对虚幻世界和对现实世界的叙述产生了最为密集的交织：无论读者将玛丽的奇异经历理解为梦境（幻觉），还是理解为真实发生，都会被提示此种理解的不可靠性和另一种理解的合理性；叙述者运用高超的叙事技巧，将读者带入无所适从的境地中，同时又使读者保留着继续阅读的浓厚兴趣。而在故事层面，亲子冲突也随之达到了最高潮：坚持将虚幻事件看作真实发生的玛丽，与理性原则指引下坚决否认玛丽话语真实性的父母，已经失去了谈话的共同基础。

二 《胡桃夹子和老鼠王》亲子冲突背后的
儿童观和教育观

在《胡桃夹子和老鼠王》亲子冲突的背后，蕴含着对儿童观、教育观问题的深入思考。

作品中的亲子冲突，来源于儿童与父母对虚幻世界不同理解。小主人公玛丽坚持认为虚幻世界的事件是真实发生的，而其父母却本着理性的原则，坚决否认玛丽所讲述的奇异事件的真实性。

从心理学的角度，皮亚杰指出，5—7岁之前的儿童无法区分内心世界和外部世界，儿童的现实"存在于将符号和其所指事物、内部和外部、心灵世界和物质世界相混淆的自发和直接的倾向中"[1]。而作品中的小主人公玛丽恰恰7岁，从这个意义上讲，玛丽把虚幻的故事当作真实发生的事件，是可以用心理学的逻辑加以解释的，是该年龄段儿童的正常心理现象。而玛丽的父母，却忽略了儿童心理的特殊性，用成人心理的标准要求儿童，对儿童将幻想当作现实的行为加以斥责和恐吓，"甚至骂她是个小骗子"[2]，进行道德上的贬低。

基于此视角，作品中亲子冲突所反映的问题是：父母不完全了解儿童的心理特点，用成人的思维标准衡量和要求儿童，因此对孩子缺乏理解与包容，造成了与孩子间的隔阂以及孩子心理危机的加剧。作品的小主人公玛丽，由于对内心世界的倾诉得不到父母的理解，因而不再信任父母，不再愿意与父母沟通，其内心中的恐惧和压迫（来自老鼠王）也不断加剧。[3] 如果父母能对主人公的内心多一些理解，能够走进儿童独特的心理世界，加以正确的引导而不是一味地排斥与否定，玛丽内心所受的折磨和困扰也许会大大减轻。

如果结合作品的时代背景以及作者 E. T. A. 霍夫曼德国浪漫主义代表

---

[1] Piaget, Jean, *The Children's Conception of the World*, London: Routledge & Kegan Paul, 1929, p. 124.

[2] E. T. A. Hoffmann, *Poetische Werke in sechs Bänden*, Band 3, Berlin: Aufbau, 1963, p. 314.

[3] Steinlein, Rüdiger. Kindheit als Diskurs des Fremden. Die Entdeckung der kindlichen Innenwelt bei Goethe, Moritz und E. T. A. Hoffmann. Honold, Alexander & Köppen, Manuel (eds.). Die andere Stimme: Das Fremde in der Kultur der Moderne. Köln/Weimar/Wien: Böhlau, 1999, pp. 295–296.

作家的身份来看，便会认识到：作品绝不仅仅反映了心理学问题，而是蕴含了时代对儿童观和教育观问题的深入探讨。

浪漫主义之前的启蒙运动时期，占支配地位的是实用主义、理性主义的儿童观和教育观。童年被认为是成年的准备阶段，是不成熟的状态。儿童需要在成人理性的引导下，逐渐走向成熟。

与之相反，"浪漫主义者奠定了一个童年的理想模式，使其从'为成年时期做准备的人生阶段'演变为'滋润整个人生的源泉'"①。"浪漫主义者把儿童尊崇为'人的神性'的化身。"②

德国浪漫派著名的作家和思想家诺瓦利斯（Novalis）提出"哪里有儿童，哪里就有黄金时代"③。在诺瓦利斯的思想中，中世纪的人们生活在和谐的"黄金时代"中，但是宗教改革特别是工业化摧毁了"黄金时代"，造成了社会的分裂和人的异化，"但通过重建基督教的统一信仰，人类的未来必然是走向新的'黄金时代'"④。在浪漫派看来，儿童远离社会、亲近自然、纯洁善良，因而展现了人类美好的本真状态，也代表着人类更加美好的未来，因此儿童就是"黄金时代"的代表。儿童对自然的亲近，与其善于幻想相关。"幻想与理智都是人接受神赐的器官……幻想赋予了儿童拟人、想象超验并把这些经验融入到其日常生活的能力。"⑤

儿童观的不同，决定了教育观的差异。启蒙主义者认为，儿童相对成人，在理性上是不成熟的，需要加以引导和塑造；如此看来，儿童的幻想，也是因为儿童理性的不成熟和不完善造成的，是需要加以批评和纠正的。浪漫主义却认为，"成人不再是儿童的老师，而是相反，儿童是成人的老师"⑥；儿童的富于幻想，非但无须纠正，反而是成人应该向儿童学习的。

---

① 施义慧：《近代西方童年观的历史变迁》，《广西社会科学》2004年第11期。
② Kümmerling-Meibauer, Bettina, "Images of Childhood in Romantic Children's Literature", Gillespie, Gerald. Engel, Manfred & Dieterle, Bernard (eds.), Romantic Prose Fiction, Amsterdam/Philadelphia: John Benjamins Publishing Company, 2007, p. 187.
③ Novalis. Schriften 2: Das Philosophische Werk I. Stuttgart: Kohlhammer, 1981, p. 456.
④ 曹霞：《论诺瓦利斯作品中的"黄金时代"》，《武陵学刊》2015年第5期。
⑤ Kümmerling-Meibauer, Bettina, "Images of Childhood in Romantic Children's Literature", Gillespie, Gerald. Engel, Manfred & Dieterle, Bernard (eds.), Romantic Prose Fiction, Amsterdam/Philadelphia: John Benjamins Publishing Company, 2007, p. 188.
⑥ 高伟：《浪漫主义儿童哲学批判：儿童哲学的法权分析》，《全球教育展望》2017年第12期。

在《胡桃夹子和老鼠王》中，小主人公的父母排斥她的幻想，对她加以严厉训斥，试图用成人的理性解释玛丽的虚幻经历，引导她认清幻想和现实之间的界限，这体现了启蒙主义的儿童观和教育观。作品的叙事围绕玛丽的视角展开，使读者进入玛丽的内心世界，深切地感受小主人公内心的恐惧和不被父母理解的苦闷，以此批判启蒙主义的教育观，呼唤浪漫主义的儿童观和教育观，希望父母能够理解儿童的内心世界，能够尊重儿童的幻想，并将其作为宝贵的财富。

三 《异乡孩子》中的亲子冲突

同《胡桃夹子和老鼠王》一样，《异乡孩子》的叙事也多次在虚幻世界与现实世界间切换。居住在乡间的两位小主人公费里克斯和克瑞丝莉兄妹，在住所附近的树林里多次与具有神奇能力的异乡孩子相遇和玩耍，并听异乡孩子讲述他的家乡。兄妹俩得知异乡孩子的母亲是一位仙女，作为女王管理着一个神奇和美丽的王国，王国曾经受到本是一只大苍蝇的侏儒王湃珀瑟尔的破坏，如今湃珀瑟尔已被赶出王国，却在王国以外时刻威胁异乡孩子的安全。而从树林回到家之后，兄妹二人便从虚幻世界转换到了现实世界。

在兄妹两个第一次遇到异乡孩子之后，他们向父母讲述了这段奇异的经历，父亲对孩子所讲的有些兴趣，母亲却认定孩子们是在胡说。

之后，为两个孩子聘请的家庭教师墨汁先生，在父母的要求下，陪兄妹二人到树林中散步。他拔出并扔掉了一大束铃兰花，并用石头砸死了小鸟，受到了孩子们的指责。在孩子们的呼唤下，异乡孩子在天空中显现出面容，然而却无法帮助兄妹。此时，墨汁先生变成大苍蝇追赶异乡孩子，原来他就是侏儒王湃珀瑟尔，最终被其克星锦鸡侯爵所制服。

兄妹两个回到家后，向父母讲述了他们在树林中的经历，说墨汁先生本是侏儒王湃珀瑟尔，是一只大苍蝇。父母却一致认为孩子所讲的事情是不可能的，怀疑孩子的脑袋出现了问题。

这时墨汁先生回到他们家中，跳进盛奶的钵中喝牛奶，之后又跳到面包上，随后又在跃起时撞到玻璃上。全家共同努力追打墨汁先生，最终他被孩子父亲用苍蝇拍击中袍子下摆，落地后飞起逃走了。在这里，虚幻世界与现实世界发生了时空上的交汇：之前虚幻事件只发生在树林里，家庭中则是现实世界的领地,而此时虚幻的事件在家中发生了。父母此前被排斥在虚幻世界之外,而在这里成为虚幻事件的重要参与者。然而,此处叙事技巧的高超之处在于:叙述者虽然生动地将苍蝇典型的行为特征用在对墨汁先生举止的描述上,但是始终没有明确交代其就是苍蝇,也始终没有交代孩子父母是否就此认为墨汁先生是苍蝇,给读者留下了思考和判断的空间。

在赶走墨汁先生后,兄妹二人再次来到树林玩耍,之前被他们弄坏并丢在林子里的玩偶,纷纷现身责骂二人。当他们回到家讲述林子里的遭遇时,母亲打断了他们,威胁他们要是再胡思乱想,就禁止他们去林子里玩耍。

前文所述的《异乡孩子》中的亲子冲突,与《胡桃夹子和老鼠王》相同,是由于儿童认为虚幻世界中的事件是真实发生的,而父母却否认虚幻事件的可能性,反映了幻想和理性之间的冲突。然而除此之外,《异乡孩子》中的亲子冲突,还具备《胡桃夹子和老鼠王》所没有的内容:

相较《胡桃夹子和老鼠王》,《异乡孩子》的叙事中"虚幻事件的出现要晚得多"[1]。叙述者在叙述虚幻事件之前,已经展现了几次亲子冲突。这几次冲突并不是由于虚幻与现实间的矛盾造成的,而是另有原因。

在兄妹和他们的父母等待父亲的堂兄封·布拉克伯爵来访时,父母禁止兄妹去树林里玩耍,害怕他们在玩耍时弄脏了外表而在身份尊贵的伯父面前丢丑。虽然两个孩子苦苦哀求,父母始终没有答应他们。

封·布拉克伯爵带着妻子和一儿一女到来。作为礼品,费里克斯和克瑞丝丽每人收到一包糖果,他们不是吮糖果而是用牙嚼,并不停发出响声,受到了母亲的轻声斥责和提醒。兄妹两个却摸不着头脑,竟然把糖果从口中吐出,装回纸袋,要还给伯父,令父母非常难堪。当伯父的儿子赫尔曼和女儿阿黛谷登滔滔不绝地炫耀自己丰富的知识时,费里克斯完全不理解他们所讲的内容。他对母亲说:"啊妈妈!亲爱的妈妈!他们到底在那里唠唠叨叨些什么呀?"[2] 结果又换来了母亲的训斥。

在伯父一家离开后,兄妹俩带着伯父送给的玩具去树林玩耍,在那

---

[1] Grenz Dagmar. E. T. A. Hoffmann als Autor für Kinder und Erwachsene. Oder: Das Kind und der Erwachsene als Leser der Kinderliteratur. In Grenz, Dagmar (ed.). Kinderliteratur-Literatur auch für Erwachsene. Zum Verhältnis von Kinderliteratur und Erwachsenenliteratur. München: Fink, 1990, p. 67.

[2] E. T. A. Hoffmann. Poetische Werke in sechs Bänden, Band 4, Berlin: Aufbau, 1963, p. 600.

里，他们弄坏并丢掉了所有的玩具。在他们回家讲述了这一番经过后，再次受到了母亲的责备。

四 《异乡孩子》亲子冲突背后的儿童观和教育观

《异乡孩子》中的亲子冲突，很多与《胡桃夹子和老鼠王》属同样性质，是由于儿童和父母对虚幻世界的不同理解造成的，其反映的儿童观和教育观，也大致相同，无须赘述。然而，《异乡孩子》在开始叙述虚幻事件之前，已经展现了几次亲子冲突。相比《胡桃夹子和老鼠王》，这些冲突连同造成冲突的相关情节，对儿童观特别是对教育观的展现，有其独到之处。

这些冲突的原因，可以归结为：父母希望两个孩子体现出"教养"，特别是在伯父伯母面前，在与伯父儿女的比较中；而儿女却表现不出足够的"教养"，让父母在其堂兄面前丢尽面子，甚至连客人留给他们的玩具，都不会好好玩。

启蒙主义重视对儿童的教育，认为教育是塑造儿童、为进入成年做准备的重要阶段，因此儿童不仅应该学习丰富的知识，还应该尽快习得成人社会的规范。《异乡孩子》中伯父的一对儿女赫尔曼和阿黛谷登，便体现了启蒙主义教育理念的成果。在拜访堂叔一家时，他们对父亲提出的问题对答如流，涉及地理、动植物、历史、天文，令生活在乡间的堂叔一家大开眼界。在与费里克斯和克瑞丝丽交往时，特别是赠予他们玩具时，赫尔曼和阿黛谷登完全按照成人的行为规范，称呼费里克斯为"您"和"mon cher"（法语，意为"我亲爱的"；当时德国的上层社会都以说法语为荣），令对方兄妹感到难过，费里克斯嘟囔道："我不叫'Mon schär'（费里克斯不懂法语，所以只能模仿发音），而是叫'费里克斯'，也不叫'您'，而是'你'。"[1]

浪漫主义的儿童观和教育观受到卢梭思想的深刻影响，认为童年是贴近自然状态的生命阶段，应该尽可能让孩子自然地成长。"因为对科学和文化的怀疑态度，他不认为书籍是教育儿童的合适工具。在儿童能理解其

---

[1] E. T. A. Hoffmann, *Poetische Werke in sechs Bänden*, Band 4, Berlin: Aufbau, 1963, p. 601.

内容和意义之前，不应允许孩子阅读书籍。"① 这一观念与上述的启蒙主义教育观恰恰相悖。作为赫尔曼和阿黛谷登对立形象的费里克斯和克瑞丝丽，便体现了浪漫主义的儿童观和教育观。他们热爱大自然，天天去树林里玩耍，只是在伯父来访之前，父母怕他们给自己丢面子，才禁止去林子里。他们没有所谓的"学问"，对赫尔曼和阿黛谷登夸夸而谈的知识完全摸不着头脑。他们也不懂得成人世界的行为规范，弄不明白大人为什么禁止他们咀嚼糖果。他们甚至连玩具都"不会玩"，很快就把伯父一家送的玩具全部弄坏和丢掉了，因而受到母亲的责备。玩具，与卢梭指出的"书籍"一样，是成人世界的科学与文化的物化；因而文本中兄妹俩对于玩具的态度，蕴含着丰富的意义，代表着浪漫主义理想的儿童对成人世界科学与文化的拒绝，同时宣示了浪漫主义者的教育观。

综上所述，《异乡孩子》通过亲子冲突主题和相关的情节，反映了启蒙主义和浪漫主义之间儿童观和教育观的对立。前者认为童年是成年的准备阶段，应强化对儿童的科学文化知识和行为规范的教育；后者认为童年并非是依附于成年的准备阶段，而是贴近自然的独特生命阶段，应该让儿童亲近自然，尽量自然地成长，不能过早地强调对科学文化知识和成人行为规范的学习。

五 《胡桃夹子与老鼠王》和《异乡孩子》中亲子冲突的比较

在《胡桃夹子与老鼠王》中，父母从一开始就对玛丽的内心世界缺少同情和理解，造成了亲子冲突愈演愈烈，以至于后来父母对小主人公讲述虚幻事件的行为进行严厉训斥和威胁恐吓，而玛丽也只能沉溺于自己的虚幻世界中，无法与父母和哥哥姐姐进行心灵的交流。由此，玛丽的"幻想体验排斥在家庭日常交际之外"②。玛丽的心灵世界与家庭现实生活

---

① Kümmerling-Meibauer, Bettina, "Images of Childhood in Romantic Children's Literature", Gillespie, Gerald. Engel, Manfred & Dieterle, Bernard (eds.), *Romantic Prose Fiction*, Amsterdam/Philadelphia: John Benjamins Publishing Company, 2007, p. 188.

② Steinlein, Rüdiger, "Kindheit als Diskurs des Fremden. Die Entdeckung der kindlichen Innenwelt bei Goethe", Moritz und E. T. A. Hoffmann. Honold, Alexander & Köppen, Manuel (eds.), *Die andere Stimme: Das Fremde in der Kultur der Moderne*, Köln/Weimar/Wien: Böhlau, 1999, p. 296.

的联结已经被割断,因此,文本只能在最后脱离对现实世界的叙事,借鉴民间童话惯有的方式,安排玛丽和胡桃夹子的变身——小罗瑟梅耶结婚,嫁到了其拥有的玩偶王国,成为那里的王后。至此,玛丽可以说已经完全进入了自己独享的世界,背离了自己的家庭①。

《异乡孩子》中的亲子冲突,相比《胡桃夹子和老鼠王》要缓和得多。父母对孩子的内心世界和心理需求多有同情。父母平时允许费里克斯和克瑞丝丽兄妹在林子里尽情玩耍,只是因为担心在身为伯爵的伯父来访时,孩子给自己丢脸,才在这一天禁止他们去树林玩耍。在伯爵到访期间,虽然兄妹二人的举止在讲究体面的成人看来十分缺乏教养,但也只是受到了母亲轻声的训斥和提醒。甚至于父母得知兄妹俩在林子中把新玩具全部弄坏和扔掉后,也只不过是母亲"半生气"地大声说:"你们俩笨小孩,你们就玩不了漂亮精巧的玩具。"② 兄妹二人讲述在林子里与异乡孩子一起玩耍的奇异经历时,虽然父母并不相信,但是其态度并不像《胡桃夹子与老鼠王》中的父母那般强硬和严厉。面对孩子们去树林中玩耍的渴望,父母还要求作为家庭教师的墨汁先生陪孩子到林子中走走。他们内心同子女一样,都愈发讨厌墨汁先生,后来与孩子们站在一起,齐心协力赶走了具有典型苍蝇特征的墨汁先生。

与母亲相比,《异乡孩子》中的父亲对儿女内心世界的同情更多一些。在伯父一家来访时,对费里克斯和克瑞丝丽兄妹的训斥都是由母亲来完成的。在得知孩子们在树林中弄坏并丢掉所有的新玩具时,与母亲对兄妹俩的责备相反,父亲"露着满意的神情听了费里克斯的讲述,说:'就随孩子的便吧,他们摆脱掉那些只会让他们糊涂和害怕的古怪玩具,我看终究是件好事。'"③ 在孩子们第一次向父母讲述在树林中与异乡孩子玩耍的奇异经历时,母亲说:"跟孩子们扯这些蠢事儿毫无意义",父亲却试图走进孩子的内心世界,他说:"我真想跟在孩子们后面走进树林,偷听一下,和他们一起玩的是怎样一个独特神奇的孩子。但是我又觉得呢,这

---

① Steinlein, Rüdiger, "Kindheit als Diskurs des Fremden. Die Entdeckung der kindlichen Innenwelt bei Goethe", Moritz und E. T. A. Hoffmann. Honold, Alexander & Köppen, Manuel (eds.), Die andere Stimme: Das Fremde in der Kultur der Moderne, Köln/Weimar/Wien: Böhlau, 1999, p. 296.
② E. T. A. Hoffmann, Poetische Werke in sechs Bänden, Band 4, Berlin: Aufbau, 1963, p. 607.
③ E. T. A. Hoffmann, Poetische Werke in sechs Bänden, Band 4, Berlin: Aufbau, 1963, p. 607.

样会坏了孩子们的巨大乐趣，因此我不会这么做。"①

"父亲的角色在《胡桃夹子和老鼠王》中分为了医药局局长施塔尔鲍姆和高等法院参事罗瑟梅耶两个人物。"② 其中，医药局局长施塔尔鲍姆是玛丽真实的父亲，而后者罗瑟梅耶，则是玛丽的教父。与玛丽的父亲对玛丽内心世界缺乏同情和理解不同，罗瑟梅耶教父却在很大程度上理解和走进了玛丽的心灵，甚至文本也将他安排为玛丽虚幻世界的重要参与者。对此，我们是否可以这样理解：隐含作者虽不赞同现实世界占支配地位的启蒙主义教育观和教育方式，但却对其无可奈何，他看不到儿童教育的出路，却看到其倡导的"生动的富于幻想的儿童"③ 不停被压迫和扼杀；因此只能在现实的家庭生活之外另安排一个父亲角色理解孩子的内心，作为一种泡沫般美丽却又泡沫般虚幻的憧憬。同样，文本在最后部分脱离开现实世界的叙事，安排玛丽与小罗色美耶（胡桃夹子的变身）结婚并成为玩偶王国的王后，也是因为在现实生活中看不到希望，而只能安排一个童话式的、远离现实的结局。

与《胡桃夹子和老鼠王》相反，《异乡孩子》在现实世界的叙事中蕴含着实现浪漫主义儿童观和教育观的希望。一方面，如前所述，《异乡孩子》中亲子关系相对缓和得多，父母对孩子的内心也有更多同情和理解。另一方面，"最后父母接受了孩子的视角，由此确认了虚幻世界作为经验现实场域之外的另一个场域的存在"④。在文本最后，父亲在将要去世之前，与孩子一同来到树林，对孩子讲：

> 我跟你们一样，也认识那个漂亮可爱的异乡孩子，那个让你们在林子中看到这么多美妙景象的孩子……我自己完全讲不通，我怎么能把这漂亮可爱的小孩忘记得一干二净，以致当你们讲述他的出现时，

---

① E. T. A. Hoffmann, *Poetische Werke in sechs Bänden*, Band 4, Berlin: Aufbau, 1963, p. 614.

② Kremer, Detlef. E. T. A. Hoffmann, *Erzählungen und Romane*, Berlin: Erich Schmidt, 1999, p. 95.

③ E. T. A. Hoffmann, *Die Serapionsbrüder*, Frankfurt: Deutscher Klassiker Verlag, 2008, p. 306.

④ Grenz Dagmar. E. T. A., "Hoffmann als Autor für Kinder und Erwachsene", Oder: Das Kind und der Erwachsene als Leser der Kinderliteratur, In Grenz, Dagmar (ed.), *Kinderliteratur-Literatur auch für Erwachsene. Zum Verhältnis von Kinderliteratur und Erwachsenenliteratur*, München: Fink, 1990, p. 67.

我会完全不相信,尽管我也时常隐约感觉到这件事的真实性。这最近几天,我又如此生动地回想起我美好的童年时光,我已经很多年做不到这点了。于是那漂亮可爱的神奇孩子,就像你们看到的那样灿烂美丽的孩子,再一次走进我的心灵,那同你们一样的渴望,也充盈了我的心胸……①

而母亲也在经历过父亲去世后的穷困潦倒之后说:"我也不知道为什么,今天我要相信你俩的童话故事,一听你们讲,一切的痛苦、一切的忧愁都离我远去了。"②

由此可以看出,虽然《胡桃夹子和老鼠王》最后是民间童话式的美好结局,《异乡孩子》则在伤感的基调中,让兄妹二人和母亲在经历潦倒后过上平淡的生活;但是从亲子关系以及儿童观、教育观的角度来看,《异乡孩子》放弃了《胡桃夹子和老鼠王》中早期浪漫主义式的对现实的无奈和逃避,转向了在心中"异乡孩子"的陪伴下,笑着接受和面对惨淡的现实,从而具有更积极、更乐观的态度和意义。

六 结语

E. T. A. 霍夫曼的两部儿童文学作品《胡桃夹子和老鼠王》与《异乡孩子》,都对亲子冲突进行了书写。与前者相比,后者中的亲子冲突程度较为缓和,内容却更为丰富。两部作品亲子冲突的背后,表现的是启蒙主义和浪漫主义之间不同的儿童观和教育观的对立。启蒙主义认为童年是人不完善的状态,需要通过教育使儿童改正缺点(包括放弃"胡思乱想"),掌握科学文化知识和社会规范,做好成年的准备。浪漫主义则认为童年是具有独特价值的、值得珍视的生命阶段,儿童是值得成人学习的,对儿童的教育应该回归自然,遵循儿童的天性,尊重儿童的幻想精神。

《胡桃夹子和老鼠王》中的亲子冲突,最终导向了儿童对家庭的背离,作品最后虽然运用了民间童话式的美好结局,但是在其脱离现实世界

---

① E. T. A. Hoffmann, *Poetische Werke in sechs Bänden*, Band 4, Berlin: Aufbau, 1963, pp. 638 - 639.

② E. T. A. Hoffmann, *Poetische Werke in sechs Bänden*, Band 4, Berlin: Aufbau, 1963, pp. 640 - 641.

的叙事背后,却蕴含着浪漫主义者对现实世界启蒙主义所支配的教育的无奈和逃避。而在《异乡孩子》中,亲子关系逐渐走向和解,父母循着孩子的心路,与孩子产生共情,同孩子一样在心底种下了"异乡孩子",从而能够笑面不尽如人意的现实,作品因而显示了更加积极、乐观的态度,表达了对在现实中改造教育和社会的美好期待。

从"儿童本位"儿童观和儿童文学的特质分析《原来如此的故事》[*]

尹 玮[**]

摘要：儿童文学作品的儿童观反映着作者创作理念和创作目的，不同儿童观的作品会呈现不同的儿童文学特质。本文从常见的两种儿童观入手，结合英国作家、诗人吉卜林的个人经历和《原来如此的故事》文本对他的"儿童本位"儿童观的形成和表现进行阐释，并从"故事性、幻想性、成长性、趣味性"四个方面来分析《原来如此的故事》的作品特色。

关键词："儿童本位"儿童观 儿童文学特质 《原来如此的故事》

一 引言

《原来如此的故事》是英国第一位获得诺贝尔文学奖，也是获此殊荣的最年轻的作家吉卜林的作品。吉卜林于1897年发表了第一篇作品《鲸鱼的喉咙为什么很小》之后，历时5年，陆续将十几个短篇故事集结成册，形成了故事集《原来如此的故事》。故事中有蒙昧状态的人类和动物和生活，有扑面而来的异域风情，有地理、历史、文学和宗教，还有亲情友情和爱情。吉卜林如大师烹小鲜一般信手拈来，和他天马行空的想象与诗一般的语言杂糅在一起，造就了这部经久不衰、历久弥新的儿童文学作品。

---

[*] 本文中援引的《原来如此的故事》均出自接力出版社曹明伦译本，2015年。
[**] 尹玮，中国海洋大学儿童文学研究所副教授。

《原来如此的故事》出版后颇受欢迎,当时就有数篇书评赞扬其清新有趣和可爱的童真色彩。[1] 20世纪中期的评论家汤姆金丝曾以怀念的口吻描述自己儿时阅读这部作品的快乐。[2] 著名小说家和评论家安格斯·威尔逊也称赞这本书是"第一流的儿童作品"[3]。吉卜林的儿童文学《原来如此的故事》在全世界范围内享有盛誉,在中国也被誉为"足以与《小熊维尼》和《爱丽丝漫游奇境记》并列为儿童文学的典范之作"[4] 的优秀儿童文学作品。1912年,美国长老会费启鸿师母以《新小儿语》为题最早译介到中国。[5] 1913年,上海美华书馆以《新小儿语》为名翻译出版了《原来如此的故事》中的三个故事(译者佚名)。1929年开明书店出版了由张友松执笔翻译第一本白话译本《如此如此》,张先生盛赞此书"实在近代童话自安徒生的以后,我们没有见到过比这更好的作品——至少就儿童文学的见地而论"[6]。

能被读者和评论家一致认可的童书通常会具备儿童文学作品共同的特质,但也会因为创作者的创作理念——儿童观、人生观和价值观的不同而各具特色。本文结合作者吉卜林的个人经历和《原来如此的故事》文本阐释他的"儿童本位"的儿童观,并从"故事性、幻想性、成长性、趣味性"四个方面分析《原来如此的故事》的作品特色。

二 常见的两种儿童观

儿童观,顾名思义,是指人们对儿童的看法和态度,决定着儿童文学作品的内容和意义。罗斯认为"如果儿童小说在书中建立起一种儿童形象,这么做都是为了要掌握书本以外那个不容易被书本虏获的小孩"[7]。

---

[1] Green, Roger Lancelyn, *Rudyard Kipling: The Critical Heritage*, London & New York: Routledge, 1971, pp. 272 – 274.

[2] Tompkins, J. M. S., *The Art of Rudyard Kipling*, London: Methuen & Co LTD, 1959, pp. 55 – 56.

[3] Wilson, Angus, *The Stange Ride of Rudyard Kipling*, London & New York: Granada Publishing Limited, 1978, p. 296.

[4] Rudyard Kipling:《原来如此》,方华文译,译林出版社2011年版,第1页。

[5] 宋莉华:《〈新小儿语〉:吉卜林童话的早期方言译本研究》,《南京师范大学文学院学报》2013年第4期。

[6] Rudyard Kipling:《如此如此》,张友松译,开明书店1929年版,第1页。

[7] Rose, Jacqueline, *The Case of Peter Pan, or The Impossibility of Children's Fiction*, London: Macmillan, 1984, p. 2.

米尔斯（Mills）曾经说过，儿童文学一直是向儿童传播价值观的工具。①金凯德也说，"大人认为像个孩子就是'纯洁、一无所有、缺乏能力、无力可为……大人可以随心所欲地建构孩童的空白状态'"②。持这种儿童观的儿童文学作家和评论家认为成人有权力和义务对孩子们进行训诫，输出成人的人生观和价值观，从而让孩子变得更像成人要求他们成为的样子。正如松恩所说："我们投射在婴儿和孩童身上的，便是大人所赞赏者相反的特质。我们重视独立，因此认定孩子是依赖的；社会化的任务就是要鼓励独立……大人以一种统治与自我定义的意识形态化过程，利用儿童来定义自己，和男人定义女人，殖民者界定被殖民者为'他者'是类似的方法。"③ 培利和梅维丝在《阅读儿童文学的乐趣》中也提及"儿童文学代表了大人殖民儿童的努力：让他们相信他们应该变成大人希望的样子，并让他们对自身不符合大人塑行的那些部分感到惭愧或不再重视。这或许是规范的霸权中另一个（更具威力）的层面"④。所以，当我们的孩子学会阅读之后，成年人说，"他们向我们索要书本，这个时候应该好好利用他们的好奇心和求知欲。我们可以假装建造那些让他们喜欢的城堡，当然要以我们的方式，因为最终智慧还是掌握在我们的手里的。我们可以在城堡里摆上被完美地隐藏起来的教室，我们可以在花园里种上让他们以为是花朵的蔬菜。在长廊的拐弯处将会出现理智、秩序、智慧、自然史、物理和化学；在奶娘的故事中隐藏着的，则是我们向他们讲述的博学故事。他们是如此天真，这一切他们都不一定会察觉。他们以为从早到晚都在游戏，事实上，他们一直都在学习"⑤。学习什么呢？学习成人的一切规则和价值，学习成为一个成人。这样一来，"儿童文学从诞生之日起就承担起道德教诲的使命。儿童文学是儿童成长的教科书，发挥着引导儿童道德完善

---

① Mills, Claudia, ed., *Ethics and Children's Literature*, Surrey: Ashgate, 2014, p.1.
② Kincaid, James, *Child-Loving: The Erotic Child and Victorian Culture*, New York: routledge, 1992, pp.70–71.
③ Thorne, Barrie, "Re-visoning Women and Social Change: Where Are the Children?", *Gender abd Society* 1.1, 1987, p.93.
④ 培利·诺德曼、梅维丝·莱莫：《阅读儿童文学的乐趣》（第三版），刘凤芯等译，天卫文化图书股份有限公司2014年版，第122页。
⑤ 保罗·阿扎尔：《书，儿童与成人》，梅思繁译，湖南少年儿童出版社2014年版，第6页。

的作用。"①

事实上,英国的儿童文学在很长一段时间里都在践行着这样的儿童观。"在十九世纪出版的给英国小孩们读的报纸里……没有轻巧嬉笑,只有事实和事实,严肃的知识,有用的知识,有益的传记。历史,尤其是英国的历史,地理,尤其是英国和它的殖民地的地理。"②舒伟在《英国儿童文学简史》中阐明,维多利亚时代的清教主义儿童诗中,以道德教育和宗教训诫为主要特征,压抑和泯灭了童心世界的游戏精神和人类幻想的狂欢精神。③

这样的儿童观明确地传递出一种对孩子"成长性"和鉴别力的不信任,以及作为教导和引领者的优越感,大人们的这些小心思孩子们真的不察觉么?

阅读永远是作者和读者的互动和"博弈",在这一过程中,输出和输入并不一定是对等的。阅读的这一规律说明,假设儿童读者行使自主选择的权利、抵抗违背他们天性和意志的作品并坚持这种抵制,就可能使成人的价值观输出和道德教诲成为一厢情愿的事情。最终,"儿童们在这场旷日持久的搏斗中将那些最优秀的著名的书变成了他们所热爱的书籍。这些书的作者原本只是为成人书写,然而孩子们却将他们纳入了自己的世界。"④

另一种儿童观,"不是把儿童看作未完成品,然后按照成人自己的人生预设去教训儿童,也不是从成人的精神需要出发去利用儿童,而是从儿童自身的原初生命欲求出发去解放和发展儿童,并且在这解放和发展儿童的过程中,将自身融入其间,以保持和丰富人性中的可贵品质"⑤。基于这种"儿童本位"的儿童观,朱自强提出了儿童文学是"教育成人的文学"和"解放儿童的文学"⑥并总结出儿童文学的六个特质:现代性、故

---

① 聂珍钊:《文学伦理学批评导论》,北京大学出版社2014年版,第269页。
② 保罗·阿扎尔:《书,儿童与成人》,梅思繁译,湖南少年儿童出版社2014年版,第164页。
③ 舒伟:《英国儿童文学简史》,湖南少年儿童出版社2015年版,第34页。
④ 保罗·阿扎尔:《书,儿童与成人》,梅思繁译,湖南少年儿童出版社2014年版,第163页。
⑤ 朱自强:《儿童文学的本质》,少年儿童出版社1997年版,第68页。
⑥ 朱自强:《中国儿童文学与现代化进程》,浙江少年儿童出版社2000年版,第414—428页。

事性、幻想性、成长性、趣味性和朴素性。①

三 吉卜林"儿童本位"的儿童观的形成和体现

(一) 儿童文学作者的"童心"是儿童本位的儿童观形成的基础

优秀的儿童文学作家往往都有一种与生俱来的天真。Valle 曾评价，罗尔德·达尔创作的儿童本位特质可以归因于他的童心本质，他"内心是个孩子"，保留了童年的特质，像《彼得潘》中的人物一样，永远是个儿童。② 他的童心，能使他"敏感地捕捉儿童的心理变化和情感需求"③。

《第一封信是怎样写成的》塔菲妈妈对爸爸说："特格迈，你简直比我们小塔菲还淘气。"现实中的爸爸吉卜林在作品中常有恶作剧的场景④，在《原来如此的故事里》，"随着那艘轮船猛一摇晃，服务员一头栽进了汤钵"，小象的鼻子总是因为好奇心而被家人痛打，受到犀牛欺负的做蛋糕的人让犀牛皮里层沾满了陈腐发霉的干蛋糕屑，这些情节都表现了孩子式的淘气，具有浓厚的吉卜林式的恶作剧色彩。每个大人心中都住着一个孩子，吉卜林，和所有伟大的儿童文学创作者一样，常常在作品中袒露那个内心的孩子并以此为乐。

(二) 吉卜林"儿童本位"的儿童观体现在对儿童本能的爱中

尽管对吉卜林的争议持续不断，批评家们却难得地一致认同了他对孩子们的热爱——一种无关东西方的、纯粹的爱。吉卜林的这一性格似乎是与生俱来的，在幼年时，他就会久久地看着摇篮中的婴儿，眼神中充满怜爱与喜悦。成人之后，这种情感更是与日俱增，这显然来源于他对孩子们天性的认知。⑤ 吉卜林认为，孩子们身上的特点是全人类普遍存在的，却最

---

① 朱自强:《儿童文学概论》，高等教育出版社 2009 年版，第 28—45 页。
② Valle, Laura Vinas, *De-constructing Dahl*, Newcastle upon Tyne: Cambridge Scholars Pulishing, 2016, p. 14.
③ 徐德荣、杨硕:《罗尔达·达尔儿童幻想小说的伦理悖论研究》,《外国文学研究》2017 年第 1 期。
④ 陈兵:《童真下的"帝国号手"：评吉卜林的〈本来如此的故事〉》,《英美文学研究论丛》2011 年第 14 期。
⑤ 谢青:《"在孩子们的心中，既无东方亦无西方"——吉卜林作品中的孩子们》,《译林》2012 年第 8 期。

为真实，因为，他们还没有受到来自他们各自所属的成人世界的影响。①

"儿童是独特的文化的拥有者，儿童与成人在存在感觉、价值观和人生态度方面存在着许多根本的区别。儿童文学创作与成人文学创作的一个根本不同是儿童文学作家必须解决好与儿童的人际关系问题，即作家必须通过作品与儿童建立起亲密、和谐的人际关系。"②"以成人作家自我生命体验的童年为本位，是儿童文学得以生成和发展的情感状态，是儿童与成人共同的文化资源"③，在这一点上，吉卜林比很多作家具有先天的优势。

（三）吉卜林"儿童本位"的儿童观体现在对女儿的追忆中

吉卜林在自传《谈谈我自己》中提及："告诉我一个孩子最初六年的生活，我可以讲出他剩下的人生岁月。"④ 这句话道出了童年经历对一个人成长的重要影响。因此，吉卜林一生中的一件重要工作，就是给孩子们讲故事，通过这种方式，试图来影响"孩子最初六年的生活"，进而影响他们将来的一生。吉卜林 6 岁时被送往英国，在一家儿童寄养所住了 5 年，后来他把那里的可怕情景写进了《黑羊咩咩》（1888），这段经历也出现在他的儿童小说《基姆》里。所以他的儿女们便像塔菲和特格迈一样，从出生就不曾和父母分离。

学者马莱特指出，《原来如此的故事》是吉卜林为其大女儿约瑟芬而创作的，其中有些写于吉卜林一家居留美国佛蒙特州期间，有些写于南非，还有些故事则写于约瑟芬病亡后，寄托了吉卜林对亡女的思念。约瑟芬的昵称是"艾菲"，就是《第一封信是怎样写成的》《字母表是怎么来的》和《禁忌的故事》三篇中的小女儿。此外，小说集的前三篇都发表于 1897 年，其中第一篇《鲸鱼的喉咙为什么很小》发表时约瑟芬刚刚 5 岁，而《字母表是怎么来的》一篇中提到父女花了整整 5 年时间做了一条奇妙的包括所有字母的项链——当时约瑟夫整好是 5 岁，而吉卜林将这些故事结合成一个集子前后也花了 5 年。⑤

---

① Shepperson, George, "The World of Rudyard Kipling", *Kipling's Mind & Art*, Ed. Andrew Rutherford, Edinburgh and London: Oliver & Boyd, 1965, p. 128.
② 朱自强：《儿童文学概论》，高等教育出版社 2009 年版，第 24—25 页。
③ 侯颖：《朱自强的儿童观与儿童文学批评》，《南京师范大学文学院学报》2017 年第 3 期。
④ Rudyard Kipling：《谈谈我自己》，丁才云译，江苏教育出版社 2006 年版，第 2 页。
⑤ Phillip Mallett, *Rudyard Kipling: A Literary Life*, New York: Palgrave Macmillan, 2003, p. 116.

约瑟芬是在吉卜林一家访问美国时因肺炎而夭折，时年只有六岁。在随后的几年中，心碎的父亲着手将他为心爱的女儿讲过的睡前故事写成了一本书，一本关于世界起源、关于世界上最早的动物的书，一本由幻想故事构成的书，一本在追忆中与女儿共同完成的书，也是吉卜林唯一一本亲自绘制插图的作品。

在《第一封信是怎样写成的》和《字母表是怎样造出来的》两个故事中，吉卜林用他瑰丽的想象力和清新有趣的语言成功地塑造了一对让人忍俊不禁的父女形象。故事讲述了两父女如何遭遇信息传递的困难，以及创造字母表的故事，充满童真又丝丝入扣，字里行间处处弥漫着爱与温情——"塔菲刚会走路就一天到晚跟着爸爸特格迈"；"哦，特格迈的女儿，如果我不是碰巧这样爱你，我可就真揍了"（《第一封信是怎样写成的》）；"特格迈把塔菲抱起来，给了她七个亲吻……"故事集中另外一个故事《玩弄大海的螃蟹》里对魔术师父女也有这样一个"特写"——"他心爱的小女儿正骑在他肩头"。吉卜林在几乎所有故事的开头或结尾都会深情的呼唤："我亲爱的孩子"或"我亲爱的小朋友"，而每个故事里都点缀有他和约瑟芬曾私下分享过的笑话，舐犊深情跃然纸上。通过《字母表是怎样造出来的》的诗歌"唉，太遥远，距离太遥远，她呼唤爸爸的声音难以穿透，要找到心爱的女儿塔菲，特迈格一直在孤独地漫游"，我们仿佛看到那个因痛失爱女，失魂落魄，喃喃自语，踽踽独行的父亲。儿童文学的历史上，不乏温馨感人的父女形象，比如法国作家嘉贝丽·文生（Gabrielle Vincent）的《艾特熊＆赛娜鼠》系列作品。所不同的是，《原来如此的故事》中，女儿约瑟芬（她的昵称是"艾菲"）化作书中的"塔菲"在父亲的生命中得以延续。朱自强在《儿童文学概论》中用一个公式"儿童文学 ＝ 儿童 × 成人 × 文学"来说明"从儿童文学的生成中，成人是否专门为儿童创作并不是使作品成为儿童文学的决定性因素，至为重要的是儿童与成人之间建立双向、互动的关系……"[①]

《原来如此的故事》中作者和小读者的互动性不仅体现在故事中，还体现在称谓和插入语上。

[①] Phillip Mallett, *Rudyard Kipling: A Literary Life*, New York: Palgrave Macmillan, 2003, pp. 22 – 23.

在接力出版社 2015 年版的 13 个故事中，出现了 18 次"亲爱的小朋友""我亲爱的孩子"的称呼，仅在《大象的鼻子为什么那样长》一个故事中就出现了 5 次。《袋鼠变形记》后的诗歌中作者柔声呼唤"孩子呦……我缠人而淘气的孩子"，《犀牛皮为什么有许多皱纹》中和孩子们商量"这两句话小朋友们也许从来没听见过，我现在念给你们听"。《鲸鱼的喉咙为什么很小》中，吉卜林不断提醒孩子们："少年朋友们还记得那根吊带吗？……少年朋友们都知道，吊带已经捆在那道卡在鲸鱼咽喉中的栅栏上了。"《豹子身上的斑纹是怎样来的》告诉小读者"但是，小朋友可得记住，他们以后再也不会改变他们的皮肤了，因为他们已经心满意足了"。"这些呼唤使得故事中洋溢着一股浓浓的亲情，还强化了叙述人的慈爱形象。"这些插入语，提醒我们这次慈爱的叙述人的存在。①

　　吉卜林在想象和回忆中用故事和女儿交流，给听故事的孩子们以爱和安全感，也在一定程度上疗愈自己童年被迫与父母分离的焦虑与创伤，讲故事和听故事的人的生命用这种方式融合在一起，也成就了一部伟大的儿童文学作品。

四　《原来如此的故事》的儿童文学特质分析

（一）故事性

　　"在儿童文学这里，如果作家舍弃故事，其创作一定是寸步难行的……日本学者神宫辉夫就曾经这样评论当代英国儿童文学：……可以说，不管怎样重视关于儿童的事实，不管怎么企图挖掘关于儿童的问题，到现阶段为止，英国的儿童文学并没有离开'故事'。"②

　　和很多大人讲给孩子的睡前故事一样，13 个故事中有 11 个发生在语焉不详的"很久很久以前""从前""当这个世界刚刚形成的时候"或者"原始社会"，符合"儿童的故事性思维的原始性"。③ 从下表中可以看出，故事涉及的动物种类多样，在地域上跨越了亚洲、非洲、美洲和大洋

---

① 陈兵：《童真下的"帝国号手"：评吉卜林的〈本来如此的故事〉》，《英美文学研究论丛》2011 年第 14 期。
② 神宫辉夫：《现代英国的儿童文学》，日本理论社 1986 年版，第 268 页。
③ 朱自强：《儿童文学概论》，高等教育出版社 2009 年版，第 32 页。

洲，故事的主角主要是动物，有根据传说改编的人物（如巴耳克丝女王），有以自己和女儿为原型的塔菲妇女，以及完全杜撰出来的魔术师和狒狒巴维安的形象。通过关键词的提炼，我们可以看出，作为出生于维多利亚后期的具有清教徒背景的吉卜林，他一直强调的勤勉、谦恭、忠诚、服从，秩序和规则都体现在了故事中。但我们也同时发现，吉卜林对"机智、勇敢、好奇心、适应能力"这些符合孩子们天性的可贵品质的提倡和赞许，以及对最珍贵的人性价值——真挚情感（友情和爱情）的赞颂。

表1

篇名	地点	出现的人物（动物）	关键词
《鲸鱼的咽喉为什么很小》	北纬五十度，西经四十度	鲸鱼和水手	勇敢足智多谋
《骆驼为什么有驼峰》	荒无人烟的大沙漠	骆驼、马、狗、牛、人，神仙吉恩	勤劳
《犀牛皮为什么有许多皱纹》	东非红海佳尔答福伊角极乐岛附近	犀牛和人	贪婪的代价
《豹子身上的斑纹是怎样来的》	非洲埃塞俄比亚的"高高草原"	豹子、猎人、狒狒巴维安	适应（变化）
《大象的鼻子为什么那样长》	非洲平原	小象和他的家人，鳄鱼、科罗鸟和花斑大蟒	对永不满足的好奇心的奖赏
《袋鼠变形记》	澳洲中部	袋鼠、大小巫师和大黄狗	吹牛和"骄傲礼的代价"
《犰狳的来历》	亚马孙河	刺猬和乌龟	"机智和友情"
《第一封信是怎样写成的》	某原始部落	塔菲、爸爸妈妈和陌生人	人类文明的"起源"
《字母表是怎样造出来的》		塔菲和爸爸	
《关于禁忌的故事》		塔菲、爸爸妈妈和大酋长	禁忌和规则

续表

篇名	地点	出现的人物（动物）	关键词
《玩弄大海的螃蟹》	无	魔术师和他的女儿，亚当的儿子，螃蟹和其他各种动物，月亮老人	秩序和规则
《独来独往的猫》		猫、马、狗、牛和一对人类夫妻	秩序和规则
《跺脚的蝴蝶》	所罗门的王国（真实的王国在耶路撒冷）	所罗门王，巴耳克丝女王和后宫嫔妃们，蝴蝶夫妇	秩序和规则 "友伴式的爱情"

值得一提的是，三个同样讲秩序与规章的故事，各有不同的侧重。《关于禁忌的故事》，不是在讲规则的重要性，而是讲规则的平等性：每个人都可以有自己的"禁忌"，大家互相尊重并遵守相互的"禁忌"时，规则才产生效应，孩子们才会自觉自愿地遵守，故事里的大酋长也要遵守塔菲的规则呢；作为清教徒的吉卜林在《玩弄大海的螃蟹》中试图描述"世界刚开始时"，秩序的重要性。所以他让"造物主"一样的魔术师和他的小女儿，先准备好了地球，又准备好了大海，最后他告诉所有的动物可以到大地上来玩耍了……并由他教动物们如何玩耍，但对于人类，他说"亚当的儿子，这是刚刚开始的游戏。不过你太聪明，这游戏不适合你玩"。人类对此的回答是："……你得想办法让所有的动物都服从我。"把螃蟹破坏规则的行为称作一种新的、有危害的游戏并进行惩罚。有趣的是，在惩罚过程中，造物主和违规者对于惩罚的内容和细节是可以进行商榷的，看起来更像一个长者对淘气的孩子的惩戒；小姑娘作为"斡旋者"，帮助爸爸对犯规的小伙伴进行"人性化的惩罚"，最后还提醒小读者们：仅仅因为螃蟹多年前犯下的错误就去伤害小螃蟹是不公正的。《独来独往的猫》的故事发生的时候，"世界上所有的动物都是野的"。自由主义的猫，虽然没有像马、狗和牛一样轻易地被人类驯服成为家畜或宠物用智慧赢得生计，但最终还是向强权妥协，在人类的武力胁迫下认可了"不平等条约"，并服从于这一"契约"，完成"捉老鼠、逗宝宝的任务"，"但当它做完这些事情，当月亮升上天空，夜晚来临的时候，它仍然是独

来独往的猫,任何地方对它来说都一样",体现了在秩序和规则之外对自由和独立性的充分尊重。

最后,每个故事之后都有一首像儿歌般的小诗,也同样充满了故事性,如《豹子身上的斑纹是怎样来的》中的小诗是以巴维尔的视角和语气展开的:"我就是狒狒巴维安,最最聪明的动物……"

(二)幻想性

"儿童文学是幻想的艺术。幻想力是人类身上伟大的'神'性,它在儿童的心灵园地根深叶茂。儿童文学是守护、发展人类幻想力的艺术园丁。"[1] 保罗·阿扎尔在《书,儿童与成人》中替儿童发出呼喊"给我们书籍吧,"儿童说,"给予我们飞翔的翅膀。既然你们是如此强壮有力,请帮助我们一起逃离到那个遥远的国度去吧。请为我们砌造起天蓝色的宫殿,令它四周被璀璨的花园环抱着;请指给我们看那些在明亮的月色下散步的仙女们。我们愿意学习学校里教授的所有知识,但也请你们,让我们拥有梦幻。"[2] 由此可见,希冀逃离当前现实的渴望是个体童年的固有特征之一。这种渴望可以转化为精神世界的幻想活动。儿童文学在特定意义上就是这种幻想活动的文学载体,以至于现当代儿童幻想文学在英国儿童文学创作领域成为最具影响力的文体类型。[3]

对于吉卜林《原来如此的故事》中的幻想性,有评论称"(书中)有些故事,譬如一个穴居人的女儿发明了信件,创造了字母表,以及家猫的独立性,和小象长鼻子的由来等,都极为完美,别的短篇小说作者只能望洋兴叹,叹为观止"[4]。

《原来如此的故事》中创造出二十多种跨越不同地域但同样具有夸张的拟人特征的动物形象,如"懒惰的骆驼""有着永不满足好奇心的小象"和"爱吹牛说大话的袋鼠"等,这一点非常符合培利和梅维丝在《阅读儿童文学的乐趣》中提及的"孩子们很喜欢幻想故事——特别是对

---

[1] 朱自强:《朱自强学术文集》(二),二十一世纪出版社集团2015年版,第49页。
[2] 保罗·阿扎尔:《书,儿童与成人》,梅思繁译,湖南少年儿童出版社2014年版,第6页。
[3] 舒伟:《英国儿童文学简史》,湖南少年儿童出版社2015年版,第6页。
[4] Green, Roger Lancelyn, *Rudyard Kipling: The Critical Heritage*, London & New York: Routledge, 1971, 272.

举止像人类的动物故事"① 的这一假设。这些幻想充满夸张性，如《玩弄大海的螃蟹》中的"螃蟹的国王"，"它身子的一边碰着了沙捞越，而另一边伸到了彭亨河口。它比三座火山冲起的火焰还高"；也有科学性，如"月亮中的驼背老人"把渔线投进海里，每天来动海水涨涨退退，形成了涨潮和退潮；还有"移花接木"般的天马行空，"这个脑袋和叫声都像狗的狒狒，可以算是整个南非最聪明的动物啦"。

（三）趣味性

"'趣味性'是儿童文学的一大鲜明特色。是否有趣，模式衡量儿童文学作品优劣的一个重要标准，特别是对孩子来说，'有趣'几乎是唯一的标准……儿童读者从儿童文学中获得快乐，是一份十分珍贵的心理体验。"②《原来如此的故事》中的趣味性不仅仅表现在有趣的故事，有趣的人物（动物）上，还表现在对孩子的天性——游戏精神的尊重和认同，以及语言的活泼有趣之中。

1. 游戏精神

"游戏精神就是'玩'的儿童精神，也是儿童美学的深层基础。"③ 胡伊青加在"原作者序"中说："文明史在游戏中并作为游戏而产生和发展起来的。"④

在《第一封信是怎样写成的》《字母表是怎样造出来的》和《关于禁忌的故事》三篇故事中，信和字母表的发明不仅仅是源于沟通和信息传递的需要，更是在游戏和劳动中自然产生的——A 是"大张着嘴的鲤鱼"，里面是只有塔菲和爸爸才懂的密码"这样我们又可以玩去年冬天我在水獭泥潭玩的那个游戏，我从黑暗中跳出来，'啊'的一声把你吓一跳"，然后是鱼尾巴（Y）和鱼嘴巴（O），小蛇（S）；而和《关于禁忌的故事》中规则的学习和建立也是在游戏中完成的。

---

① 培利·诺德曼，梅维丝·莱莫：《阅读儿童文学的乐趣》（第三版），刘凤芯等译，天卫文化图书股份有限公司 2014 年版，第 109 页。

② 朱自强：《儿童文学概论》，高等教育出版社 2009 年版，第 39 页。

③ 班马：《当代儿童文学观念几题——中青年作家的创作心理情绪》，《文艺报》1987 年 1 月 24 日。

④ 胡伊青加：《人：游戏者——对文化中游戏因素的研究》，成穷译，贵州人民出版社 1988 年版。

2. 有趣的语言

英国人是冷静内敛的民族。他们有属于他们的笑声，它看似简单，实际却包含着极为复杂的内容。他们还同时能用幽默的方式将这些内容转变得更细致且寓意深刻。[①] 如何做到的呢？保罗·阿扎尔在《书，儿童与成人》提到英国的儿童文学是以其温柔悠远的童谣见长的。"再没有比这样的儿歌更能凸显押韵的神奇节奏了。它们正是适合儿童的诗歌，将画面用节奏来呈现。就这样，小小的英国人把它们熟记在心中，他们朗诵歌唱它们，他们在它们的伴奏下欢快舞蹈，即使当他们长成了一个大人，他们也不会将这些儿歌完全遗忘。漫长岁月里，那么多曾经学到的有用无用的知识，意识下隐藏着众多被抛弃遗忘的讯息，唯独儿歌依然深藏心中。某一天它们会突然从严肃郑重的成年人的双唇中冒出来。他们回想着自己遥远的童年岁月，脸上带着微笑轻轻哼唱着往日的童谣。"[②]

《原来如此的故事》是吉卜林讲给女儿约瑟芬的睡前故事，所以采用的句式都很简短，词语简单易懂，口语性极强。作为优秀诗人的吉卜林在故事中经常运用英语诗歌中常见的头韵、重复等手法，使故事的叙述有一种强烈的节奏，富有乐感，极具童谣风味。比如讲一个足智多谋的水手是怎么在鲸鱼"黑乎乎、热乎乎的肚子里蹦呀，跳呀，碰呀，撞呀，腾呀，跃呀，敲呀，砸呀，咬呀，钉呀，刺呀，戳呀，锤呀，顶呀，滚呀，爬呀，吵呀，闹呀"……（《鲸的喉咙为什么很小》）；《大象的鼻子为什么那样长》里的小象说"我爸爸打了我的屁股，我妈妈也打了我的屁股，我所有的叔叔婶婶都打了我的屁股，就因为我十分好奇……"；《骆驼为什么有驼峰》中神仙吉恩对懒惰的骆驼说"看见没有，这就是你不干活，哼出来的东西"；《豹子身上的斑纹是怎样来的》，作者插入语云"请记住，那不是'低低草原'，不是'灌木草原'，也不是'湿冷草原'，而是光秃秃、热烘烘、亮闪闪的'高高草原'"。这样的例子在书中不胜枚举。

全书由十三个短篇故事和对应的十三首诗歌组成，这些诗歌语句淳朴，与曲折动人的故事相得益彰，起到画龙点睛的作用。如《骆驼为什

[①] 保罗·阿扎尔：《书，儿童与成人》，梅思繁译，湖南少年儿童出版社2014年版，第172页。
[②] 保罗·阿扎尔：《书，儿童与成人》，梅思繁译，湖南少年儿童出版社2014年版，第107页。

么有驼峰》诗中写道:"小孩子和大人都需要牢记:如果我们缺乏劳动和锻炼,就会像骆驼那样长成驼背,背上长个肉疙瘩可真是丢脸!……我也会像你那样背上长疙瘩,如果我既不劳动又不锻炼,小孩子和大人一样会驼背,背上长个肉疙瘩可真是丢脸!"

(四) 成长性

儿童文学是"成长"文学,是关怀儿童成长的文学,在本质上是一种"大写的教育"不是"教育儿童的文学。"[1]

儿童文学的"成长性"应该是信任和包容的:相信孩子们身上已有的,可以通过故事被激活的美德,相信孩子有自我成长和自我疗愈的本能;包容不同年纪不同生活体验的受众,相信故事可以被反复阅读,并随着岁月的沉淀发酵出不同的阅读体验,和讲故事的人有不同深度和广度的互动,并在这种互动中成长;相信主动阅读的幼儿的父母或可以独立阅读的孩子和通过听故事"被动阅读"的幼儿都能得到成长。比如塔菲和爸爸的三则故事中,年幼的孩子们想到了自己,为人父母马上能感觉到跃然纸上,深深的舐犊之情,再年长还可以怀念和回味书中美好的童年……所以,不少评论者将《原来如此的故事》归入神话传说系列,切斯特顿(G. K. Chesterton)就认为,"它们不是童话,它们是传说。童话是讲给病态时代中唯一健全的人——儿童听的,传说则是当人类健全时讲给所有人听的童话"[2]。但无论它是什么类型的故事,它都具有着"讲给所有人听"的巨大魅力和包容性。

五 结语

吉卜林的儿童观在维多利亚后期的儿童作品中是具有先锋意义的,最能体现"从成年人观念中的儿童,走向现实生活中的儿童"[3] 的儿童本位的儿童观。《原来如此的故事》是发扬了"刘易斯·卡罗尔的两部'爱丽丝'小说对维多利亚时期恪守理性原则的说教性儿童图书创作倾向的反

---

[1] 朱自强:《儿童文学概论》,高等教育出版社 2009 年版,第 35—36 页。
[2] "G. K. Chesterton review Just So Stories", in Roger Lancelyn Green, ed., *Kipling: The Critical Heritage*, London: Routledge & Kegan Paul, 1971, p. 274.
[3] 朱自强:《儿童文学的本质》,少年儿童出版社 1997 年版,第 68 页。

叛与颠覆",在文学童话创作领域继续开拓了"对话性和开放性的道路"①。他不惮于坦诚面对并在作品中展示自己内心住着的那个孩子,在作品内外爱他们,尊重他们,和他们平等地对话,快乐地游戏,更重要的是"认识和发掘儿童生命中珍贵的人性价值——敏锐的感受性、真挚的情感、丰富的想象力和旺盛的生命活力……在儿童文学的创造中,实现成人与儿童之间的相互馈赠"②。在塔菲和爸爸的三篇故事里,我们看到了这样一个闪烁着可贵的人性价值的儿童形象,也被父女俩的相互馈赠深深打动。尤其是《字母表是怎样造出来的》中,自始至终只有塔菲和爸爸的对话,我们可以清晰地看到塔菲才是那个真正的"创作者",爸爸是那个按捺着内心巨大喜悦的、耐心聆听,配合女儿的节奏,启发她的思路的伙伴儿。基于这样的文学观,《原来如此的故事》中的故事、语言都是灵动的,充满了趣味性和瑰丽的想象,讲故事和读故事的人都可以沐浴其中,得到瞬间心灵和情感的触动,所以是不可多得的儿童文学作品。

---

① 舒伟:《英国儿童文学简史》,湖南少年儿童出版社2015年版,第13页。
② 朱自强:《新世纪中国儿童文学的困境和出路》,《中国文学的思想革命》,青岛出版社2017年版,第47页。